Der eine hegt Groll gegen seinen Schwiegervater, der andere hat eine Affäre mit der blutjungen Babysitterin, die ihn erpresst, um ihr Taschengeld aufzubessern, ein komischer Bärtiger streift durch die Gärten.

Hinter den Fassaden der hübschen Einfamilienhäuser brodelt es gewaltig. Dann verschwinden plötzlich einige Hunde. Der Tierarzt der Gegend, Doktor Arnfried May, herzensgut, aber einsam, geschieden und von seinen Töchtern nur angerufen, wenn sie Geld brauchen, sitzt melancholisch in einem langsam verfallenden Haus. Doch wenn er sich mit einem auskennt, dann mit Tieren. Und an der Sache mit den Hunden ist was faul. Blöd nur, dass ihm keiner glauben will. Selbst dann nicht, als der erste Mensch verschwindet. Selbst dann nicht, als das Schlimmste passiert und der Polizei die Zeit davonrennt.

Stefan Valentin wurde 1962 in Aschaffenburg geboren, wo er auch heute noch lebt. Er ist praktizierender Tierarzt und Absolvent des Deutschen Literaturinstituts in Leipzig. Valentin war bereits nominiert für den MDR-Literaturpreis, den Deutschen Kurzkrimipreis und 2010 für den Glauser-Kurzkrimipreis.

STEFAN VALENTIN

DER BESTE FREUND DES MÖRDERS

Kriminalroman

Berlin Verlag Taschenbuch

MIX
Papier aus verantwortungsvollen Quellen
FSC® C019821
www.fsc.org

Januar 2015

Umschlaggestaltung: ZERO Werbeagentur, München
unter Verwendung eines Motivs von gettyimages
Gesetzt aus der Garamond durch psb, Berlin
Druck und Bindung: Druckerei C. H. Beck, Nördlingen
Printed in Germany
ISBN 978-3-8333-0983-0

www.berlinverlag.de

MAI

Warum nicht im Mai gehen?
Wenn alles auf Anfang steht,
Das Leben im D-Zug vorfährt
Und toll ist vor Verlangen –
Ja, warum nicht im Mai
Seinen Hut nehmen und gehen?

Prolog

Mit der Dämmerung war sie aus ihrem Versteck unter einer alten Wurzel hervorgekommen. Sie setzte sich auf ihre Hinterbeine, gestützt von dem unbehaarten Schwanz, und sicherte in die Abendbrise. Die Tasthaare an ihrem eckigen Schädel vibrierten leicht, als sie die Gerüche einatmete, die ihr der Wind zutrug. Sie musste vorsichtig sein, die Umgebung war ihr nicht vertraut. Erst vor wenigen Tagen hatte sie ihr Rudel verloren. Etwas Unbestimmtes hatte sie vor den ausgelegten Giftködern zurückschrecken lassen und für ihr Überleben gesorgt. Als in den Verstecken die Artgenossen aus Nasenlöchern und Aftern blutend langsam verendeten, hatte sie den Aussiedlerhof verlassen, auf der Suche nach einer neuen, gesunden Gruppe. So war sie hier in diesen Wald gekommen. Das Gelände war zu offen, fremd, gefährlich. Im Freien war sie angespannt, stets konnten Eulen mit ihren messerscharfen Klauen von oben kommen oder Füchse sie aus ihrem Versteck unter der Wurzel ausheben. Aber der Hunger trieb sie heraus. Und das Wissen um die nahe Niederkunft. Es würde der zweite Wurf dieses Jahr werden, und ihre Jungen sollten in sicherer Umgebung heranwachsen.

Sie ließ sich auf die kurzen Vorderbeine sinken und trabte los. Immer auf der Hut, abwartend, hier und da ein Insekt packend, eine kleine Schnecke, ein Samenkorn oder einen Pilz malmend. Aus dem Trab verfiel sie in ein Trippeln, sprang zur Seite, einem herabfallenden Zweig ausweichend.

Plötzlich hielt sie inne. Der Wind hatte gedreht und ein Ge-

ruch ließ sie sich aufrichten. Die olfaktorische Wahrnehmung versprach Nahrung, viel Nahrung. Sie rannte in die Richtung, aus der der leichte, süßliche Hauch kam, erreichte zielgerichtet ein Rohr, das eine Handbreit aus dem Waldboden ragte und verharrte einen Moment. Dann stürzte sie sich ins Dunkel.

Der Weg führte schräg nach unten ins Erdreich. Die Tasthaare übermittelten ihr ein Bild des Rohres und dessen Richtung. Schnell legte sie die paar Meter bis zum Ende der Röhre zurück. Vorsichtig streckte sie ihren Kopf in den sich ausweitenden Raum und witterte. Der Raum war von geringer Größe, das nahm sie an der Bewegung und Beschaffenheit der Luft wahr. Und inmitten des Dunkels lag die Quelle des Geruchs, ein riesiger Nahrungsberg, das Hundertfache ihres eigenen Körpergewichts. Vor Menschen hatte sie eine natürliche Scheu. Immer ging Gefahr von ihnen aus, und man tat gut daran, ihnen aus dem Weg zu gehen, auch wenn man ihre Vorräte nutzte. Aber hier lag die Sache anders. Dieses Wesen war ungefährlich, es hatte kaum noch Leben in sich.

Sie ließ sich in den Raum hinab und rannte an den hölzernen Wänden bis zum unteren Ende, querte ein kurzes Stück, um an der anderen Seite wieder nach oben zu gelangen. Die Luft war schlecht, eine Mischung aus Kot und Urin, bereits in Fäulnis übergehend. Sie kletterte auf den Bauch des Menschen. Die Haut war hier ganz dünn und darunter lagen Köstlichkeiten wie die blutvolle Leber und Milz. Sie leckte den salzigen Schweiß von der Bauchdecke, die sich ganz sachte hob und senkte. Plötzlich regte sich das Wesen. Sie streckte sich und sprang an die Holzwand und huschte nach unten, wo die zappelnden Hände sie nicht erreichen konnten. Füße traten nach ihr, vergebens. In der Ecke war sie kaum zu erreichen. Sie richtete sich auf und sog die Luft ein. Mit zurückgezogenen Lippen, die beinahe wie ein Grinsen aussahen, mischte sie Luft und Speichel, um ein erweitertes olfak-

torisches Bild zu erhalten. Nahrung. So viel Nahrung. In einer derart geschützten Umgebung. Hier könnte sie niederkommen, ihren Jungen ein Nest bauen, direkt im Fleisch dieses Wesens, in einer Laube unter dem Zwerchfell. Besser hätte sie es nicht treffen können. Wenn nichts dazwischenkam, würde sie nur noch warten müssen. Bald würde die Gegenwehr so schwach werden, dass sie mit ihrem Mahl beginnen könnte. Es würde nicht mehr lange dauern.

Eugen war alt geworden. Er selbst zeigte sich von dieser Tatsache am wenigsten beeindruckt. Die meiste Zeit lag er auf dem Sofa und döste vor sich hin. Hatte ihn früher schon ein vorüberrollendes Fahrrad aufgeschreckt, brachte ihn heute nicht einmal mehr der rumpelnde Lastwagen der Müllabfuhr aus der Ruhe. Sein Schlaf war manchmal so tief, dass man ihn rütteln musste, um ihn wach zu bekommen. In letzter Zeit war Eugen etwas inkontinent geworden, was sich nach dem Aufstehen bemerkbar machte. Dann hinterließ er einen dunklen Fleck auf dem Polster des Sofas. Stillschweigend war über die Anschaffung eines neuen Möbelstückes beraten worden, doch der Kauf aus praktischen Erwägungen auf einen Zeitpunkt verschoben worden, den Eugen nicht mehr erleben würde. Ein schmerzliches Thema. Es wurde jedoch in der Regel nicht weiter vertieft. Eugen nahm seine Mahlzeiten zu sich, er ließ sich im Gegensatz zu früher wegen eines entzündeten Zahns viel Zeit dabei, hatte regelmäßigen Stuhlgang, vielleicht etwas zu weich, doch immerhin geformt, und zeigte Freude an kürzeren Spaziergängen. Hatte er in besseren Tagen ohne Weiteres beim Joggen mithalten können, trottete er jetzt gemächlich hinterher und drehte um, wenn es ihm zu viel wurde. Dann traf man sich zu Hause wieder, Eugen kannte den Weg, das Haus stand am Rande der Fasanerie, seines angestammten Reviers. Kam Michael Sommer nach zwei großen Runden durchgeschwitzt zurück, erwartete ihn Eugen zusammengerollt vor der Haustür. Ein kurzes Schwanzwedeln schien,

wie in der Geschichte vom Igel und vom Hasen, sagen zu wollen: Bin schon da!

»Vorwärts, Alter!«, rief Michael Sommer von der Haustür. Er war gerade dabei, sich die Laufschuhe zu binden. Mit einem schmerzlichen Lächeln dachte er an die Zeit, als Eugen es kaum abwarten konnte, mit ihm loszujoggen. Sie hatten sich gegenseitig zu einem hohen Tempo angespornt.

Jetzt blickte der Bobtail vom Sofa aus zur Tür, ohne den Kopf zu heben.

»Na los«, rief Michael noch einmal und tauschte sein neongrünes, eckiges Modell gegen die alte Sportbrille, die am Eingang bereitlag. Langsam richtete sich Eugen auf, wankte kurz, machte einen Buckel wie eine Katze und stellte Fuß für Fuß vom Sofa auf den Teppichboden, als träte er auf eine kalte, trügerische Eisdecke. Er schüttelte sich, wobei seine Hinterbeine durcheinandergerieten und erst wieder geordnet werden mussten, dann setzte er sich in Bewegung und folgte seinem Herrchen vor die Tür zur Straße.

Die Fasanerie lag nahebei. Der große Park, in dem zu Zeiten der Kurfürsten Fasane gezüchtet worden waren, begann direkt hinter der Schrebergartensiedlung. Ein kurzer Schotterweg führte durch die Anlage zum Park, vorbei am Maschendrahtzaun, der die Kleingärten vor unbefugtem Betreten schützen sollte. Die Statuten des Gartenbauvereins schrieben für jede Parzelle eine Mindestmenge von gut dreißig Prozent Nutzfläche für Gemüse und Obst, ein Drittel für Zierpflanzen und das letzte Gartendrittel als Erholungsfläche inklusive Laube vor. In den vergangenen Jahrzehnten war die Tendenz zur Vergrößerung der Zier- und Erholungsfläche zuungunsten der Nutzfläche erkennbar gewesen, doch gerade in den letzten zwei, drei Jahren begann sich dieser

Trend abzuschwächen und auf Gemüse und Kochkräuter wurde wieder verstärkt Wert gelegt. Zumindest hatte das in der Regionalzeitung so geheißen. Michael Sommer machte sich über die Statuten des *Kleingartenvereins Fasanerie* und etwaige Tendenzen bei der Bevorzugung von Zier- oder Nutzpflanzen keine Gedanken. Michael Sommer dachte an sein Geschäft. Er hatte ein Angebot der dänischen Kanzlei Bloomberg, die ihn unter Vertrag nehmen wollte. Damit wäre er seiner Selbstständigkeit beraubt, hätte aber ein festes, ansprechendes Einkommen. Der Markt der Namensrecherche war international umkämpft. Sommer hatte sich vor allem im nationalen Raum eine solide Stellung erarbeitet. Er beriet Firmen hinsichtlich aller Fragen im Zusammenhang mit der Anmeldung von Marken und führte die Anmeldungen bei den entsprechenden Patent- und Markenämtern durch. Für EU-Marken arbeitete er mit dem Harmonisierungsamt für den Binnenmarkt zusammen oder direkt mit der World Intellectual Property Organization in Genf. Michael Sommer war sechsunddreißig Jahre alt und praktisch etabliert. Sein Schwiegervater, der ihm beim Aufbau seiner Geschäftsbeziehungen behilflich gewesen war, drängte ihn zur Annahme des Angebots von Bloomberg.

Als er an seinen Schwiegervater dachte, lief er eine Spur schneller. Er fragte sich, wann Georg aufhören würde, ihm Vorschriften zu machen. Es hatte schon bei der Hochzeit mit Vivian angefangen. Er wollte nur seine engsten Freunde einladen, eine kleine Finca in Spanien mieten, eine Woche abfeiern, doch Georg ließ das nicht zu. Seine einzige Tochter würde nur einmal heiraten, sagte er und drohte ihm lachend mit dem Zeigefinger, er würde die Veranstaltung persönlich in die Hand nehmen, und niemand könnte ihn davon abhalten. Veranstaltung hatte er zu der Vermählung gesagt und es wurde eine Veranstaltung. Georg mietete ein Landgut im Taunus und beauftragte einen Frankfurter

Caterer, die Verwandtschaft und die Schar der geladenen Geschäftsfreunde zu bewirten. Die ganze Planung schien nur auf eine Sache zuzulaufen: auf die ausufernde Rede Georgs, in der er kurz davon gesprochen hatte, schweren Herzens seine Tochter in die Obhut eines anderen Mannes zu geben, um dann schnell auf sich und seinen eigenen Werdegang zu sprechen zu kommen.

Bloombergs Angebot war eigentlich zu lukrativ, um es auszuschlagen, aber das Drängen seines Schwiegervaters ließ Sommer zögern. Der hatte den Kontakt ermöglicht, und Michael müsste ihm für das Geschäft dankbar sein. Und Georg würde wie immer nicht darauf verzichten, sich diese Dankbarkeit zeigen zu lassen.

Michael war den schwarzen Schotterweg zwischen Schrebergartenkolonie und der Fasanerie bis zum Ende gelaufen, jetzt bog der Weg direkt in den Park ein. Er sah sich kurz nach Eugen um, der hundert Meter hinter ihm am Wegrand kauerte und sich entleerte. Michael lief weiter. Allmählich fand er seinen Rhythmus, der Atem wurde gleichmäßiger, die Schrittfolge ruhiger. Er öffnete und schloss ein paarmal seine Hände, um das Kribbeln in den Fingerspitzen zu vertreiben, und bog nach links ab in Richtung Andriansplätzchen, ein Sandsteindenkmal in Form einer abgebrochenen Säule. Die Stele erinnerte an ein tödlich verlaufenes Duell zwischen zwei hitzköpfigen Studenten am Ende des vorletzten Jahrhunderts.

Der Weg stieg jetzt leicht an, und Michaels Atem ging stoßweise. Er war, obwohl er zweimal wöchentlich seine Runden lief, teigig und für seine Körpergröße von knapp eins siebzig mit einundachtzig Kilogramm zu schwer; das war zumindest die Ansicht seiner Frau Vivian. Er versuchte, das Tempo zu halten, doch meinte er sein ganzes Gewicht in den Füßen zu spüren. Ein anderer Jogger kam ihm entgegen, was Michael unwillkürlich wieder schneller laufen ließ. Der Mann schien Beine aus Luft zu haben, er federte über den asphaltierten Untergrund, passierte

Michael, ohne dass dieser seinen Atem gehört hätte. Michael würde heute die erste Runde etwas abkürzen, bog nach rechts ab, wo der Weg leicht abschüssig wurde. Er kannte den anderen, er wohnte ein paar Häuser weiter in der gleichen Straße, zumindest hatte er ihn ein paarmal in seinem grauen Hoodie vorbeijoggen sehen. Eine weitere Gestalt näherte sich. Schon von Weitem erkannte er sie an dem pendelnden Zopf. Schritt für Schritt kamen sie aufeinander zu, sie trug ein pinkes Top und graue, hautenge Leggins, die in der Mitte der Scham einschnitten. Sie schenkte ihm ein porzellanartiges Lächeln, als sie auf seiner Höhe war, was ihn auf den nächsten Metern beschwingte und einen leichtfüßigeren Rhythmus finden ließ.

Als er die Fasanerie verließ, hatte er den Ärger mit seinem Schwiegervater herausgeschwitzt. Er erreichte die Schrebergärten und überquerte die Straße. Eugen war nicht vor dem Haus, dort, wo er immer lag, wenn Michael zurückkehrte. Vivian war noch unterwegs, ihr Auto stand nicht in der Einfahrt, sie konnte ihn also nicht hereingelassen haben, und die Putzfrau würde erst in zwei Tagen wiederkommen. Eugen war wirklich alt geworden, dachte Michael, als er ins Bad ging, trottete sicher noch irgendwo herum und käme gleich zurück.

Michael hatte während des Informatik-Studiums zu Hause gewohnt und war täglich nach Frankfurt gependelt. Als er sich eines Tages dazu entschlossen hatte, auszuziehen und auf eigenen Beinen zu stehen, war ihm seine Mutter zuvorgekommen. Karin Sommer erkrankte an einem Tumor.

Bis die Krankheit erkannt worden war, hatte sich das Geschwür in ihrer linken Brustdrüse bereits zu einer beachtlichen Zubildung entwickelt und aus dem lockeren Verband eine Vielzahl von Zellen in die Blutbahn und die Lymphflüssigkeit abgegeben, die sich als Metastasen im ganzen Körper einnisteten, um

unkontrolliert zu wachsen. Die Auswertung der Computertomografie zeitigte ein verheerendes Ergebnis. Ihr Körper war übersät mit aktiven, asteroiden Zellanhäufungen, die sich mit kleinen Tentakeln in der Umgebung verankerten, das Bild einer düsteren Milchstraße aus chaotischen Planeten, darauf aus, das eigene Universum zu zerstören. Seine Mutter verzichtete auf weitere Behandlungen und starb nach wenigen Monaten in den Astralnebeln der Schmerz- und Beruhigungsmittel.

So blieb Michael zu Hause, pendelte nach Frankfurt zum Studium und kümmerte sich um den Vater und um Eugen, den Bobtail, den Michaels Mutter kurz vor ihrem Tod für ihren Sohn gekauft hatte.

Eines Tages war das kleine weißgraue Wollknäuel da gewesen, als Michael von Frankfurt kam. Er wunderte sich über den Vater, der nichts gegen die Anschaffung einzuwenden hatte. Michaels Wunsch nach einem Hund war die ganze Kindheit zurückgewiesen worden, und jetzt, wo er mit Anfang zwanzig fast erwachsen war, sollte es so weit sein. So war Eugen in sein Leben gekommen.

Nachdem Michael Sommer geduscht hatte, öffnete er die Haustür, doch Eugen war noch immer nicht zurück. Er ging in die Küche, stellte eine Tasse unter die Kaffeemaschine und drückte die Espressotaste. Mit der aufgeschlagenen Zeitung saß er an dem kleinen Tisch am Fenster und blickte über die Straße. Samstags war immer viel Leben in der Schrebergartenkolonie. Im Winter wirkte die Anlage verlassen und trostlos, als wären alle Gärtner lange verstorben, doch jetzt im Mai herrschte buntes Treiben. Kästen mit Pflanzen wurden aus Autos geladen, dunkle Beete umgegraben, der erste Grillrauch stand über den Hütten, und der Lärm und Benzingeruch von Rasenmähern erfüllte die Luft.

Zwei Stunden später fuhr der Wagen seiner Frau in die Einfahrt.

Vivian packte ein paar Tüten und einen Korb aus dem Mercedes der A-Klasse, ein Geschenk ihres Vaters. Sie war auf dem Markt gewesen und danach mit einer Freundin zum Plaudern beim Italiener.

»Eugen ist weg«, sagte Michael, der noch immer am Fenster saß. »Hallo, erst mal!« Vivian stellte den Korb mit Kräutern und Marktgemüse auf die Zeitung. »Ja, ich hatte einen schönen Vormittag, danke der Nachfrage. Stell dir vor, was Ina erzählt hat. Eine Freundin von ihr hat die Mails ihres Mannes gelesen, rein zufällig, und der Drecksack betrügt sie seit zwei Jahren!«

»Eugen ist weg.«

»Das sagtest du bereits. Er wird schon zurückkommen. Er ist bisher immer zurückgekommen. Außerdem: Deine Frau ist gerade auch zurückgekommen und hat leckere Sachen mitgebracht.«

»Das sehe ich.« Er stellte den Korb auf einen Stuhl und deutete auf einen Artikel im Lokalteil der Tageszeitung. »Hier wird ein Hund vermisst. Er ist einfach aus dem Vorgarten verschwunden. Jemand muss ihn mitgenommen haben. Drüben am Kugelberg, gar nicht weit von hier.«

»Du wolltest doch mit ihm Joggen gehen.«

»Bin ich auch, aber seitdem ist er weg. Ich mache mir allmählich Sorgen.«

»Micha, er wird schon zurückkommen. Ich habe Ina und Henning zum Grillen eingeladen. Ich dachte, du hilfst mir bei den Vorbereitungen.« Sie riss die Augen weit auf, als sei sie wegen etwas erschrocken.

Michael kam diese – seit Langem vertraute Geste – unpassend vor.

»Ich nehme jetzt das Rad und suche Eugen.« Er stand auf und ging zur Tür. Seine Frau sagte etwas, doch Michael hörte nicht mehr hin.

Vivian ist auch nicht zu beneiden.« Ina Schwind fuhr die Brahmsallee hinauf, linker Hand die frühlingsgrüne Wand der Fasanerie.

Ihr Mann sah aus dem Fenster. Gründerzeitvillen wechselten sich mit kleineren Einfamilienhäusern neueren Datums ab. Dazwischen wenige Mehrfamilienhäuser. Gegenüber der Park. Eine gute Wohngegend. Sauber, teuer und voller Geheimnisse hinter den bürgerlichen Fassaden; voll schmutziger, banaler und grotesker Geheimnisse.

Und was ihm, Henning Schwind, vor drei Monaten vierzig Jahre alt geworden, seine Geheimnisse waren, waren seiner Frau und ihren Freundinnen die Missgunst. Aber er wusste, dass sein Geheimnis mehr Gewicht in die Waagschale brachte, als alle Missgunst seiner Frau.

»Aber das Essen war gut«, sagte Henning.

»Es war nicht zu übersehen, dass es dir geschmeckt hat.« Inas Blick blieb kurz an seinem Bauch hängen, der sich auch mit überweiten Hemden nicht mehr kaschieren ließ. »Außerdem meinte ich nicht das Essen, sondern Micha. Ich fand es unmöglich, dass er uns beim Grillen einfach sitzengelassen hat und mit dem Rad spazieren gefahren ist. Wer sind wir denn? Und wie sieht Vivian dabei aus? Die Arme kann einem total leidtun.«

»Er ist nicht spazieren gefahren, sondern hat seinen Hund gesucht«, sagte Henning zum Beifahrerfenster.

»Der kommt doch von selbst nach Hause. Das ist ja so ein

intelligentes Tier. Erzählt Micha doch immer total stolz. Fast ein Wunder, dass er dem Hund noch kein Handy geschenkt hat, dann könnte er anrufen, wenn er sich verspätet.« Sie schnaubte, blickte kurz zu ihrem Mann. »Das hat doch andere Gründe, der hatte keine Lust, sich mit uns und Vivian abzugeben. Da läuft doch irgendwas total schief bei denen.«

»Ina! Jetzt hör aber auf. Micha liebt seinen Hund, auch wenn du dir das vielleicht nicht vorstellen kannst. Und Eugen ist nicht nach Hause gekommen, deshalb sucht er ihn. Ich finde, das ist vollkommen normal, auch wenn man Gäste hat. Man muss Prioritäten setzen.«

Sie bremste scharf ab, um einem Wagen, der plötzlich an einer Seitenstraße auftauchte, die Vorfahrt zu gewähren. »Du mit deinen Prioritäten! War ja klar, dass du dich auf die Seite von Micha schlägst. Männer halt! Ich weiß, wo du deine Prioritäten setzt.«

Für einen Moment fühlte Henning sich ertappt. Aber Ina konnte nichts von seinem Verhältnis wissen. Er lächelte, als er an das Mädchen dachte, aber das Lächeln hatte einen bitteren Geschmack. Er fragte sich, wieder einmal, wie es dazu kommen konnte, dass er eine Affäre angefangen hatte. Und wenn es ans Licht käme, könnte er abtreten. Für immer! Aber was würde dann mit Marlene geschehen? Marlene, seine kleine, süße Marlene. Wenn er wirklich einen Menschen auf der Welt aus tiefstem Herzen liebte, ohne diese Liebe jemals zu hinterfragen, dann war es Marlene. Aber liebte nicht jeder Vater seine Tochter? Außerdem liebte er auch Ina, selbst wenn sie es ihm bisweilen schwer machte. Es gab einfach verschiedene Arten von Liebe, und er versuchte, ihnen gerecht zu werden. Aber man musste Prioritäten setzen, und das tat er, Henning Schwind. Deshalb hatte er die Affäre gecancelt, nach nur drei, vier Wochen, obwohl die Sache verdammt scharf gewesen war.

Oben, am Ende der Brahmsallee, bog Ina rechts ab und fuhr die zweihundert Meter zu ihrem Haus die Nebenstraße entlang.

»Na, jedenfalls tut sie mir total leid.« Sie lenkte den Wagen die schräge Ebene zu ihrer Garage hinunter. Wartete, bis das Tor sich geöffnet hatte, und ließ den Wagen im Leerlauf bis kurz vor die hintere Garagenwand rollen.

»Wer jetzt?«, bemühte Henning sich zu fragen.

»Hörst du mir überhaupt zu? Vivian natürlich. Von wem reden wir denn die ganze Zeit?« Sie öffnete die Tür des schwarzen VW Tuaregs und verharrte einen Moment.

Henning schloss die Augen. Er spürte kurz und unerwartet ihre Hand auf seinem Oberschenkel. Ein warmes Gefühl breitete sich aus. Er fühlte plötzlich den Drang in sich, sein Gewissen zu erleichtern, die Last von seiner Schulter zu nehmen und Ina alles zu sagen, sie in seiner Liebe zu bestärken und zu beschwören, zu verzeihen, zu vergessen und es mit ihm noch einmal neu zu versuchen. Dann würde alles gut werden, sie würden sich wieder einander zuwenden, verstehen, begehren, gerade so wie damals, als sie zusammenkamen – und ihre Liebe jung und frisch gewesen war.

»Ina?« Hennings Herz floss über und er wollte nach dem Arm seiner Frau greifen, doch die war schon ausgestiegen und eilte zu der Brandschutztür, die die Garage vom Kellergeschoss ihres Hauses trennte.

Als Henning die schwere Tür hinter sich schloss, war Ina bereits im Gespräch mit Kata. Im Hintergrund waren aufgeregte Stimmen zu vernehmen, der Fernseher lief.

»Und wie lange, sagst du, ist sie verschwunden?«, hörte Henning seine Frau mit scharfer Stimme fragen.

Kata, ein sechzehnjähriges Mädchen aus der Nachbarschaft, passte hin und wieder auf Marlene auf, wenn Ina und Henning etwas gemeinsam unternahmen. Sie sprach leise. Henning musste

sich anstrengen, aus ihrer gelangweilten Teenagerstimmlage die Worte herauszuhören. Nach Katas Einschätzung war Marlene seit etwa zwei Stunden nicht zu sehen gewesen.

Henning ging die Treppe zu Marlenes Zimmer hinauf. Leise drückte er die Klinke hinab und streckte den Kopf durch den Spalt, schnüffelte laut wie ein Suchhund, bevor er die Tür ganz öffnete. Er sah sich im Zimmer um, ging auf die Knie, um unter das Bett und den Schreibtisch zu spähen.

»Wo ist denn nur meine kleine Tochter hingeraten?«, sprach er vernehmlich in den Raum. »Sie wird sich doch nicht verlaufen haben? Oder war der große böse Wolf da, um sie zu verschlingen?«

Knurrend öffnete er die Schranktür, überprüfte die geräumigen Schubladen der Kommode und stellte sich auf die Zehenspitzen, um auf den Schrank zu sehen. Unten fiel die Haustür ins Schloss, Kata war gegangen.

Henning Schwind durchsuchte das ganze obere Stockwerk nach seiner Tochter. Er überprüfte alle Verstecke, in die ein Kinderkörper gepasst hätte, rief mit verstellten, lockenden, drohenden, schmeichelnden Stimmen nach ihr. Vergeblich. Wieder im Erdgeschoss, durchsuchte er Küche und Wohnzimmer, er drängte sich sogar in die kalte Feuerstelle des offenen Kamins und überprüfte den Rauchabzug. Währenddessen saß seine Frau auf der Couch und telefonierte. Sie machte einen entspannten Eindruck. Henning Schwind ging in die Küche und öffnete eine Flasche Weißwein, schenkte zwei Gläser ein und brachte eines seiner Frau. Ina lächelte ihn an, ohne ihre Unterhaltung zu unterbrechen, und nickte ihm zu, als er mit dem Glas zur Terrasse deutete.

Henning und Ina saßen auf den Teakholzstühlen im Halbschatten und genossen die Frühlingsluft. Der Mai war außerordentlich

warm dieses Jahr, und die Natur schien außer Rand und Band. Überall summte und brummte es, die Vögel überschlugen sich in ihren Gesangswettstreiten, den Blättern und Blüten schien man beim Keimen, Wachsen und Ausschlagen zusehen zu können. Alles stand im Saft. Henning dachte an Kata, genauer gesagt an ihren Körper.

Als er zu seiner Frau blickte, die mit geschlossenen Augen die Sonne genoss, sah er aus den Augenwinkeln eine Bewegung im Wohnzimmer. Henning stand langsam auf, ging geduckt nach innen, schnüffelte wie ein Trüffelschwein, näherte sich den langen, zurückgezogenen Gardinen am hinteren Ende der Terrassentür. »Menschenfleisch. Ich rieche Menschenfleisch. Junges, zartes Menschenfleisch.« Er griff nach dem schweren Stoff und riss ihn zur Seite.

Marlene schrie jauchzend auf, als ihr Vater sie an sich zog und in die Höhe hob, sie über seinem Kopf festhielt, einen Moment tat, als verliere er die Kontrolle und sie dann zurück auf den Boden setzte.

»Da ist ja unser verschwundenes Kind!«, rief Henning und drückte sie an sich. »Ich frage mich, wo du die ganze Zeit gesteckt hast. Ich habe sämtliche bekannten und unbekannten Verstecke nach dir abgesucht.«

Marlene lachte. »Ich war unsichtbar! Und stand die ganze Zeit neben euch.« Sie wand sich aus den Armen ihres Vaters und rannte auf die Terrasse. »Hallo, Mama! Da bin ich wieder.«

Ihre Mutter brummte zufrieden, ohne die Augen zu öffnen.

»Stell dir vor, der Menschenfresser Odradek wollte mich entführen. In letzter Sekunde bin ich ihm entkommen und habe mich hinter den sieben Bergen versteckt.«

»Seit wann ist der Odradek ein Menschenfresser?«

»Seit er die Kellertreppe verlassen musste.«

»So, so«, sagte Ina und schob ihre Tochter sachte aus der Sonne.

Henning schenkte die Gläser voll. »Und was möchte meine Prinzessin mit dem sonnigen Abend anfangen?«

Marlene sprang in die Luft. »Ich gehe in mein Zimmer, die Kuscheltiere füttern. Bitte nicht stören, sie sind so scheu und essen nur, wenn niemand zusieht.« Damit rannte sie nach drinnen.

Henning meinte, in der Ferne einen Kuckuck schreien zu hören, war sich aber nicht ganz sicher.

»Dass Marlene nie mit anderen Kindern spielt«, sagte Ina und griff seufzend nach ihrem Weinglas.

»Sie genügt sich eben selbst. Außerdem hat sie in der Schule und im Musikunterricht genug Gesellschaft.«

»Ja, ja, verteidige nur die Macken deiner Tochter.«

Henning meinte ein leises Lächeln auf den Lippen seiner Frau zu sehen. Gerne hätte er sie jetzt geküsst.

Teerflüglige Teufel schlugen mit armdicken Peitschen nach ihm. Er duckte sich unter den Hieben in den frisch aufgeworfenen, morastigen Graben, machte sich klein, doch die Schläge zischten an seinem Kopf vorbei, nahe, wie dieses Schrillen, das seine Ohren zerschnitt. Nicht enden wollend. Er konnte die Augen kaum öffnen, rollte sich hinüber, über den feuchten Graben hinweg, der Schlaf trennte von Wachsein.

»May.« Seine Zunge war schwer wie rostiges Eisen.

»Ist da die Tierarztpraxis?«, hörte er eine angstbebende Stimme aus dem Telefon.

Arnfried May brummte heiser.

Die Frau seufzte auf. »Na endlich. Unser Karli hat einen Pflock im Auge. Ich glaube, es läuft aus! Helfen Sie uns.«

»Das Auge läuft aus? Kommen Sie gleich vorbei.«

»Wir sind in fünf Minuten da.«

May gähnte laut. Auf dem Weg ins Badezimmer rieb er sich die Augen, fest, als wollten sie ihm auslaufen und nicht Karli. Was war Karli für ein Tier? Er hatte in seinem Sturz aus dem seltsamen Traum vergessen nachzufragen. Überhaupt, wie kam man dazu, montagmorgens um halb fünf nach seinem Haustier zu sehen? Da schlief man doch. Und die Tiere auch. Es sei denn, es handelte sich um eine nachtaktive Art. Tier oder Besitzer. Er zog sich seine graue Cordhose an und streckte die Arme in das weiße Poloshirt vom Vortag. Ein paar Katzenhaare hingen daran, später würde er duschen und sich umziehen.

Dann ging er die alte, knarzende Holztreppe hinunter in seine Praxis.

Arnfried May stand am Fenster des Behandlungszimmers und starrte nach draußen. Es war fast noch dunkel, obwohl die Nächte kurz waren Anfang Mai, und die Morgen zeitig. Nach zehn Minuten setzte er sich auf einen Stuhl, fuhr den Computer hoch und gähnte erneut. Das Geräusch eines Wagens. Er stand auf und schlurfte zur Tür. Das Auto fuhr vorüber. Kurz dahinter wechselte mit großen Sprüngen ein Eichhörnchen die Straßenseite. May lächelte. Er mochte Eichhörnchen. An seinem Zeigefinger erzählte eine kleine Narbe von der Begegnung mit einem dieser possierlichen Nager. Ein paar Kinder hatten ihm vor Jahren ein unterkühltes, lebensschwaches Jungtier gebracht. May hatte es zwei Tage lang aufgepäppelt. Als es wieder zu Kräften gekommen war, bedankte es sich mit einem Biss in seinen Zeigefinger. Die Nagezähne waren tief eingedrungen und hatten eine Arterie verletzt. Es hatte eine Weile gebraucht, bis seine Frau, die ihm damals noch in der Praxis zur Seite stand, die Blutung stillen konnte. Überhaupt Wildtiere! Er hatte schon einiges mit ihnen erleben dürfen. Wie der Fuchs, der ihm eines Nachts gebracht worden war. Ein Familienvater hatte das bewusstlose Tier auf der Straße aufgelesen und es für den Transport seinen Kindern an die Füße gelegt. Kaum auf dem Behandlungstisch wurde der Fuchs munter und biss um sich. Zwei Minuten früher wäre der Fuchs nicht auf dem Tisch, sondern im Auto aufgewacht, hatte er zu dem Mann gesagt, und was er sich dabei gedacht hätte, das Tier seinen Kindern an die Füße zu legen. Nichts wahrscheinlich! Der Mann war bleich dagestanden und hatte keine Antwort gegeben. May schläferte den Fuchs ein, da das Becken und die Hinterbeine gebrochen waren und wohl auch innere Organe verletzt. Menschen und Wildtiere, das war oft falsch verstandene Tierliebe

in einer Gesellschaft, die sich so weit von der Natur entfernt hatte.

May schüttelte den Kopf und lächelte. Ganz so trostlos sah die Welt auch wieder nicht aus. Er setzte sich. Nach weiteren zehn Minuten klingelte es. Er drückte den Türöffner, und eine sehr dünne Frau stürzte sehr aufgeregt herein. Sie streckte ihm eine Schuhschachtel und ihre Besorgnis entgegen. »Sie müssen uns helfen. Mein Karli verliert sein Auge!«

May öffnete den Deckel und nahm ein braun-weißes Meerschweinchen heraus. Einen Moment hatte er den Drang, das Tier der Frau an den Kopf zu werfen, doch das war nur ein kurzer Impuls, dann hatte May sich wieder im Griff. Er war kein aggressiver Mensch, noch nie gewesen. Doch in letzter Zeit hatte er sich häufiger bei unschönen Gedanken ertappt und dabei einen leisen Schauer der Zufriedenheit über den Rücken rieseln gespürt. Er würde doch auf seine alten Tage nicht jähzornig werden?

Karli hatte keinen Pflock im Auge, nur einen kleinen Schliffer unter dem Augenlid. Mit einer Pinzette zog May ihn heraus und setzte das Tier wieder in die Schuhschachtel. Mit dem Versuch eines Lächelns reichte er ihn der Frau.

»Und das Auge? Es läuft nicht aus?«

May schüttelte den Kopf.

»Ich könnte Sie küssen«, rief die Frau, sie strahlte, drückte die Schachtel an sich und eilte zum Ausgang.

»Moment. Sie müssen noch zahlen.« Wie sollte er diese Unternehmung berechnen? Zumindest eine Untersuchungsgebühr für Kleintiere. Eigentlich mit Notdienstzuschlag. Aber er hatte ja nicht viel gemacht. Den Zuschlag würde er nicht berechnen.

»Das tut mir leid. In der Aufregung habe ich kein Geld mitgenommen.«

»Dann lassen Sie mir Ihre Adresse hier. Ich schicke Ihnen die Rechnung zu.«

Als die Frau das Haus verließ, blickte May ihr nach. Sie bewegte die Lippen, als sie in ihr Auto stieg. Wahrscheinlich beruhigte sie das Tier und sich selbst. Es war zwanzig vor sechs. Jetzt brauchte er sich nicht mehr hinzulegen.

May stand eine Weile unschlüssig herum, dann stieg er die Treppe nach oben. Die hölzernen Stufen knarzten, als wollten sie ihren Dienst quittieren und sich dem Begehen widersetzen. Die Wohnungstür klemmte in stummer Solidarität mit der Treppe.

Jetzt, so früh am Morgen, erschien ihm die Wohnung noch stiller und leerer als sonst. May schaltete das Radio ein, das ihm Ingeborg großzügig bei ihrem Auszug hinterlassen hatte. Doch die gut gelaunte Stimme der Moderatorin war ihm zu gut gelaunt, und er schaltete das Gerät wieder ab. Arnfried May füllte den Wasserkocher, stellte eine Tasse auf den Küchentisch, in die er einen Teebeutel hängte und setzte sich dazu. Die Tasse war ein Werbegeschenk einer Pharmafirma. *Haben Sie heute schon Ihren Tierarzt gelobt?* May drehte den Henkel der Tasse zu sich, um nicht weiter auf die bunten Buchstaben starren zu müssen. Das Wasser kochte, May saß an diesem Tisch, der in seinen Dimensionen für eine Familie ausgelegt war, doch diese Familie war schon vor Jahren zerbrochen, und die Scherben waren in der Erinnerung noch immer scharf und voller Heimtücke. Das Wasser kochte weiter, wütend sprudelte es in dem Wasserkocher, der sich mit einem lauten Klacken abschaltete. May blieb noch einen Moment sitzen an diesem zu großen Tisch in dieser zu großen Küche. Manchmal, gerade an solchen frühen Morgen, war ihm die Einsamkeit einfach zu groß in diesem zu großen Haus.

Ingeborg betrachtete sich im Spiegel. Ihr zweiundfünfzigjähriger Körper bereitete ihr Missmut. Gerade hatte ihre Tochter das Bad nach über einer Stunde freigegeben. Sie war in Unterwäsche an ihr vorbeigehuscht. Luises Haut. So straff und faltenfrei. Kein Wunder, sie war ja beinahe noch ein Kind. Dafür ein bisschen mollig. Ingeborg war als Siebzehnjährige besser in Schuss gewesen als ihre Tochter. Aber das war lange her. Sie drückte ihre Brüste nach oben. Auch das war lange her. Alles schien nach unten zu sacken. Ihr Busen, ihre Wangen, ihre Haut an den Oberarmen. Selbst ihr Uterus. Alles bewegte sich nach unten, Richtung Erde, ganz allmählich Richtung Grab. Ingeborg lachte kurz über ihren verrückten Gedanken. So schlimm war es ja nun auch wieder nicht. Sie war noch eine verdammt attraktive Frau. Wenn ihr nur der Anblick ihrer Töchter nicht immer so einen Stich versetzen würde. Ingeborg nahm reichlich Anti-Aging-Creme und verteilte sie auf Gesicht und Dekolleté. Sündhaft teuer. Danach schminkte sie sich und zog ihren BH an. Sie musterte sich im Spiegel. Ganz apart. Es ging ihr schon besser. Nachdem sie Rock und Seidenbluse übergestreift hatte, lächelte sie ihr Spiegelbild an. Geht doch.

Luise hatte bereits den Frühstückstisch gedeckt.

»Du, Mama, weißt du, wohin wir unsere Abschlussfahrt machen?«

Ingeborg schenkte sich einen Lotosblütentee ein. Den hatten

angeblich schon die Römerinnen getrunken, um ihre Haut zu glätten. »Welche Abschlussfahrt?«

»Na, nach dem Abi«, sagte Luise leicht genervt.

»Du machst doch erst in einem Jahr dein Abitur.« Ihre ältere Tochter studierte bereits. Sie hatte nicht studieren dürfen.

»Aber vielleicht planen wir unsere Fahrt jetzt schon.«

»Plant lieber eure Prüfungen.«

»Rom!«

»Bitte?« Ingeborg war mit ihrer Freundin Margit verabredet. Margit hatte so geheimnisvoll am Telefon getan. Wahrscheinlich hatte sie im Internet wieder irgend so einen Kerl kennengelernt, der ihr was vom Mond erzählte und sie nach der dritten Nacht sitzen ließ. Wäre nicht das erste Mal.

»Wir fahren nach Rom. The city of eternity.«

»Kind, verschone mich mit deinen Anglizismen.« Margit würde sie wieder langweilen mit ihren ausschweifenden Geschichten, wie und wo sie ihren neuen Schwarm kennengelernt hatte. Wie immer. Es war einfach ermüdend.

»Mama, das war kein Anglizismus, sondern ein einfacher englischer Satz. Also, was sagst du zu Rom?«

Vielleicht sollte sie Margit absagen. Die würde dumm gucken, wenn sie ihr heute nicht für ihre amourösen Geschichten als Zuhörer zur Verfügung stünde.

»Mama? Bist du noch da?«

»Also, Luise! Das siehst du doch.« Ingeborg trank einen Schluck Tee und blickte ihre Tochter strafend an.

»Ich freue mich, dass dich unsere Abschlussfahrt so enthusiastisch stimmt«, sagte Luise. Mit schwungvollen Bewegungen strich sie Nutella auf ihr Brot.

»Jetzt übertreib es mal nicht, du weißt, dass das der reine Zucker ist. Da wird man fett von.«

»Bin ich doch schon.«

»Du hast eine ganz niedliche Figur, mein Kind.«

»Niedlich wie eine Putte, nicht wahr?«

»Eine was?«

»Wie so eine Engelsfigur, so eine kleine dicke. Niedlich eben.« Luise biss in ihr Brot. Kaute energisch. »Die Fahrt kostet rund tausend Euro, inklusive Taschengeld.«

»Welche Fahrt?«

»Nach Roooom.«

»So teuer? Woher willst du so viel Geld nehmen?«

»Na von dir. Oder von Oma.«

»Lass Oma aus dem Spiel, die hat gerade genug für das Pflegeheim zu zahlen. Da bleibt nicht mehr viel.« Bei ihrer Mutter müsste Ingeborg auch noch vorbeischauen. Was für ein Tag! »Frag deinen Vater. Der verdient genug.«

»Papa hat gerade Penny das Auto bezahlt. Außerdem läuft es bei ihm finanziell auch nicht gut. Das weißt du doch.«

»Wenn du nach Rom willst, musst du ihn schon fragen. Ich kann deinen Ausflug nicht finanzieren. Das wirst du einsehen bei meinem Teilzeitjob. Es bleibt ja sonst alles an mir hängen.«

Luise seufzte. »Ich muss los.« Sie küsste ihre Mutter flüchtig auf die entgegengestreckte Wange und verließ die Küche.

Ingeborg sah ihr hinterher. Ein bisschen abspecken würde Luise schon nicht schaden. Und was sollte diese Fahrt kosten? Tausend Euro? Sie waren damals mit dem Fahrrad zum Landschulheim gefahren, das hatte auch Spaß gemacht. Naja, die Zeiten änderten sich und mit ihr die Bedürfnisse. Ihr Exmann sollte diese Reise gefälligst bezahlen. Und jetzt musste sie Margit anrufen, sie war doch gespannt, was sie so Geheimnisvolles zu berichten hatte.

Mert hatte heute im Montagmorgenkreis erzählt, welche Sendungen er am Wochenende alles gesehen hatte. Marlene wunderte sich, dass Mert so viel anschauen durfte. Ihre Eltern ließen sie fast nie fernsehen. Das ist nicht gut für Kinder, meinten sie. Aber die Sendungen waren doch für Kinder gemacht, wieso sollten sie dann nicht gut für Kinder sein? Darauf wussten ihre Eltern auch keine befriedigende Antwort. Wie so oft. Nach dem Montagmorgenkreis war Mert wütend gewesen, weil er nicht alles erzählen durfte, was er am Wochenende gemacht hatte. In der kleinen Pause hatte er deshalb einen Jungen aus der Parallelklasse mit einem Stock ins Gesicht geschlagen. Der Junge hatte ganz laut geschrien und die Hände vor das Gesicht gehalten. Blut war ihm zwischen den Fingern heruntergetropft, das sah ziemlich schlimm aus, und Marlene hatte keine Lust mehr auf ihr Pausenbrot gehabt.

Der Junge musste ins Krankenhaus, und Merts Eltern kamen in die Schule. Viel gelernt hatten sie heute nicht, nur, dass man niemandem mit einem Stock ins Gesicht schlagen sollte, aber das wusste Marlene sowieso.

Als es nach der fünften Stunde klingelte, rannten alle Kinder aus dem Schulgebäude und nach Hause. Marlene ließ sich Zeit. Sie war immer die Letzte, die das Klassenzimmer verließ. Es war ihr nicht so angenehm, inmitten der ganzen Kinder zu laufen, das Geschreie und Getrampel machte sie orientierungslos, daher wartete sie lieber ein bisschen und hatte dann Platz und Ruhe um sich.

Die Lehrerin strich ihr über den Kopf und schloss das Klassenzimmer ab. Marlene ging durch den langen Flur, hüpfte ein Stück auf einem Bein, bis es ihr zu anstrengend wurde, öffnete die schwere Glastür zum Hof und sprang die Treppe hinab. Dann bummelte sie über den Pausenhof zum Tor.

Als sie sich umdrehte, sah sie neben der Treppe diesen Mann stehen. Er war halb verdeckt von dem Tannenbäumchen, das neben der Treppe wuchs. Der Mann war ihr schon mehrmals aufgefallen, so einsam, wie er da stand und zu niemandem zu gehören schien. Er war noch nicht alt, auch wenn er einen strubbeligen Vollbart hatte und große dunkle Augen wie Räuber Hotzenplotz. Als ihr der Räuber Hotzenplotz einfiel, musste sie lachen und der dicke Mann lachte auch. Er hielt etwas in der Hand und Marlene hätte gerne gewusst, was das war, wollte aber nicht zurückgehen, so ganz geheuer war ihr der Mann nicht, auch wenn er nicht böse aussah. Er hielt das Ding in der Hand, wie man ein Tier in der Hand hält, ganz vorsichtig, und Marlene sah, wie er es streichelte. Es interessierte sie schon. Aber dann besann sie sich und rannte davon.

Auf dem Parkplatz stand das große schwarze Auto ihrer Mutter. Marlene sah sie durch die Fensterscheibe winken, lachte und winkte zurück. Sie riss die hintere Tür auf und warf den Bücherranzen hinein, dann kletterte sie selbst auf den Rücksitz.

»Dass du immer als Letzte kommen musst«, sagte ihre Mutter.

»Hallo, Mama! Die Letzten werden die Ersten sein, hat der Herr Pfister im Religionsunterricht gesagt.«

Marlene sah, wie ihre Mutter den Mund aufmachte, um etwas zu sagen, und es dann doch ließ, also sagte sie selbst etwas.

»Heute musste ein Junge ins Krankenhaus, weil der so viel geblutet hat.«

»Warum hat der Junge denn so geblutet?«

»Weil der Mert ihm ins Gesicht geschlagen hat. Mit einem

Stock! Und dann hat die Frau Zilch einen ganz roten Kopf gekriegt und rumgeschrien, und Merts Vater hat auch geschrien, und dann sind die Frau Zilch und Mert und Merts Vater raus und wir waren ganz allein im Klassenzimmer und haben auch geschrien, bis die Frau Kleinschmitt gekommen ist und auch schreien musste, dass wir wieder ruhig sind.«

»Dieser Mert sollte endlich auf eine Schule für Schwererziehbare. Das ist doch unzumutbar, so ein gewalttätiges Kind durchzuschleifen!«

»Das hat die Frau Kleinschmitt auch gesagt, als sie sich beruhigt hatte«, bekräftigte Marlene.

»Womit eure Rektorin total recht hat«, sagte ihre Mutter.

»Und war sonst noch was Besonderes heute?«

»Nö.«

»Dann ist ja gut.«

Sie waren schon fast zu Hause, und Marlene freute sich auf ihr ruhiges Zimmer nach dem lauten Schultag.

Die Vormittagssprechstunde war vorüber. Olga huschte an Arnfried May vorbei. Sie huschte, anders konnte May es nicht benennen. Olga hatte den Besen wie eine Lanze umklammert. May wunderte sich wieder einmal, wie behände Olga sich bewegte. Bei ihrem Gewicht. Olga war schwer. Üppig. Rund. Dazu kurzbeinig wie die Französische Bulldogge, die er vorhin geimpft hatte.

Nachdem May und seine Frau sich getrennt hatten, hatte er eine Weile allein gearbeitet. Es war umständlich und zeitraubend, jede Verrichtung selbst erledigen zu müssen. Und manche Dinge waren ohne eine dritte und vierte Hand kaum möglich. Als er eine widerspenstige Katze behandeln wollte, und die Besitzerin nicht in der Lage war, ihr eigenes Tier festzuhalten, griff Olga zu. Sie war eigentlich nur als Putzfrau angestellt, May hatte zuvor kaum mit ihr gesprochen, da seine Frau solche Dinge immer erledigt hatte. Er wusste nur, dass sie aus Kasachstan stammte, mit Mann und Kindern nach Deutschland gekommen war, um ein besseres Leben zu finden. Aber dass sie mit Tieren umgehen konnte, war ihm neu gewesen. Olga hielt die Katze, als hätte sie nie etwas anderes getan, nicht zu fest, damit sie nicht in Panik geriet, aber strikt genug, dass die Katze die Behandlung erdulden musste.

Danach half Olga häufiger in der Praxis, bis May ihr eines Tages eine Stelle als Helferin anbot, mit entsprechend aufpoliertem Gehalt. Stürmisch hatte die kleine, dicke Olga ihn umarmt,

fester, als sie die Tiere drückte. May trieb es Tränen in die Augen, und er wusste nicht zu sagen, ob aus Luftmangel oder Rührung. Seit diesem Tag war Olga unentbehrlich geworden. Sie arbeitete an der Rezeption, übernahm die Anrufe und alles, was in der Praxis anfiel. Als May zu ihrer Entlastung eine Putzfrau anstellen wollte, hatte sie lautstark protestiert, das sei schon immer ihr Job gewesen und den würde sie sich nicht nehmen lassen. Am Ende würde er irgendeine Ausländerin anstellen, die sie dann immer überwachen müsste. Als May darauf nichts erwiderte, hatte Olga angefangen zu lachen, May war der Witz wohl entgangen.

Er setzte sich an den Behandlungstisch und blätterte im *Grünen Heinrich*, einer Tierärztezeitschrift. Die Tür ging. Er hörte gedämpft die Stimme Olgas und eine weitere, dann klackte die Tür erneut ins Schloss. May trat ans Fenster und sah einen Mann auf sein Fahrrad steigen und davonfahren.

»Was wollte denn Herr Sommer?«, rief May.

»Er hat Zettel ans Schwarze Brett gehängt«, rief Olga zurück. »Eugen ist weg.«

Eugen? Sommers alter Bobtail? May ging ins Wartezimmer. An der Pinnwand fiel sein Blick sofort auf das Foto des Hundes. Michael Sommer versprach demjenigen eine Belohnung von fünfhundert Euro, der ihm half, Eugen wiederzufinden. Der Bobtail sei seit Samstag verschwunden und zuletzt in der Fasanerie gesehen worden.

Es war der zweite Hund aus seinem Klientel, der in den letzten Wochen in der Fasanerie verschwunden war. Und May hatte gehört, dass weitere Hunde gesucht würden.

Er blickte aus dem Fenster, gegenüber dichter Bewuchs, einer Mauer gleich: die Grenze zu dem großen Park, der Fasanerie. May war immer glücklich gewesen, so nahe am Park zu wohnen. Keine zwanzig Meter trennten ihn von der Natur. Seit einigen Jahren verwaltete ein neuer Förster das Gebiet. Er ließ Teile verwildern,

mähte nicht mehr alle Wiesen, überließ tote Bäume sich und den tierischen Nutznießern. Allmählich verschwand der Eindruck einer gepflegten Parkanlage zugunsten einer stadtnahen Wildnis. May mochte die Fasanerie, aber im Moment kam sie ihm abweisend vor, fast fremd, als sähe er jetzt dunkle Schatten zwischen den Bäumen, die ihm sonst nie aufgefallen waren.

Was ging darin vor? Wer oder was steckte hinter den Entführungen der Hunde. Denn da war May sich sicher: Es konnte kein Zufall sein, dass mehrere Hunde in wenigen Wochen spurlos verschwunden waren.

»Denken Sie an Versammlung?«

Olgas Frage riss May aus seinen Überlegungen. »Welche Versammlung?«

»Na, heute Tierarzttreffen wegen Notdienst.«

May hatte den Termin ganz vergessen. Am Abend würde er sich mit seinen Kollegen in einer Gaststätte treffen, um die kommenden Wochenend- und Feiertagsdienste zu besprechen. An diesen Tagen war ein Kollege für die Notfälle der ganzen Stadt zuständig, damit nicht jede Praxis in Bereitschaft stehen musste.

Als Arnfried May schon auf der Treppe stand, die einen Stock höher zu seiner Wohnung führte, hörte er Olga den Anrufbeantworter einschalten, sie rief ihm einen Abschiedsgruß zu und ging in die Mittagspause.

Die Tür zu seiner Wohnung quietschte. Überhaupt quietschte und knarrte viel in seinem Haus. Vor hundert Jahren erbaut, ragte die Gründerzeitvilla inmitten eines verwilderten Gartens drei Stockwerke über das Straßenniveau. Eine riesige Pappel stand wie ein grimmiger Wächter direkt am Fuß der Treppe, die zum Haus führte, der Weg von Büschen und Efeu praktisch zugewachsen. Der Efeu. Das ganze Haus bis hinauf zum Dach war ganzjährig unter einer dunkelgrünen Blätterhaut halb verborgen. Der Efeu umklammerte das Gebäude mit armdicken Strünken, schob sich

mit Ausläufern, dünn wie Injektionsnadeln, in jede Ritze des Mauerwerks und hebelte Schindeln von den Fensterabdeckungen. Wasser drang an den feinen Tentakeln entlang in die Spalten zwischen Stein und Putz, durchweichte diese, dehnte sich unter Frost oder Sonne aus und sprengte kleine und größere Brocken aus dem Gefüge der Außenhaut. Am Fuß des Hauses war eine graue Schicht aus Staub und Stein zu erkennen und zeugte von der stetigen, unaufhaltsamen Arbeit der Kletterpflanzen. May gefiel der Efeu. Er gibt dem Haus Halt, pflegte er zu sagen, wenn er auf die Schäden durch die Haftwurzeln angesprochen wurde. Und die Fenster waren alle eingefasst von grünen Blättern wie ein lebendiger Rahmen aus dem Jugendstil. So konnte das nur die Natur kreieren und kein menschlicher Baumeister ersinnen.

Er betrat seine Wohnung, die vielen leeren Räume noch immer nicht wieder neu eingerichtet, obwohl seine Frau bereits vor über drei Jahren ausgezogen war und annähernd das gesamte Mobiliar als ihr Eigen erklärt hatte und abtransportieren ließ, als May nicht zu Hause war. Das hatte beiden langwierige Diskussionen erspart, und May hatte es ebenso hingenommen, wie er das Verlassenwerden akzeptiert hatte.

Seine Frau hatte die Entscheidung Hals über Kopf getroffen, als sie die Gefühle für ihren Yogalehrer entdeckte. Wahrscheinlich, vermutete May, während er ihr irgendwelche ausgefallenen Übungen beibrachte. Die Sache mit dem Yogi dauerte nicht allzu lange, er schien sich auf dem Weg zur Erleuchtung nicht mit unnötigem Ballast abgeben zu wollen. Aber die Trennung war durch gewesen, und seine Frau mitsamt den Kindern in eine stattliche Neubauwohnung gezogen.

May hatte vergessen einzukaufen, und es war nichts Essbares im Kühlschrank zu finden. Also ging er die knarrende Holztreppe wieder nach unten, zog seine Jacke an und verließ das Haus, um in der Innenstadt eine Kleinigkeit zu essen.

Als er das Schöntal durchquerte, eine Parkanlage, die an die Innenstadt grenzte, kam ihm Herr Messerschmidt entgegen. Herr Messerschmidt war ein kleiner, dicker Mann mit einem struppigen Oberlippenbart. Er hatte die verschlissene Hose hoch und weit über seinen Bauch gezogen, sodass sein Oberkörper ganz klein wirkte. Die kurzen Arme und winzigen Hände verstärkten diesen Eindruck. Adelheid, seine Hündin, sah ihm sehr ähnlich. Sie war eine Kreuzung aus einem Dackel und einem Schäferhund. Kurze Beine, darauf ein dicker, walzenförmiger Körper. Sie hatte eine strubbelige Schnauze, und May schien es, als lache sie immerzu, da sie stets die Mundwinkel weit zurückzog.

»Herr Doktor«, sagte Messerschmidt, ohne auf eine weitere Begrüßung Wert legen zu wollen, »ich müsste mal vorbeikommen, die Adelheid hat eine Darmverstimmung.«

May betrachtete die schwanzwedelnde Hündin. Todkrank schien sie nicht zu sein.

»Jederzeit, Herr Messerschmidt.« May ging weiter, die Hand zum Gruß hebend. Als er sich später noch einmal umdrehte, standen Herr und Hund noch immer an dem Weg. Sie machten beide einen ratlosen, unentschlossenen Eindruck. May lächelte und beeilte sich, zum Mittagessen zu kommen.

Heute war es ganz schlimm. Auf dem rechten Ohr hörte sie sowieso kaum noch etwas, und das linke fiepte wie eine gigantische Pfeife. Der Montag mit seinen acht Stunden war die Hölle. Und noch fast sieben Wochen bis zu den nächsten Ferien. Neben dem regulären Unterricht hatte Herta Kleinschmitt auch noch die Aufgaben als Direktorin zu bewältigen, es war einfach zu viel. Und die Valoron waren auch nahezu aufgebraucht. Daher hatte sie noch zwei von den kleinen Gelben geschluckt, die sie runterkommen ließen. Jetzt fühlte sich der Kopf an wie Watte und ließ das Ohrgeräusch langsam anschwellen. Man konnte nicht alles haben. Herta Kleinschmitt schaffte es kaum, ihre Bluse aufzuknöpfen. Sie musste heute endlich die Zensuren für das Turnen am Barren ermitteln. Das bedeutete, sie würde sich wieder ihr Kreuz verrenken beim Versuch, das blöde Ding in den Bodenlöchern zu fixieren. Die Kinder waren ihr da keine Hilfe. Die waren selbst noch zu klein. Mit den Fünftklässern war das etwas anderes, die konnte sie anweisen, die Turngeräte aufzubauen. Aber die Dritte? Sie zog sich den Sportpulli über und stutzte. Aus der angrenzenden Mädchenumkleide kam kein Laut. Bis eben war das Gegacker und Gekicher an ihre strapazierten Ohren gedrungen und jetzt? Wie abgeschaltet! Kleinschmitt öffnete die Zwischentür. Die Schülerinnen der 3c standen betreten im Raum herum. In ihren Höschen und Hemdchen. Und der neue Hausmeister zwischen ihnen. Die Direktorin hob die Hand, als wollte sie ihrer Frage Gewicht verleihen. »Was machen Sie denn hier?«

Der Hausmeister, Fausner hieß er, machte ein schuldbewusstes Gesicht. »Ich soll nach der Dusche sehen, die tropft.« Er deutete auf den rückwärtigen Teil der Umkleide, wo es zum Duschraum ging.

»Ja, aber nicht gerade, wenn wir uns umziehen.«

»Ich dachte, nachmittags ist hier niemand.« Er machte Anstalten, wieder nach draußen zu gehen.

»Sie sehen ja, dass jemand hier ist. Montags immer. Jetzt gehen Sie in die Dusche, wenn Sie schon da sind.« Kleinschmitt klatschte in die Hände. »Und ihr zieht euch endlich um, hopp, hopp, die Zeit rennt!«

Als Herr Fausner in der Dusche verschwunden war, ging sie zurück in die Lehrerumkleide, um sich die Sportschuhe zu schnüren. Sie ließ die Zwischentür offen stehen. Die Mädchen fanden trotz des Vorfalls rasch zu ihrem üblichen Geräuschpegel zurück. Ein Mann in der Umkleide wurde von den Kindern in der ersten oder zweiten Jahrgangsstufe ohne Aufregung quittiert. Die ganz Kleinen waren noch im Zustand der absoluten Unschuld. Doch schon ab der dritten Klasse änderte sich das, zumindest hatte Herta Kleinschmitt diese Beobachtungen im Laufe der Jahre machen können. Die Dritte war ein Kippstadium, und in der Vierten war das geschlechtliche Erkennen und damit die Scham in die kleinen Körper eingekehrt. Bei den Hauptschülern ab der Fünften wäre beim Erscheinen eines Mannes in der Mädchenumkleide Hysterie ausgebrochen. Überhaupt die Mädchen ab elf, zwölf taten total frühreif, sahen ja auch so aus. Noch vor zehn Jahren war das ganz anders gewesen, da hielt sich das Kindliche bis zur sechsten Klasse, mindestens. Aber dass der Fausner einfach hier hereinmarschierte, ging weder in der dritten noch in der ersten Jahrgangsstufe, das ging überhaupt nicht. Sie würde mit ihm noch einmal ein ernstes Wörtchen reden müssen. Wehret den Anfängen.

Henning Schwind schaute auf die Uhr. Seine Breitling zeigte gerade zehn Minuten nach fünfzehn Uhr. Er hatte heute früher das Büro verlassen, viel früher als sonst. Eigentlich gab es einen Grund zum Feiern. Schwind hatte eine große Verkaufsfläche in der City-Galerie vermieten können. Eine stattliche Provision war ihm sicher. Für dieses Projekt hatte er ziemlich viel Zeit aufwenden müssen, umso mehr freute er sich, dass die Sache unter Dach und Fach war.

Seine Frau und Marlene waren nicht zu Hause. Montagnachmittag hatte Marlene Geigenstunde in der Musikschule, anschließend würde sie mit ihrer Mutter zum Schwimmen gehen. Im Winter im Hallenbad, sommers im Freibad.

Das Haus strahlte eine kühle Stille aus, die Henning Schwind aufatmen ließ. Es war gut, einmal allein zu sein, ohne Termine, ein paar seltene freie Stunden. Im Schlafzimmer tauschte er Krawatte und Hemd gegen ein einfaches Benetton-Poloshirt aus und ging wieder nach unten. Er setzte sich auf das Sofa und sah nach draußen in den sonnigen Garten. Der Bambus müsste ausgedünnt werden. Zum Glück hatte er sich damals, als er ihn pflanzen ließ, für eine tiefe Rhizomsperre entschieden, sonst wäre der ganze Garten schon überwuchert.

Es klingelte. Schwind atmete seufzend aus und ging langsam zur Haustür. Es war Kata. Sie musste seinen Wagen gesehen haben.

»Was willst du?«, fragte er barscher, als er es beabsichtigt hatte.

Das Mädchen strahlte ihn an, als sie sich durch die halb geöffnete Tür drückte. »Bei diesem Wetter so schlechte Laune, Herr Schwind?«

Sie trug ein weißes Top. Keinen BH. Ihre Brustwarzen drückten sich durch den dünnen Stoff. Schwind schluckte und wendete den Blick ab. Kata stand dicht vor ihm. »Wann kann ich denn mal wieder Babysitten? Ich brauche dringend ein bisschen Geld.«

»Im Moment haben wir nichts geplant«, sagte Schwind. Er hatte noch immer die Hand an der Tür.

»Dann einen Vorschuss. Bitte, bitte.« Kata spitzte die Lippen.

Henning Schwind löste die Hand von der Tür und ließ sie sachte auf Katas Rücken nieder.

Kata drehte sich weg. »Nicht doch, mein Herr. Das könnte missverstanden werden. Du wolltest die Sache doch beenden!«

Sie zog ihre Augenbrauen zusammen. »Was ist jetzt mit einem Vorschuss?«

Es stimmte. Er hatte die Affäre beendet. Und am liebsten hätte er alles, was passiert war, ungeschehen gemacht, aber das war nicht mehr möglich. Sein schreckliches Geheimnis würde ihn immer begleiten. Und wenn es ans Tageslicht käme, dass er mit einer Minderjährigen Sex gehabt hatte, könnte er sich aufhängen. Schwind griff in das Sakko an der Garderobe und langte einen Zwanzigeuroschein aus seiner Geldbörse. Er legte das Geld in Katas ausgestreckte Hand.

»Ich brauche ein bisschen mehr. Bitte, Herr Schwind, Sie sind doch sonst so entgegenkommend gewesen.«

Er gab ihr noch einen Zwanziger. »Wie lange willst du das Spiel noch spielen?«

»Welches Spiel?«, säuselte Kata und gab ihm einen Kuss auf die Wange, drehte sich um und schlüpfte durch die Tür.

»Das war das letzte Mal«, sagte Henning.

»Bist du nicht willig, so brauch ich Gewalt«, sagte Kata, mit dramatischem Unterton, als stünde sie auf einer Bühne.

»Willst du mir etwa drohen?«

»Au revoir, mon amour«, rief sie lachend und winkte, ohne sich umzudrehen.

»Du mich auch«, sagte Schwind und schloss die Tür.

Für einen Moment des Glücks, für einen weiteren oder zwei der größten Lust, für eine Befriedigung, die nur kurz währte, hatte er seine Seele verkauft. Henning Schwind saß wieder auf dem Sofa, seinen Blick auf den Garten gerichtet, doch er sah nur dieses Mädchen vor sich und dachte an den Abend, als es das erste Mal passiert war. Es war vor vier Monaten gewesen, seine Frau war mit Vivian ins Kino gegangen. Irgendein Streifen mit George Clooney natürlich. Als Henning aus dem Büro gekommen war, saß Kata vor dem Fernseher, sie trug einen rosa Jogginganzug aus einem weichen Nickistoff. Marlene schlief bereits.

Ob sie noch bleiben könne und den Film zu Ende sehen, hatte Kata gefragt und sich auf dem Sofa geräkelt. Henning schmeichelte es, dieses junge Ding in seiner Nähe zu haben. Er setzte sich mit dem Laptop an den Couchtisch und versuchte zu arbeiten.

»Unser Lehrer ist ein cooler Typ«, sagte Kata, nachdem sie eine Weile schweigend den Fernseher betrachtet hatte. »Er ist noch ziemlich jung, so alt wie du etwa.«

Auch das hatte ihm geschmeichelt, und er hatte Kata genauer betrachtet. Sie lächelte ihn an und biss sich auf die Unterlippe, was Henning auf eine unbestimmte Art gefiel. Er lächelte zurück.

»Im Sexualkundeunterricht hat Herr Beißler gemeint, dass wir masturbieren sollen, um unseren Körper kennenzulernen. Was meinst du dazu?«

Henning antwortete nicht, nickte nur leicht, sein Mund war ausgetrocknet und sein Rücken fühlte sich warm und feucht an.

Er räusperte sich. »Ich bin schon zu Hause.«

»Schön. Ich rufe wegen dem Abendessen an. Wollen wir nach dem Schwimmen mit Marlene essen gehen?«

»Ja«, krächzte Henning Schwind und würgte das Telefon zwischen seinen Fingern, als wäre es nicht aus Kunststoff und Metall zusammengesetzt, sondern aus Fleisch und Blut.

Die Abendsprechstunde war beendet. May hatte drei Hunde und zwei Katzen geimpft, einem Wellensittich die Krallen geschnitten und einem Kaninchen die Zähne gekürzt. Es war nicht allzu viel los gewesen, und doch hatte May die Sprechstunde erschöpft. Überhaupt ermüdete ihn die tägliche Arbeit. Seit Langem. Er war mit Leib und Seele Tierarzt, aber manchmal zweifelte er doch an seinem Tun. Die Haustiere wurden teilweise übertrieben verhätschelt und überbetreut. In Ländern der Dritten Welt konnten die Kinder sich nicht einmal das Schulgeld leisten, und hier? Hundefutter aus biologischem Anbau und Katzenkratzbäume für Hunderte von Euro. Irgendetwas lief doch in dieser Gesellschaft schief. Aber mit seinen misanthropischen Gedanken würde er es auch nicht besser machen. Sicher nicht.

Als er sich die Hände wusch, hörte er eine tiefe Stimme von der Rezeption. Olga öffnete die Tür und sagte May, dass noch ein Tierbesitzer da sei. Sie trat zur Seite, und ein baumlanger, vollbärtiger Kerl in Lederjacke und Jeansweste kam herein. Er hatte einen Jutesack dabei und schüttete den Inhalt auf den Behandlungstisch. May wäre um ein Haar vor Schreck einen Schritt zurückgetreten. Zwei riesige Schlangen rollten aus ihrem dunklen Gefängnis und schlängelten sich zu einem lebenden Bündel zusammen, aus dem ihre breiten, züngelnden Köpfe hervorstanden. May hatte den Eindruck, als wenn beide Tiere ihn mit ihren starren, strichförmigen Pupillen fixierten.

»Die fressen nix mehr«, sagte der Mann und kratzte sich

irgendwo in seinem Vollbart. Auf der Jeansweste erkannte May das Abzeichen der Warriors, eines örtlichen Rockerklubs.

»Ich behandle keine Reptilien. Dafür gibt es einen Spezialisten in Hanau«, antwortete May.

Der Mann sah May mit einem Blick an, der dem der Schlangen ähnlich war. »Die fressen nix mehr und Sie sind Tierarzt und ich bin jetzt in Ihrer Praxis. Also, wo ist das Problem?«

»Ich bin nicht spezialisiert auf Reptilien und Schlangen.«

»Probieren Sie es. Und wenn es nicht klappt, kann ich immer noch nach Hanau fahren.«

May hatte das Gefühl, als läge etwas wie Wahnsinn im Blick des Schlangenbesitzers. Eine Diskussion würde zu nichts führen, also wendete er sich den Schlangen zu.

Es handelte sich um zwei jüngere Königspythons, beide etwa eineinhalb Meter lang. Auf ihrem kräftigen hellbraunen Körper verlief ein gelbliches Band aus lang gezogenen Karos. In den Zeichnungen eine der Pythons entdeckte May kraterartige Wunden, die teils ausgetrocknet, teils feucht-entzündlich aussahen. Er packte das Tier in der Mitte des Leibes, der sich kühl und doch lebendig anfühlte, hart und zugleich biegsam. Vorsichtig tastete May die Hauterosionen ab. Der Kopf der Schlange drehte sich zu ihm, May bog seinen Oberkörper zurück, dann ließ er das Tier los.

»Hautpocken, wie es aussieht.« Er holte eine Desinfektionslösung und pinselte die Stellen mit ausgestreckten Armen aus. »Woher haben Sie die Tiere?«

Der Rocker starrte May an. »Geschenkt gekriegt.«

»Ja, aber woher stammen die Tiere?«

Der Mann zuckte mit den Schultern.

»Aus einer einheimischen Zucht?« May wusste, dass es verboten war, Pythons zu importieren, am Ende waren die Tiere sogar illegale Wildfänge. »Sie wissen ja, dass ich verpflichtet bin, die Cites-Papiere zu überprüfen, sonst mache ich mich strafbar.«

Aus dem Vollbart kam ein kurzes, höhnisches Lachen.

»Haben Sie die Papiere dabei?« May betrachtete die zweite Schlange. Ihre Haut glänzte wie eingeölt. Über den Augen war ein leichter grauer Film erkennbar. Er packte sie am Hals, direkt hinter dem Kopf. Das Tier versuchte, sich ihm zu entwinden. May spürte die Kraft der drehrunden Muskulatur.

»Ich habe die Schlangen geschenkt gekriegt. Sagte ich doch?«

»Das sagten Sie, aber trotzdem benötige ich die Papiere.«

»Ich frag mal den Vorbesitzer und bring sie vorbei. Und? Was hat die?«

Der Python riss den Mund auf, ein leises Fauchen drang aus der Kehle des Tieres. Die lange, geteilte Zunge schnellte heraus. Eitrige Pusteln breiteten sich auf Zunge und Schleimhaut aus.

»Mundfäule«, sagte May und legte das Tier vorsichtig auf den Tisch zurück. »Ich werde beiden eine Injektion verabreichen, Schlangen leiden häufig an Vitaminmangel, vor allem Vitamin-A-Mangel. Dann halten Sie mal das Tier fest.« Der Mann machte keine Anstalten, Mays Aufforderung zu folgen, also packte er selbst den Kopf der ersten Schlange und stieß die Injektionsnadel in den schuppigen Leib. Die Stelle um den Einstich zog sich zusammen und es drückte die Nadel nach außen. Druck erzeugt Gegendruck, dachte May und stieß die Spritze tiefer hinein. Das Maul des Pythons öffnete sich wieder. Lange spitze Zähne. Die geteilte Zunge. Ein Zischen aus dem Hals, ein Tröpfchen Reptilienspeichel hing in seinen Wimpern.

Dasselbe Prozedere bei der zweiten Schlange. May bestellte den Mann zwei Tage später wieder ein.

Der Rocker packte sie in den Jutesack und verließ, einen Gruß murmelnd, die Praxis. May atmete tief durch. Solche Patienten stressten ihn, und ihre Besitzer dazu.

Olga fegte mit einem Besen in den Raum. »Wenn es Probleme

gibt mit großem Mann, sagen Sie mir. Ich erzähle dann Dimitri. Dimitri sich kümmern.«

»Nein, nein, Olga. Der sieht gefährlicher aus, als er ist.«

»Sie müssen los. Tierarzttreffen.« Neben dem Bücherregal machte sie halt. »Chef? Wollte Ihnen noch sagen, dass hier alles feucht ist.« Sie deutete auf einen Fleck neben dem Regal.

Von der Bodenleiste zog sich etwa einen Meter lang eine dunkle Fläche amöbenhaft nach oben. Das war May bisher noch nicht aufgefallen, er fasste hin, die Stelle war kühl und feucht. Mit einem Kugelschreiber stocherte er dagegen, durchstieß ohne größeren Widerstand die Raufasertapete und brach etwas nassen Putz aus der Wand.

»Das kommt von unten«, sagte May, schaute Olga an, von der kein Vorschlag kam, und machte sich auf den Weg in den Keller.

Ein dumpfer Geruch schlug ihm entgegen, als er die Steintreppe hinabstieg. Er war selten in seinen Kellern, es war zu feucht, etwas hier zu lagern. Die Wände unter dem Behandlungszimmer glänzten in dem schummrigen Licht. Sie sahen angenagt aus, zerfressen von Nässe und Schimmel, grünlich schimmerten die Steine, und Putz lag an den Rändern des Raumes.

»Altes Haus«, sagte May, als er wieder nach oben kam, »da kann es schon mal feucht werden.«

»Muss untersucht werden. Nicht gut für Gesundheit. Soll ich Fachmann anrufen?«, fragte Olga.

May brummte etwas, was Zustimmung oder Ablehnung bedeuten konnte und blickte auf die Uhr. »Ich muss dann mal los«, damit ging er nach draußen.

Gerade als die Tür einrasten wollte, griff May ans Holz und drückte sie wieder auf. Vom Empfangstresen rief er Olga zu, dass er noch ein Telefonat führen müsse. Er suchte in der Patientendatei nach einer Telefonnummer. Wählte. Bereits nach kurzer Zeit wurde abgehoben und Michael Sommer meldete sich.

»Hier ist May. Sie haben heute einen Zettel bei mir in der Praxis aufgehängt.« May kam es vor, als spräche er in ein Vakuum. Erst nach einer Weile hörte er Sommers Stimme.

»Ich dachte, das geht in Ordnung.«

»Natürlich. Ich wollte Ihnen nur sagen, dass ich hoffe, Eugen taucht wieder auf.«

»Das ist sehr freundlich von Ihnen, Herr Doktor.«

»Herr Sommer? Können Sie mir erzählen, wie Eugen verschwunden ist?«

Michael Sommer berichtete May von dem Samstag, als er zum Joggen gegangen und Eugen nicht zurückgekehrt war. Er war das gesamte Wochenende mit dem Fahrrad herumgefahren, hatte die ganze Gegend abgeklappert, im Tierheim und später bei der Polizei und Feuerwehr angerufen. Alles ohne Erfolg.

»Und ist Ihnen nichts aufgefallen, als Sie beim Joggen waren?«

»Es war alles wie immer. Ich kann mir das nicht erklären. Hoffentlich geht es Eugen gut«, sagte Sommer mit leiser Stimme. »Wenn er noch lebt.«

»Man soll die Hoffnung nie aufgeben«, sagte May und wusste, wie dumm sich das anhörte. »Falls Eugen auftaucht, würden Sie mir bitte Bescheid sagen?«

»Das mache ich«, sagte Sommer. »Und danke für den Anruf.«

Ein leises Knacken zeigte May, dass Michael Sommer aufgelegt hatte.

Das Tierarzttreffen fand in der Schellenmühle statt, einem Reiterhof mit Gaststätte vor den Toren der Stadt. Auf dem Weg dorthin hatte May überall blühende Büsche gesehen, wie riesige Sträuße waren sie ihm vorgekommen, die das grüne Tuch des Frühlings deckten. Es war belebend, durch die saftige, sprießende Natur zu fahren. Als May seinen Wagen parkte, klingelte das Mobiltelefon.

»Hallo, Papa«, die Stimme Luises. Seine jüngere Tochter hatte sich schon seit ein paar Wochen nicht mehr gemeldet. Sicher brauchte sie Geld.

»Vermisst du mich?«

»Natürlich, mein Liebes«, sagte May.

»Wollen wir diese Woche Pizza essen gehen?«

Es musste sich um eine größere Summe handeln.

»Gerne«, sagte May. »Du hast doch was auf dem Herzen?«

»Nein, alles super. Ich wollte dir nur erzählen, dass wir nach Rom fahren. Zur Abschlussfahrt. Stell dir vor: in die ewige Stadt!«

»Toll. Aber du hast doch erst in einem Jahr deine Abiturprüfung.«

»Das hat Mama auch gesagt, aber planen müssen wir jetzt schon. Und das Geld für die Fahrt ist auch bald fällig. Wegen dem Flug- und Hotelbuchen und so.«

»Wie viel brauchst du?«

»Es ist ganz günstig. Nur tausend Euro. Für alles. Und Spesen natürlich.«

»Natürlich. Du, ich muss jetzt zur Notdienstbesprechung.«

»Krieg ich das Geld von dir?«

»Und deine Mutter? Die könnte ja die Hälfte bezahlen, immerhin wohnst du bei ihr.«

»Sie hat kein Geld, sagt sie, und ich soll mich an dich wenden, wenn ich fahren will.«

May stöhnte. »Lass uns später darüber reden, ich muss jetzt wirklich rein.«

»Also hilfst du mir? Zur Belohnung für das Abi?«

»Dann musst du es auch schaffen.«

»Super, Paps. Du bist der Größte. Thanks so much!«

Bevor May etwas sagen konnte, hatte sie aufgelegt. Er hätte sie gerne daran erinnert, ihre alte Patentante zu besuchen. Aber das würde er das nächste Mal nachholen. Vielleicht wäre es an ihm, sich öfter zu melden. Dann könnte er Luise auch einmal erklären, dass das Geld nicht einfach vom Himmel rieselte, vor allem, da es bei ihm auch nicht sonderlich gut lief. Überhaupt schien es May, dass sich die Gespräche mit seinen Töchtern nur noch um Finanzielles drehten. Dabei gab es doch Wichtigeres im Leben. May betrachtete einen Moment das Telefon, dann steckte er es lächelnd ein und verließ den Wagen.

Es war noch immer sehr warm, fast sommerlich. Durch den hohen Himmel schnitten Schwalben als unruhige Bleistiftstriche, zeichneten unsichtbare Linien ins Blau. Die Sonne sickerte wie Eigelb in den nahen Wald, ließ die Kronen der Bäume aufleuchten, angefacht von einem inneren Feuer.

Die Kollegen saßen um eine lange Tafel im Nebenraum der Gaststätte. Man kannte sich seit Langem, man grüßte sich, mal herzlich, mal distanziert. May setzte sich neben Wilhelm Koch, einen Kleintierpraktiker vom anderen Ende der Stadt. Sie waren beide schon lange im Geschäft und hatten viele Praxen aufmachen

sehen und einige davon wieder schließen. Früher hatten sie sich häufiger auf ein Bier getroffen, und manchmal waren daraus auch ein paar zu viel geworden. In den ersten Jahren seiner Arbeit war viel zu tun gewesen, gleichzeitig hatte er auch allerhand außerhalb der Praxis unternommen. Mit Koch war er sogar ein paarmal im Spessart und Odenwald zum Wandern gewesen, auch, als er schon verheiratet gewesen war. Die Touren waren regelmäßig in ein kleineres Besäufnis ausgeartet. Aber mit Stil! Eigentlich hatten sie als junge Männer viel Spaß miteinander gehabt. Wohin war diese Zeit gegangen? Ganz klammheimlich hatten sich diese Tage aus Mays Leben gestohlen.

»Hallo, Arnfried, trinkst du auch ein Pils?« Er winkte der Bedienung mit dem leeren Glas und bedeutete ihr, zwei Bier zu bringen. »War der Gorilla schon bei dir?«, fragte Koch.

»Ein paar Affen waren heute da, einer arbeitete bei der Stadt und wollte mir eine größere Mülltonne aufschwatzen, das ja, aber kein Gorilla. Welcher Gorilla?«

»Na, in Frankfurt kommt ein Typ in die Praxen und möchte für seinen Gorilla Narkosemittel. Er wär vom Zirkus und sagt, die Tierärzte sollten mitfahren und sich überzeugen, dass der Gorilla Zahnweh hat. Kannst dir ja vorstellen, dass da keiner mitwill und lieber das Narkosemittel abgibt. Was natürlich illegal ist.«

»Schön blöd, aber nachvollziehbar.« May lehnte sich zurück, um der Bedienung Platz zu machen.

»Danke, das ging ja schnell«, sagte Koch und sah ihr hinterher.

Doktor Girok Scheffner, der am Kopfende der Tafel saß, klopfte mit einem Löffel gegen sein Glas. Er war seit Jahren der Vorsitzende des örtlichen Tierärzteverbandes, unangefochten, ohne Gegenkandidaten. Es wollte sonst keiner machen, so sah es May, und ihm ging es nicht viel anders.

»Liebe Kolleginnen und Kollegen. Ich möchte Sie alle zu unserer heutigen Notdienstbesprechung begrüßen und noch ein,

zwei Dinge ansprechen, die erörtert werden müssen. Ich weiß, dass sich die Notdiensteinteilung meist in die Länge, respektive Nacht, zieht, daher werde ich nach dem Motto: ›In der Kürze liegt die Würze‹ verfahren und Sie nicht über Gebühr aufhalten.«

Einige Kollegen klopften auf den Tisch, was hier und da Gelächter erzeugte.

»Bevor wir mit der Notdiensteinteilung beginnen, komme ich gleich zu Punkt eins. Die Amtstierärztin, Frau Doktor Bopp, hat mich gebeten, Ihnen über die Vorfälle im Tierheim zu berichten. Vielleicht hat der eine oder andere davon gehört, dass im Tierheim eingebrochen wurde. Bei diesen Einbrüchen wurden auch der tierärztliche Behandlungsraum gewaltsam geöffnet und sämtliche Narkotika entwendet. Es scheint sogar so zu sein, dass es in erster Linie um die Betäubungsmittel ging, da sonst kein weiterer Schaden festzustellen war.«

»Das war bestimmt der Gorilla!«, rief Wilhelm Koch dazwischen. Scheffner wischte mit einer Handbewegung vorsorglich weitere Kommentare zur Seite, wobei er strafend zu Koch und May blickte.

»Bargeld war keines in der Kasse«, fuhr Dr. Girok Scheffner fort, »so wurde auch keines gestohlen.« Gelächter. »Frau Bopp bittet alle Kollegen, ein Auge auf die Aufbewahrung der Narkotika zu haben, da die Täter eventuell auch in niedergelassene Praxen einbrechen könnten. Also, schließt die Mittel gut ein, wie es auch Vorschrift ist!« Scheffner hob mahnend den Zeigefinger und führte aus, wie es sich mit der Gesetzeslage verhielt, im Falle von gestohlenen, nicht ordentlich gesicherten Betäubungsmitteln.

Dann kam er allmählich auf das zweite Thema des Abends, die neuen Richtlinien bei den jährlich durchzuführenden Impfungen von Kleintieren. Eine angeregte Diskussion setzte sich in Gang. Jeder der Anwesenden schien dazu eine andere Meinung zu haben.

May hörte eine Weile zu, dann stand er auf und rief in die

Runde: »Kollegen, bevor wir uns völlig an dem Thema festbeißen, hätte ich noch eine Frage, die mit den neuen Impfschemata nichts zu tun hat.« Langsam kehrte Ruhe ein.

»In den letzten Wochen sind zwei Hunde aus meinem Klientel verschwunden. Spurlos. Angeblich sind das nicht die einzigen. Hat jemand von euch etwas mitbekommen? Werden noch irgendwo Hunde vermisst?«

»Die haben den Tierarzt gewechselt«, rief Wilhelm Koch. »Und dir davon nichts erzählt.«

Am anderen Ende der Tafel hob sich eine Hand. Ein junger Veterinär, der sich kürzlich in einem angrenzenden Vorort niedergelassen hatte, räusperte sich. »Ein Patient von mir ist auch verschwunden. Ein Cockerspaniel.«

»Wissen Sie, wie und wo?«, fragte May.

»Die Besitzer wohnen am Kugelberg, direkt am Ortsende. Der Hund war abends immer im Garten, und als sie ihn hereinholen wollten, war er unauffindbar. Die Leute sagten, der Zaun wäre viel zu hoch, als dass der Hund drüberspringen könnte. Es müsste ihn jemand drübergehoben haben.«

Der Kugelberg grenzte auf der anderen Seite der Fasanerie direkt an den Park.

»Bei mir ist auch ein Hund verschwunden.« Eine Tierärztin, Nicole Stürmer, meldete sich zu Wort. »Die Besitzer meinten, er sei ein alter Streuner und abgehauen. Aber bisher sei er immer zurückgekommen. Wieso fragen Sie? Denken Sie, die Fälle hängen zusammen?«

Bevor May antworten konnte, schaltete sich vom Tischende Doktor Scheffner ein. »Zufall würde ich sagen. Ich hätte doch schon etwas gehört, wenn Hunde gezielt entführt würden. Außerdem sind die Zeiten der Hundefänger lange vorüber. Sie wissen, dass die Pharmaindustrie für die noch notwendigen Tierversuche auf eigene Züchtungen zurückgreift.«

»Noch notwendig. Schön gesagt«, warf Frau Stürmer ein. Ein paar Anwesende murmelten zustimmend.

»Also, ich betone noch einmal, dass es sich meiner Meinung nach um keine gezielten Tierdiebstähle handeln kann«, sagte Scheffner.

»Hört, hört«, rief jemand.

»Wir sollten weitermachen«, ein anderer.

Unruhe griff um sich, und das Gespräch fand wieder zu den Impfrichtlinien zurück.

Herta Kleinschmitt war unruhig. Ihre rechte Hand kratzte den linken knochigen Oberarm und sprang dann wie eine aufgescheuchte Spinne in den juckenden Nacken. Sie saß in ihrem Sessel im Direktorat und versuchte, das Schreiben des Schulrats zu lesen. Die Buchstaben verschwammen und tanzten auf dem holzfreien Papier der Schulbehörde mit vierzig Prozent Anteil recycelten Materials. Es war ihr nicht möglich, den Sinn zu erfassen, ihre Augen brannten.

Heute Nachmittag hatte sie eine außerordentliche Konferenz einberufen, um über den gestrigen Vorfall zu beraten. Ein Junge hatte mit einem Stock einen Mitschüler derart geschlagen, dass der von einem Notarzt behandelt werden musste. Ein Riesenzirkus! Dann musste sie dringend die Kollegen in deren Unterricht besuchen, um die Beurteilungen durchzuführen und diese ans Schulamt zu schicken. Eine unangenehme Sache, sowohl für sie als auch für die Kollegen. Herta Kleinschmitt schwitzte. Sie kam einfach nicht nach mit den Aufgaben, seit sie für einige Wochen gesundheitsbedingt ausgefallen war.

Sie horchte an der Zwischentür zum Sekretariat. Draußen wurde telefoniert. In fünf Minuten würde es zum Ende der vierten Stunde klingeln. Herta Kleinschmitt kramte in ihrer Handtasche nach dem Pillendöschen. Die kleine gelbe Tablette klebte einen Moment an ihrem Gaumen, bevor sie in die Speiseröhre rutschte. Es wäre besser gewesen, einen Schluck Wasser dazu zu trinken, auch wegen der schnelleren Wirkung. Das Blut in ihrem Hals

pochte noch immer, als wollte es die Gefäßwände zerreißen. Doch allmählich nahm der Druck in ihrer Halsarterie ab und bald fühlte sie eine angenehme Wärme, die sich über den Blutkreislauf in ihrem ganzen Körper ausbreitete, das Zentralnervensystem erreichte und den Rumor der Welt abdimmte. Die Psychopharmaka reduzierten die kratzenden Geräusche der Pflichterfüllung und den alltäglichen Trubel, wie frisch gefallener Schnee den Lärm des Verkehrs erstickte. Herta Kleinschmitt zog das Fläschchen mit dem Valoron hervor und tropfte sich etwas davon auf die Zunge, und noch etwas mehr. Das dürfte nicht schaden. Ihr Kreislauf normalisierte sich, und die Hitze auf den Wangen und in den Handinnenflächen ließ spürbar nach.

Das Klingeln der Schulglocke drang an ihr Ohr. Hastig stopfte sie das Valoron wieder in die Handtasche und zog den Reißverschluss zu. Die Heizungsrohre an den Wänden wisperten leise, doch sie hörte nicht auf die Vorhaltungen, die sie darin erkannte, sondern verließ das Direktorat.

Ein Pfefferminzdragee im Mund, eilte die Direktorin der Selma-Lagerlöf-Schule festen Schrittes zu ihren Pflichten zurück.

Ihr nun überaus angenehm geschärfter Blick, der kleine Abweichungen der täglichen Abläufe intuitiv erfasste, schweifte routiniert über die Schüler, die aus den Klassenzimmern stürmten, belegte den Schulhof einen kurzen, kritischen Augenblick, um wieder in die langen Flure der Lehranstalt zurückzukehren. Die Aufmunterung hatte gutgetan, Herta Kleinschmitt war wieder konzentriert, ganz da, um ihre Aufgaben als Schulleiterin zu erfüllen. Wäre doch gelacht, wenn sie ihrem Job nicht mehr gewachsen wäre.

Gerade als sie mit kraftvollem Schwung die Tür zum Direktorat öffnen wollte, fiel ihr Blick abermals auf den Schulhof, der sich bereits wieder geleert hatte. Im hinteren Teil des Schulgeländes sah sie drei Personen. Sofort klingelten ihre Alarmglocken.

Dirk Fausner stand dort und redete auf zwei Mädchen ein. Der neue Hausmeister war Kleinschmitt von Anfang an suspekt gewesen. Dann der Vorfall in der Mädchenumkleide. Seine verdruckste Art. Wie er manchmal die Kinder anstarrte. Wie er Gesprächen aus dem Weg ging und wenn es dazu kam, die Augen abwandte, wegschaute, als hätte er etwas zu verbergen. Fausner war erst vier Wochen an der Schule, er hatte untadelige Zeugnisse, das ja, aber er war ein fragwürdiger Sonderling in seiner unscheinbaren, zurückgezogenen Art.

Die Mädchen drängten sich zusammen, als wehte ein kalter Wind über den Schulhof, und Kleinschmitt meinte ihre Abneigung zu spüren, ihr Unwohlsein, aber auch ihre Zurückhaltung und ihr zögerndes Entgegenkommen vor der Autorität des Erwachsenen. Sie waren aus der 3b, die heute nach der vierten Stunde Schulschluss hatte. Und sie waren zur falschen Zeit am falschen Ort. Fausner deutete auf den Hausmeisterbungalow, die Blicke der Mädchen folgten der Richtung seines ausgestreckten Arms.

Herta Kleinschmitt wusste, wie es war, wenn Hände dorthin fassten, wo sie nicht hinfassen sollten, kannte die Angst und das schlechte Gewissen, das diese Hände hinterließen. Und so wie sie es nie vergessen könnte, würde sie es nie zulassen, dass einem der ihr anvertrauten Schüler Ähnliches widerfahren sollte. Herta Kleinschmitt setzte ihre dünnen Beine in Bewegung und eilte den Gang entlang, nahm die Treppe, betrat den Schulhof und war nach kurzer Zeit an der Stelle, an der sie die kleine Gruppe gesehen hatte.

Doch niemand war dort. Hektisch spähte sie in alle Richtungen. Da sah sie die Bewegung der Gardinen in einem Fenster der Hausmeisterwohnung. Im Nu war sie an der Tür und klingelte. Dann klopfte sie, rief.

Die Tür öffnete sich einen Spalt, und das mausgraue Gesicht Fausners erschien. Das schüttere aschblonde Haar war nachlässig

über die beginnende Glatze gekämmt. Seine Lippen glänzten fettig. Fausners Blick war erstaunt, schuldbewusst.

»Ich muss mit Ihnen sprechen«, sagte Herta Kleinschmitt barsch.

»Ich mache gerade Mittagspause.« Fausner wischte sich mit dem Unterarm über die Lippen.

»Es eilt. Kann ich hereinkommen?« Kleinschmitt machte Anstalten, den Mann zur Seite zu drängen, um in den Bungalow zu gelangen.

Doch der Hausmeister wich nicht zur Seite und öffnete die Tür keinen Zentimeter weiter.

Kleinschmitt versuchte, an ihm vorbei in die Wohnung zu blicken. »Lassen Sie mich herein«, krächzte sie und fühlte einen Schwindel aus ihrem Magen heraufsteigen.

Plötzlich hörte sie einen hohen Schrei. Sie riss den Kopf herum und sah gerade noch, wie die zwei Mädchen hintereinander aus dem Schultor rannten. Sie lachten bei ihrem Fangenspielen. Vor dem Tor wartete eine Frau, die Mutter des einen Kindes, und winkte den beiden zu.

Herta Kleinschmitt spürte ein Brennen in ihren Eingeweiden, ihr Gesicht wurde schlagartig heiß. Die Röte war nicht zu unterdrücken.

»Ein andermal«, sagte sie in das überraschte Gesicht Fausners und wendete sich ab, um schnell aus dieser Situation in die Abgeschiedenheit des Direktorats zu gelangen. Sie musste der Scham mit ein paar Pillen entgegentreten. Was war nur in sie gefahren?

»Marlene!« Wo war dieses Kind schon wieder? Ina Schwind hasste diese total absonderliche Art ihrer Tochter, sich immer und überall verstecken zu müssen. Das hatte sie von der väterlichen, von Hennings Seite mitbekommen. Nicht umsonst hatte ihre Mutter, schon als Ina ein kleines Mädchen war, gepredigt, dass sie sich die Eltern ihres zukünftigen Mannes genau ansehen solle, bevor sie einem das Jawort gäbe. Aber von den Großeltern hatte sie leider nichts gesagt. Und war nicht Hennings Großvater ein totaler Menschenflüchtling gewesen? Er hatte, wie Henning gerne erzählte, sich immer versteckt, wenn Besuch kam. Einmal sei er sogar aus dem Küchenfenster gesprungen, als Verwandtschaft unangemeldet aufgetaucht war, und hatte sich dabei ein Bein gebrochen. Der hatte einen totalen Knall, anders konnte man es nicht sagen. Und Marlene war seine Urenkelin! »Marlene! Wir müssen los!« Sie selbst hatte Hennings Opa nur zwei-, dreimal leibhaftig gesehen. Das erste Mal, als sie mit Henning dessen Großmutter im Krankenhaus besuchte, da hatte er an ihrem Bett gesessen und war nach einer kurzen Vorstellung davongelaufen, ohne sich richtig zu verabschieden. Dann bei der Beerdigung seiner Frau. Er stand am offenen Grab und schien kurz davor zu sein, selbst hineinzuspringen. Das letzte Mal hatte Ina ihn bei seiner eigenen Beerdigung gesehen, die kurz darauf stattfand. Er war aufgebahrt worden und so allen Blicken wehrlos ausgeliefert. Sein Gesichtsausdruck wirkte total zerknirscht, erinnerte sich Ina und musste ein wenig lächeln. Sie hatte sich Zeit

gelassen bei der Verabschiedung und ihn lange gemustert. Jetzt konnte er nicht mehr abhauen, oder aber, jetzt war er endgültig auf und davon. »Marlene! Verdammt noch mal. Es reicht jetzt!« Ina hatte ihren Blazer bereits angezogen und die Autoschlüssel in der Hand. In ein paar Minuten hatte Marlene Musikunterricht, sie würden wieder einmal zu spät kommen.

Als sie im Vorübergehen aus dem Wohnzimmerfenster blickte, sah sie ihn! Ein junger Mann, einen total ungepflegten Vollbart im Gesicht, stand ein paar Meter jenseits des Gartenzauns. Er hielt etwas in der Hand, ein kleines Tier oder eine zerbrechliche Puppe, und starrte ihr unverwandt ins Gesicht. Ina war wie versteinert. Furcht sprang sie aus einer unbekannten Richtung an, kalt und feucht klammerte sie sich an ihre Schultern, schob sich über sie, ergriff ihr Herz, das dröhnend antwortete. Sie stand, wie der Mann, reglos, als wären sie gemeinsam einen Moment aus der Zeit gerückt.

Ein Geräusch in ihrem Rücken ließ sie schreiend zusammenfahren. Sie riss ihren Kopf herum und sah Marlene in der Tür stehen. Aus Inas Mund kam ein wütendes Geräusch, das ihre Anspannung schlagartig wegspülte und sie sich an der Lehne eines Sessels festhalten ließ. Als sie den Kopf drehte, war der Mann verschwunden.

»Warst du im Garten?« Die Worte kamen wie harte, kantige Steine aus ihrem Mund gerollt.

Marlenes Lachen verflog, und sie wich einen Schritt zurück. »Ich war nicht im Garten.«

»Du gehst nicht allein in den Garten, hörst du?«

Marlenes Lächeln kehrte allmählich zurück. »Ich war auf dem Dachboden, Geschichten suchen.«

»Los jetzt, sonst kommen wir zu spät.« Ina ergriff Marlenes Hand und zog sie mit sich. »Außerdem haben wir keinen Dachboden, falls dir das noch nicht aufgefallen ist.«

An der Musikschule öffnete Marlene die Wagentür. Ihre Mutter hielt sie am Ärmel des T-Shirts zurück.

»Papa holt dich heute ab. Ich muss einkaufen. Du darfst zu keinem Fremden ins Auto steigen, hörst du?«

Marlene rollte mit den Augen. »Mama, das weiß ich doch!«

Ina blickte ihrer Tochter hinterher, die sich gemächlich auf die Pforte der Musikschule zubewegte. Dann trat sie auf das Gaspedal des Tuaregs und lenkte den Wagen in Richtung Innenstadt. Sie war spät dran und wollte sich jetzt keine Gedanken über die Zukunft machen.

Vivian wartete bereits. Sie saß vor dem Café an einem der kleinen Tische und rauchte eine Zigarette. Gedankenverloren schien sie die Passanten in der Fußgängerzone zu betrachten. Als Ina an den Tisch trat, lächelte sie.

»Ich dachte schon, du hast mich vergessen.«

Ina konnte es nicht leiden, wenn man ihr schon bei der Begrüßung ein schlechtes Gewissen machen wollte, aber sie hatte auch nicht vor, ihre Tochter als Entschuldigung vorzubringen, nicht bei Vivian, die selbst keine Kinder hatte. Sie beugte sich hinab und drückte ihre Wange kurz an Vivians. »Tut mir leid, ich bin aufgehalten worden.«

»Ehrlich gesagt, habe ich die paar Minuten allein genossen.«

»Soll ich wieder gehen?«, sagte Ina und setzte sich stattdessen auf einen Stuhl.

Vivian lachte kurz. »Du kannst dir nicht vorstellen, wie es bei uns zugeht. Michael ist am Boden zerstört. Eugen hier, Eugen dort. Er telefoniert den ganzen Tag mit dem Tierheim, der Polizei, Feuerwehr, mit dem Radio, der Zeitung oder sonst wem. Geht nicht arbeiten, sondern fährt nur durch die Gegend, um den Hund zu suchen. Dabei schlief der den ganzen Tag und stank vor sich hin.«

»Hört sich gerade so an, als hättest du ihn verschwinden lassen.« Ina kicherte.

Vivian presste die Lippen zusammen. Sie hatte sowieso keine ausgeprägten Lippen, aber so sah es wie ein schmaler Strich in ihrem Gesicht aus. Ansonsten, musste Ina zugeben, hatte sie eine aparte Figur. Wenn man von den zu dicken Oberschenkeln absah.

»Klar«, sagte Vivian. »Mir tut Michael auch leid, und jetzt, wo Eugen weg ist, vermisse ich ihn richtig. Ich weiß, dass ich nie gut über ihn gesprochen habe, all die Haare, die so ein Bobtail verliert und der Gestank. Das ganze Haus roch ja nach Hund. Aber seit er weg ist, fehlt was.«

»Nimmt Micha das Angebot von den Holländern an?«, fragte Ina, um das Gespräch in eine andere Richtung zu lenken. Eugen war weg, das war sicherlich total bedauerlich, aber die kurze Zeit, die sie sich freischaufeln konnte, wollte sie nicht mit Hundethemen verbringen.

»Dänen«, sagte Vivian. »Das Angebot kommt von einer dänischen Firma. Sie haben jetzt sogar gemeint, Micha könnte sich als Juniorpartner einkaufen. Das würde allerdings dreihunderttausend kosten.«

»Dreihunderttausend? Eine ganz schöne Stange Geld.«

»Du sagst es. Und so viel haben wir nicht im Keller herumliegen, also könnte er als Angestellter anfangen – allerdings mit einem super Einstiegsgehalt. Ich hoffe, er macht es. Wenn er das nicht annimmt, ist mein Vater stinksauer, er hat ja die ganze Sache eingefädelt. Aber Micha ist voll durch den Wind wegen Eugen.« Sie seufzte. »Der Hund ist ja auch so was wie ein Kindersatz, zumindest für Michael.«

Das Kinderthema hatten sie auch schon lange durch, es rangierte auf der gleichen Ebene wie Hundethemen. »Und wie lange hat er noch Zeit, sich zu entscheiden?«

»Die Dänen machen Druck, also nicht mehr lange. Aber im Moment ist er zu keiner Entscheidung fähig, sagt er. Dass das mit Eugen auch gerade jetzt passieren musste! Er ist schon den vierten Tag weg.«

»Er wird schon zurückkommen«, sagte Ina und seufzte resigniert.

»Darf ich dir etwas anvertrauen?«

Ina horchte auf.

»Ich glaube nicht, dass Eugen zurückkommt. Ist so ein Gefühl«, dabei deutete sie auf ihren Bauch.

Eine Männerstimme unterbrach ihr angeregtes Gespräch: »Das ist doch nicht die Möglichkeit, Ina!«

Vor ihnen stand Joe. Ausgerechnet! Hätte er sie nicht einfach übersehen können? Joe reichte erst Ina, dann Vivian die Hand. Ein fester, trockener Händedruck.

Joe trug einen eng sitzenden grauen Anzug, dazu ein graues Hemd, auffallend hellbraune Schuhe und eine Aktentasche im gleichen Farbton. Auf seinen Wangen stand ein Dreitagebart. Er sah wie immer umwerfend aus.

»Johannes Jens«, stellte er sich kurz Vivian vor, um seine geballte Aufmerksamkeit dann wieder Ina zu widmen. »Dass ich ausgerechnet dich hier treffe. Ist ja super!«

Ina bemerkte den fragenden Blick ihrer Freundin. Etwas kratzte in ihrem Hals. »Joe? Das ist ja witzig! Jedes Mal, wenn ich in der Innenstadt bin, treffe ich dich. Das machst du doch mit Absicht?«

»Na klar!«, er wandte sich an Vivian. »Ich treibe mich in der Fußgängerzone herum, bis ich Ina irgendwo sehe.« Dabei lächelte er versonnen und ließ seinen Blick nicht von Vivians Augen. »Sagen Sie, kennen wir uns nicht?«

»Ich fürchte nein«, sagte Vivian. »Bisher nicht. Aber woher kennt ihr euch?«

Ina schaltete sich ein. »Wir sind ehemalige Schulfreunde. Joe und ich waren damals total dicke.« Sie wand sich wieder an Joe: »Bis er nach Berlin ist, und uns hier in der Provinz alleine gelassen hat.«

»Und du die Zeit genutzt hast, um Henning, das Weichei, zu heiraten.«

»Danke für das Kompliment, ich werde es ihm ausrichten«, sagte Ina.

»Entschuldige, das ist mir so rausgerutscht. Aber grüß ihn gerne von mir. Du, ich muss jetzt weiter. War schön, dich gesehen zu haben.«

Er zögerte, griff in sein Sakko und reichte Vivian eine Visitenkarte. »Und eine Freude, Sie kennengelernt zu haben.« Dann drehte er sich um und schritt gemächlich die Fußgängerzone hinab. Aufrecht mit akkurat ausrasiertem Nacken.

Vivian blickte ihm wortlos hinterher. Gleich würde sie eine Bemerkung machen, auf die Ina mit Bedacht antworten müsste.

Als er außer Sicht war, lachte Vivian los. »Du hattest was mit dem, stimmt's?«

»Wir waren nur Kumpels, auch wenn du dir das nicht vorstellen kannst. Aber er war natürlich immer total scharf auf mich.«

»Natürlich«, echote Vivian. »Aber kein unattraktiver Mann. Und die Narbe am Kinn hat auch was.«

Joe hatte ihr die Geschichte erzählt. Ina erinnerte sich, dass sie Mitleid mit ihm gehabt hatte, als er von seinem lieblosen Elternhaus berichtete. Nur ein kleiner Mischlingshund war sein Halt in diesen trostlosen Kindheitstagen gewesen. Und als sein Vater ihn wieder einmal geschlagen hatte, war der Hund total ausgeflippt und zwischen die beiden gesprungen und hatte Joe ins Kinn gebissen. Von diesem Tag an hatte er nicht einmal mehr den Hund als besten Freund. Der Vater hatte ihn mitgenommen und ins

Tierheim gebracht, das hatte er zumindest gesagt. Vielleicht hatte er ihn auch einfach erschossen.

»Möchtest du noch etwas bestellen, die Bedienung ist gerade in der Nähe?« Ina drehte sich zum Eingang des Cafés.

»Nicht ablenken!« Vivian drohte mit dem Zeigefinger. »Attraktiv, sagte ich.«

»Ja, er hat sich ganz schön gemacht«, stimmte Ina zu. »Früher war er total dicklich. Berlin hat ihm anscheinend gutgetan. Ich traf ihn erst kürzlich wieder und habe ihn erst gar nicht erkannt.« Ina griff nach ihrer Handtasche. »Ich bin sofort zurück.«

Auf der Toilette rief sie die gespeicherte Nummer auf. Sie starrte das Display an, dann nahm sie das Mobiltelefon an ihr Ohr. »Bist du verrückt? Wir hatten doch ausgemacht, uns nicht gemeinsam zu zeigen!«

Joe versuchte, sie zu beruhigen.

»Meinst du, Vivian ist blind?«, unterbrach ihn Ina. »Sie hat gleich gemutmaßt, dass wir was miteinander hatten.«

Joe lachte. »Hatten? Und was hast du darauf geantwortet?«

»Nichts. Aber apropos: Wann sehen wir uns?«

Als Ina an ihren Tisch zurückkehrte, betrachtete Vivian noch immer die Visitenkarte. »Warum hat er dir keine gegeben?«

»Ich hab schon eine.«

»Natürlich.« Sie kicherte, dann las sie laut: »J. Jens. Detektiv. Observation, Recherche, Sicherheits-Check in allen Bereichen.«

»Wie gesagt, ich habe bereits eine Karte«, sagte Ina.

»Sicherheits-Check in allen Bereichen, das macht mich direkt nervös. Welche Bereiche er damit wohl meint?« Vivian kicherte albern.

»Eine Handynummer und E-Mail, aber keine Anschrift. Mister Geheimnisvoll! Du solltest ihn anrufen und einen Sicherheits-Check durchführen lassen.« Vivian wurde vom Klingelton ihres

Mobiltelefons unterbrochen. Sie wühlte es aus ihrer Tasche, betrachtete das Display. »Micha.«

Vivian hielt das Telefon eine Weile an ihr Ohr und hörte zu, dann ließ sie die Hand sinken. »Eugen ist gefunden worden.«

Arnfried May stand am Fenster und beobachtete, wie Herr Messerschmidt und seine dicke Hündin Adelheid angewatschelt kamen. Vor dem Gartentor blieben sie kurz stehen. Herr Messerschmidt legte den Arm auf das Gartentor und beugte sich, als wären sie im Gespräch, zu seinem Hund. Dann gingen sie weiter, die flache Treppe zur Praxis hinauf. May rief Olga zu, dass Herr Messerschmidt gleich ins Behandlungszimmer kommen solle.

Es dauerte einen Moment, man hörte Adelheid das Wasser schlabbern, das im Wartezimmer bereitstand. Dann betraten Herr und Hund den Raum. Herr Messerschmidt hatte ein gerötetes Gesicht, und Adelheid stand mit hängendem Schwanz hinter seinen kurzen Beinen.

»Entschuldigen Sie die Störung, Herr Doktor, aber meiner Adelheid geht es sehr schlecht.«

»Sind Sie etwa hergelaufen? Durch die ganze Stadt?«

»Hat ein Weilchen gedauert, weil sie so langsam und schlapp ist im Moment. Aber wir wollten das Geld für das Taxi sparen.« Dabei zog Herr Messerschmidt ein riesiges Taschentuch aus seiner Hose und wischte sich über das schwitzige Gesicht.

May wusste, dass er von Hartz IV lebte und keine großen Sprünge machen konnte. Seine Rechnungen jedoch bezahlte Herr Messerschmidt immer gewissenhaft. Sie hievten Adelheid gemeinsam auf den Tisch. Es war das erste Mal, seit May sie kannte, dass sie nicht lachte, ihre Mundwinkel hingen schlaff herunter.

Die Hündin hatte erhöhte Temperatur und einen gespannten Bauch.

»Und welche Symptome hat sie noch?« May betrachtete die Schleimhäute, die sehr blass waren.

»Sie erbricht die letzten Tage immer wieder und hat ständig Durst.« Er räusperte sich. »Und dann leckt sie sich dauernd da hinten rum.«

»An ihrer Scheide?«

»Ja, dort.«

»Wann war sie denn läufig?«

»Das ist schon ein paar Wochen her. So Mitte, Ende März. Sie hat doch nichts Schlimmes, Herr Doktor?«

»So wie es aussieht, hat Adelheid eine Gebärmuttervereiterung. Aber um sicher zu sein, müssten wir erst einmal eine Röntgenaufnahme machen.«

»Tun Sie alles, was nötig ist, Herr Doktor. Hauptsache, sie wird wieder gesund.«

May rief Olga zur Unterstützung herein, dabei zog er sich die dicke Bleischürze über und reichte Olga eine weitere.

Herr Messerschmidt brachte Adelheid vor den Röntgenraum, dann zog er sich auf Olgas Geheiß in das Wartezimmer zurück.

Adelheid stöhnte auf, als May sie beim Anheben auf den Röntgentisch unter den Bauch fasste. Nichtsdestotrotz ließ sie alles wehrlos über sich ergehen. Sie verbrachten sie in Seitenlage, dann stellte May die Kilowattzahl am Röntgengerät höher, während Olga eine Platte in den Tisch schob. Nachdem der Hund im Richtstrahl platziert war, drückte May Adelheids Kopf auf die Tischplatte und zog die Vorderbeine lang, Olga hielt die Hinterbeine. Das Auslösen des Apparats machte sich mit einem verhaltenen Klacken bemerkbar.

Als Olga die Bilder entwickelte, stand May am Fenster und blickte auf die Fasanerie. Früher hatte er während der Sprech-

stunde keine Zeit gehabt, um aus dem Fenster zu schauen. Doch seit Langem nahmen die Patientenzahlen ab, während die Kosten stiegen. Immerhin blieben ihm die alten Kunden treu, wenn ihre Tiere – oder sie selbst – nicht gerade starben. Aber neue Patienten kamen immer seltener. Das lag mit ziemlicher Sicherheit an all den neuen Praxen mit ihrer jungen Tierärzteschaft, ambitioniert, spezialisiert und einfach moderner als er in seinem alten, abgenutzten, vom Efeu zugewachsenen Haus. Er verließ sich nicht gerne auf Apparate und Laborwerte, sondern lieber auf Erfahrung und Instinkt. Ultraschall oder digitales Röntgen konnte er nicht bieten, geschweige denn CT oder Laser-Chirurgie. So allmählich gehörte er doch zum alten Eisen, aber das nahm er hin.

Das Telefon riss ihn aus seinem Sinnieren.

»Herr Doktor? Ich wollte Ihnen nur Bescheid sagen, dass Eugen gefunden wurde.«

May erkannte kaum die Stimme Michael Sommers. Sie hörte sich klein und grau an.

»Und was ist mit ihm?« May ahnte es bereits.

»Er ist tot. Jemand hat den Suchaufruf im Radio gehört und mich angerufen. Eugen lag kurz vor der Schellenmühle im Straßengraben. Ich habe ihn nach Hause geholt.« Sommer schniefte. »Später werde ich ihn im Garten beerdigen.«

May überlegte kurz. Dann fragte er, ob er sich Eugen noch einmal ansehen dürfe. Gleich nach der Sprechstunde wollte er hinfahren.

Olga kam mit den Röntgenbildern herein und spannte sie auf den Bildbetrachter. Herr Messerschmidt wurde dazu gebeten.

May erklärte den Befund, zeigte die mit Eiter prall gefüllte Gebärmutter. »Wir müssen sie möglichst bald operieren. Am besten gleich morgen früh.«

Herr Messerschmidt zuckte zusammen, seine Gesichtszüge

entglitten ihm und er sackte in sich zusammen, als wäre die Wirbelsäule in seinem Körper gebrochen. »Operieren? Adelheid?« Er sah von seinem Hund zu May. »Das kostet sicher ein Vermögen?«

»Machen Sie sich keine Sorgen, Sie können die Rechnung in Raten bezahlen«, antwortete May.

»Sie wird doch überleben?« Er streichelte Adelheid über den Kopf, wobei er fast flüsterte. »Ich bring mich um, wenn sie stirbt.«

May versuchte, ihn zu beruhigen, injizierte dem Hund ein Antibiotikum und geleitete die beiden zur Tür.

Als Herr Messerschmidt und hinter ihm Adelheid davontrotteten, kam ein kleines Mädchen ins Behandlungszimmer.

Sie hielt eine junge Taube in Händen. Das Vögelchen hatte einen spärlich befiederten Kopf, den es kraftlos hängenließ. Zwischen den Fingern des Kindes schaute ein Flügel hervor. May nahm den Vogel vorsichtig in die Hand.

»Die Taube hat sich am Flügel wehgetan«, sagte das Mädchen.

Er tastete das Tier ab. In seinen Fingerkuppen spürte er eine feine, knirschende Konsistenz, wo festes Knochengewebe sein sollte. »Da hast du eine richtige Diagnose gestellt. Der Flügel ist gebrochen.«

»Das habe ich gleich gesehen. Sie lag vor der Treppe an der Musikschule. Mein Papa wollte sie liegenlassen, aber ich habe ihm gesagt, dass die arme Taube Hilfe braucht.«

»Das hast du gut gemacht. Aber so wie es aussieht, hat sie auch eine Gehirnerschütterung oder Blutungen im Kopf. Siehst du, hier ist die Haut ganz wund und sie kann ihr Köpfchen nicht halten. Ich denke, sie ist gegen ein Hindernis geflogen.«

»Machst du sie wieder gesund?«

»Ehrlich gesagt, sieht es nicht gut aus. Wir müssen damit rechnen, dass die Taube stirbt.«

Das Kind blickte May ängstlich an. Er sagte ihm, dass es

manchmal einfach keine Rettung gebe für aufgefundene Tiere. Es wäre traurig, aber damit müssten sie sich abfinden, auch wenn es schwerfiele.

May musste an den kleinen Gimpel denken, den er als Junge mit der Hand aufgezogen hatte. Der Vogel war aus dem Nest gefallen, und als May ihn gefunden hatte, war er schon ganz ausgekühlt gewesen. Mit Wärmelampe, Hüttenkäse und Mehlwürmern hatte er ihn aufgepäppelt und war stolz gewesen, als der Gimpel, nachdem er ausgeflogen war, immer wieder zurückkehrte. Eines Tages, als May vom Fußballspielen nach Hause gekommen war, hatte er den kleinen Dompfaff in der Gießkanne gefunden. Ertrunken. May hatte den Vogel weinend in der Hand gehalten, untröstlich, vom Leben bitter enttäuscht. Es war das erste Mal, dass May, im Alter von sechs Jahren, mit dem Tod konfrontiert wurde, und er hatte es bis heute nicht vergessen. May wusste, dass es schwer für Kinder war, den Tod zu begreifen, aber irgendwann, früher oder später, wurden alle damit konfrontiert, unausweichlich.

»Wie heißt denn die kleine Tierretterin?«

»Wenn Sie mich meinen, ich heiße Marlene Schwind. Und Sie?«

May schmunzelte. »Arnfried May. Weißt du, Marlene, am besten, du lässt sie hier, und ich sehe, was ich tun kann.«

Marlene erklärte sich einverstanden, blieb noch, bis May der Taube ein Diuretikum injiziert hatte, um ein eventuelles Ödem im Kopfbereich zu mindern, dann verabschiedete sie sich. Im Wartezimmer saß Marlenes Vater. Als May das Kind hinausgeleitete, stellte er sich vor und fragte nach der Rechnung.

»Wildtiere behandele ich kostenlos«, sagte May.

Henning Schwind steckte einen Geldschein in die Tierschutzkasse und bedankte sich, dann verließ er mit seiner Tochter die Praxis.

Bevor die Tür ins Schloss fiel, hörte May noch Marlenes Stimme. Und die des Vaters, der meinte, dass sie sich zuerst einmal die Hände waschen müsse.

Da gerade kein weiteres Tier zu behandeln war, machte sich May daran, Medikamente zu bestellen. Die Wurmmittel waren nahezu ausgegangen und ein paar andere Pharmaka fehlten. Als er nach einem Aktenordner griff, wusste er plötzlich, an wen ihn Marlene erinnerte. Sie war ihm sofort vertraut vorgekommen, wie ein Mensch, der ihm nahestand und den er seit Längerem nicht gesehen hatte. Das kleine Mädchen sah aus wie eine Mischung aus seinen beiden Töchtern, als sie in Marlenes Alter waren. Wie lange war das her? Zehn Jahre? Fünfzehn? May fühlte einen feinen, punktförmigen Schmerz in seiner Brust, wie von einer überlangen Injektionsnadel, von der sich ein brennendes Gefühl ausbreitete. Er atmete tief durch, bis er den Schmerz unter Kontrolle hatte, doch das diffuse Brennen blieb ihm in der tiefen Brustmuskulatur erhalten. Was war ihm aus dieser Zeit geblieben? Er musste sich eingestehen, dass er kaum Erinnerungen hatte an die Kindheit seiner Töchter, dass er im Grunde wenig von ihrer Entwicklung mitbekommen hatte. Es war damals viel zu tun gewesen in der Praxis. Daneben hatte May zu dieser Zeit ein paar Schäferhundvereine betreut, und auch noch viele Hausbesuche absolviert. Keine Zeit, sich um private Dinge zu kümmern, keine Zeit für Familie oder sich selbst, für Hobbys oder Urlaube. Keine Zeit für das Eigentliche im Leben, für die Menschen, die einem am nächsten standen, die einem Liebe schenkten und die Liebe verdienten. Wenn er ehrlich zu sich war, dann hatte er seine Töchter nur am äußersten Rand seiner Wahrnehmung aufwachsen sehen, und sie hatten von ihm nichts weiter als einen abwesenden Vater erlebt, der das Geld beschaffte und die materiellen Bedürfnisse erfüllte. So, wie es heute selbst nach oder gerade wegen der Trennung von seiner Frau noch immer war,

wobei seine Töchter mittlerweile auch keinen übersteigerten Wert mehr auf ihn legten. Aber war er daran nicht selbst schuld?

Olga öffnete die Tür und machte May darauf aufmerksam, dass ein Hund zum Ausdrücken der Analdrüsen da sei. Eine stinkende, unappetitliche Angelegenheit, die ihm wie ein kleiner Rachestich der verpassten Möglichkeiten vorkam.

Die folgenden Behandlungen drängten die trüben Gedanken in seine Brust zurück, wo sie sich, vorerst unbemerkt, häuslich einrichteten. May wusch sich die Hände und besprach kurz mit Olga die Operation, die für den nächsten Morgen geplant war, dann fuhr er zu Michael Sommer.

Die Abendluft war noch von frühlingshafter Wärme erfüllt. Doch Michael Sommer schien davon nichts zu bemerken. Er reichte May eine kalte Hand und geleitete ihn mit starrer Miene um das Haus herum in den hinteren Teil des Gartens. Eine Amsel zwitscherte vergnügt vom Wipfel einer Tanne. Eugen lag auf einer Decke, daneben steckte ein Spaten im Gras. Das Grab war noch nicht ausgehoben.

May beugte sich zu Eugen hinab, der Körper des Hundes war steif und kalt. Kälter als die Luft um sie herum, kam es May vor, obwohl das eigentlich nicht möglich war. Sein Fell war zerzaust und voller Erde und Laub. Die Schnauze war wund, und in den Barthaaren entdeckte May beim genaueren Hinsehen Holzsplitter, die aus dem weichen Fleisch der Lefzen ragten. Dazwischen kleine gelbe Eipakete. Die Schmeißfliegen waren natürlich nicht untätig gewesen. Auch an den Nasenlöchern und in den Augenwinkeln hatten Fliegen ihre Eier deponiert. May wunderte sich. Dem Geruch nach war Eugen schon ein, zwei Tage verstorben, aber die Eipakete waren recht frisch und unentwickelt. Bei dieser warmen Witterung konnte es nur wenige Stunden dauern, bis die Fliegen einen Kadaver gefunden hatten und sich über ihn hermachten.

Irgendetwas passte da nicht zusammen. Er versuchte, die Schnauze zu öffnen. Das, was er von Zunge und Zahnfleisch sehen konnte, war verdreckt von Holz und Erde. Als er ein Schluchzen hinter sich hörte, bettete er den Kopf zurück auf den Rasen. Er tastete Beine und Wirbelsäule ab, wiederholte die Prozedur und kämmte abschließend mit den Fingern durch das Fell des Hundes. Ein Stechen ließ ihn innehalten. Der Stachel eines gezackten Blattes steckte in seinem Handballen. May hob die Hand und zog es von seiner Haut. Es war das Blatt einer Stechpalme. Die leicht papierne Konsistenz deutete darauf hin, dass das Blatt bereits seit einigen Tagen am Austrocknen war. Er zeigte Sommer seinen Fund und fragte, ob er einen dieser Ziersträucher in seinem Garten habe, doch der Mann schüttelte nur stumm den Kopf. Beim Aufstehen steckte May das Blatt ein und betastete noch kurz die Krallen des Hundes. An den Vorderbeinen waren sie abgebrochen, wund und verschmutzt. Es war merkwürdig. Eugen sah aus, als wäre er schon begraben gewesen.

»Von wo, sagten Sie, haben Sie Eugen geholt?«

»Ein Mann rief mich an, vergewisserte sich der Belohnung und beschrieb mir den Platz, wo er Eugen gefunden hatte: kurz vor der Schellenmühle im Straßengraben. Etwa dreihundert Meter hinter dem oberen Ende der Fasanerie. In diese Richtung ist Eugen noch nie gelaufen. Ein Auto muss ihn erwischt und auf die Seite geschleudert haben.« Michael Sommer rang mit der Fassung.

»Seltsam.« May sprach mehr zu sich selbst. »Erst gestern Abend bin ich zur Schellenmühle gefahren, da war nirgendwo eine Baustelle.«

»Wieso Baustelle?« Sommers Frage war nur gehaucht und schien auf keine Antwort zu warten.

»Die ganze Erde in Eugens Fell«, sagte May nur. Sommer hörte ihm nicht zu.

Beim Abtasten hatte May keine offensichtlichen Knochenbrüche oder auch nur Abschürfungen diagnostizieren können, Traumata, die bei einer Kollision mit einem Auto zu erwarten wären. Er glaubte daher nicht, dass Eugen totgefahren worden war. Um sich dessen gewiss zu sein, hätte er den Leichnam obduzieren müssen, fühlte aber, dass er Herrn Sommer mit dieser Bitte gänzlich niedergeworfen hätte.

»Ich danke Ihnen, dass ich Eugen noch einmal anschauen durfte.« May legte seine Hand kurz auf Sommers Schulter. »Es ist schön, dass er heimgekommen ist und hier bei Ihnen ruhen kann.«

Sommer nickte, etwas wie Dankbarkeit lag in seinem Blick, als er so dastand mit hängenden Schultern, seinen geliebten Hund vor sich. May verließ das Grundstück. Er war froh, der Trauer und dem Leid entronnen zu sein, sosehr er auch Mitgefühl für Herrn Sommer empfand.

Als er die Straße entlangblickte, fiel ihm seine Tante ein. Vielleicht sollte er sie kurz besuchen. Die Schwester seiner verstorbenen Mutter wohnte gerade ein paar Häuser weiter. Er sollte sie wirklich besuchen. Ab und zu musste es sein.

May stand vor dem kleinen Haus und klingelte. Er wartete, doch niemand öffnete. Als er dreimal geklingelt hatte, ging er durch den Vorgarten und klopfte an die Tür. Von drinnen hörte er lautes Motorengeräusch. Ein Rumpeln wie von Möbelrücken drang an sein Ohr, zwischen aufheulenden Motoren schnarrte eine Stimme. Tante Anni. Sie öffnete die Tür einen Spalt und musterte May.

»Du bist es? Mitten in der Nacht? Ist etwas passiert?«

Sie war noch kleiner als bei seinem letzten Besuch, zumindest kam es May so vor. Sie trug die dicke Strickjacke, die sie immer trug, obwohl es warm war.

»Ich wollte dich besuchen.«

»So.« Sie zögerte, dann öffnete sie die Tür ganz.

Aus dem Flur wehte ihn ein süßlich-fauler Geruch an. May ging hinter ihr in die Küche, auf der Anrichte stand der Fernsehapparat, laut gedreht. Ein Autorennen lief, dröhnend rasten die Wagen über den Bildschirm. »Kannst du die Kiste ausmachen?«

»Wieso? Du gehst doch eh gleich wieder.«

May setzte sich an den Tisch und sah seiner Tante zu, wie sie umständlich an der Fernbedienung hantierte, um den Apparat auszuschalten.

»Wie geht es dir, Tante Anni?«

»Wie es einer alten Frau geht, nach der niemand schaut.«

»Kommst du zurecht?«

»Fang nicht wieder mit einem Heim an. Mich trägt man hier nur mit den Füßen vorwärts raus. Ich bin allein, ich war immer allein, und allein werde ich sterben. Darüber sollten wir kein Aufheben machen.« Ihre Augen blitzten. »Du lebst ja auch allein, oder hast du dir wieder eine angeschafft?«

»Nein, Anni.«

»Bist ja auch nicht mehr der Jüngste. Was machen die Mädchen? Die besuchen mich ja auch nicht. Obwohl ich von beiden die Patin bin. Eine Schande ist das!«

»Es geht ihnen gut.«

»Sie werden Besseres zu tun haben, als eine alte Frau zu besuchen. Poussieren viel rum, wie ihre Mutter, nicht wahr?«

»Penelope studiert und Luise muss für das Abitur lernen.«

»Ja, ja, Lernen nennt man das heutzutage. Hast du Hunger? Ich habe nichts im Haus. Aber einen Schnaps kann ich dir anbieten. Da hinten steht die Flasche. Hol sie mal her.«

May lehnte ab.

»Aber vielleicht möchte ich einen. Schließlich bekommt man nicht jeden Tag Besuch von der Verwandtschaft.«

May stand auf, holte die Flasche Himbeergeist und ein Glas dazu. Er schenkte ihr ein.

»Hier.« Sie schob ihm ein Kuvert zu.

»Was ist das?«

»Die Ölrechnung. Zweitausend Euro! Wie soll ich das bezahlen bei meiner Rente.«

May wunderte sich, dass seine Tante überhaupt Öl bestellt hatte, das Haus kam ihm immer ungeheizt vor.

»Für dich sind das vielleicht keine Beträge.« Sie hob vorsichtig das Glas zum Mund, um den Inhalt mit einer Bewegung hinunterzukippen. »Sei so gut und schenk mir noch einen ein. Möchtest du wirklich keinen?«

»Danke. Aber du solltest langsam machen.«

Sie kicherte. Das Geräusch ähnelte dem einer geschüttelten Streichholzschachtel.

»Mach dir um mich keine Sorgen. Wenn du mit achtzig Jahren noch Schnaps trinken kannst, dann kannst du dem Herrgott danken.«

May schenkte nach. »Brauchst du irgendwas?«

»Einen neuen Körper könntest du mir besorgen. Der alte macht's nicht mehr so richtig.« Sie trank das Glas erneut mit einer kurzen Bewegung aus. »Das hat gutgetan. Räum die Flasche jetzt weg. Und wenn du mal wiederkommst, kannst du mir eine neue mitbringen. So, jetzt will ich meinen Film zu Ende sehen.« Sie griff nach der Fernbedienung. Die Rennwagenmotoren dröhnten aus den Lautsprechern.

May stand auf, legte seine Hand auf ihre Schulter. Sie war knochig, kaum mehr als die eines Kindes. »Bis bald, Tante Anni. Ich freue mich, dass es dir gut geht.«

Sie winkte ab, und der Ton des Fernsehapparats erfüllte die kleine Küche.

Heute hatte sich Marlene beeilt, aus der Schule zu kommen. Sie musste einfach wissen, wie es der Taube ging. Ihre Mutter hatte sich nach ewigen Diskussionen bereit erklärt, sie nach dem Unterricht zu der Tierarztpraxis zu fahren. Marlene war auf dem Stuhl im Wartezimmer hin und her gerutscht, bis sie endlich in den Behandlungsraum durfte. Auf dem Tisch stand ein Käfig. Die Taube saß auf dem Boden des Käfigs und ließ den Kopf hängen.

»Wie geht es ihr?« Marlene hatte vor lauter Aufregung die Begrüßung vergessen.

»Nicht viel besser«, sagte der Tierarzt. »Aber es besteht Hoffnung.«

»Ist das gut oder schlecht?«

»Mittel«, sagte May.

Marlene sah May fragend an. Der nickte und legte ihr den kleinen, gefiederten Körper in die Hand.

Das Herz der Taube pochte gegen Marlenes Finger. Sie war viel wärmer als am Tag zuvor. Marlene flüsterte ihr aufmunternde Worte zu und meinte, dass sich die Augen in dem runden Köpfchen für einen Moment geöffnet hätten.

Als sie die Taube zurück in den Käfig gelegt hatte, blieb eine Feder in ihrer Hand zurück. Eine kleine, gebogene Feder. Sie hatte eine Farbe wie der Himmel an einem Regentag, am unteren Rand wolkenhell und leicht ausgefranst. Sie steckte die Feder ein und fragte, ob sie bald wieder nach dem Vogel sehen dürfe.

»Du kannst jederzeit vorbeikommen«, sagte der Tierarzt und tätschelte ihren Kopf.

Marlene lief nach draußen und sprang auf einem Bein die Treppe hinunter. Bevor sie ins Auto zu ihrer Mutter stieg, drehte sie sich noch einmal um. Das große, alte Haus hatte ein Kleid aus lauter Blättern an, das war ihr gestern gar nicht aufgefallen. Aus einem zugewachsenen Fenster guckte der Tierarzt heraus. Er winkte Marlene zu und lächelte. Trotzdem sah er traurig aus, ein bisschen zumindest. Irgendwie passten die zwei gut zusammen, das alte Haus und der nette, traurige Tierarzt.

Es war schon so heiß wie im Sommer. Zu Hause angekommen, riss Marlene die Terrassentür auf und rannte in den Garten.

Hinter sich hörte sie eine Zauberin in einer fremden Sprache Zaubersprüche rufen. Marlene musste aufpassen, dass sie nicht in einen Igel verwandelt wurde. Die Stimme wurde lauter, drohender und Marlene blieb wie versteinert stehen.

»Marlene! Hast du was auf den Ohren?« Ihre Mutter stand in der Tür zum Garten.

Marlene rührte sich nicht, noch immer wirkte der Bannstrahl des Zauberspruchs.

»Mach dich nicht schmutzig! Hörst du? Wir essen gleich.« Kopfschüttelnd verschwand ihre Mutter nach drinnen und Marlene fühlte den Bannzauber schwächer werden. Sie sprang auf einem Bein drei Schritte nach vorn und drei zurück. Jetzt war sie erlöst. Der Zauber war vertrieben.

Schnell kroch sie unter einen Busch, nahe am Zaun, sie hatte etwas Dringendes zu erledigen. Marlene wollte eine Opfergabe zur Genesung der Taube der Vogelgöttin Taubinia darbringen. Auf dem Pausenhof hatte sie ein Zehncentstück gefunden, das wickelte sie in die regenhimmelfarbene Feder der Taube und legte es neben dem Zaun ins Gras. Dann begann sie, mit bloßen Hän-

den ein Loch zu buddeln, um die Sachen einzugraben. Die oberste Schicht aus trockenen Blättern und kleinen Ästchen war warm, doch die Erde direkt darunter kühl. Viel kühler als ihre Hände.

»Was machst du da? Gräbst du ein Loch?«

Die Stimme stand direkt über ihr. Marlene hob den Kopf und sah erst ein paar alte, verschmutzte Turnschuhe, nur von den Maschen des Drahtzauns von ihr getrennt. Darüber eine dunkle Jogginghose, ein fleckiges grünes T-Shirt, das sich über einem Bauch wölbte und den Blick auf einen dichtbehaarten Nabel freigab, und oben drauf das vollbärtige Gesicht des Mannes. Er hielt etwas in den Armen, ein Kaninchen, ein Kaninchen aus Stoff, wie Marlene auf den zweiten Blick bemerkte.

»Das sieht man doch, dass ich ein Loch grabe«, sagte Marlene und machte weiter.

»Das habe ich gleich gemerkt. Ich habe auch schon ein Loch gemacht. Viel größer als deins.«

»Ich bin ja auch noch nicht fertig.«

»Mit einer Schaufel im Sand. Da waren wir am Meer. Da gab es ganz viel Sand überall, und wir buddelten ein ganz großes Loch, da lief dann Wasser rein und die Wände stürzten ein. Aber zum Schwimmen sei das Meer zu kalt, sagte die Frau, aber das hat mir gar nix ausgemacht, ich bin doch rein und ein paar von den anderen auch. Erst als wir ganz durchgefroren waren, sind wir wieder rausgekommen, und die Frau stand die ganze Zeit am Ufer und hat was gerufen, aber wir haben sie nicht gehört und gelacht, und die Frau ist ganz wütend geworden. Das war lustig. Wie heißt du? Ich heiße Max. Meine Mama hat mich so genannt und mein Papa, aber der ist nicht da, der ist schon lange weg, seit ich ein Baby bin, der hat nur sein Ding in die Mama gesteckt, dass in ihrem Bauch etwas wächst, und das war dann ich, was da gewachsen ist, und als ich rausgekommen bin, hat mich meine Mama Max genannt. Max ist jetzt einundzwanzig Jahre alt. Und

im Winter habe ich Geburtstag. Am Einundzwanzigsten. Einundzwanzig Jahre alt und am Einundzwanzigsten Geburtstag. Ganz einfach.«

»Ich heiße Marlene«, sagte Marlene.

»Marlene?« Max lachte. »Das ist aber ein schöner Name. Max und Marlene, die fangen beide mit einem Mhh an. Ist das nicht witzig?« Er hielt sich kurz die Hand vor den Mund, dann streichelte er wieder das Stofftier. »Und das hier ist«, er überlegte eine Weile. »Das hier ist Michalski. Mein Kaninchen Michalski. Das fängt auch mit Mhh an. Ist das nicht lustig?«

»Das hast du dir jetzt ausgedacht«, sagte Marlene.

Max presste die Lippen aufeinander, dann lachte er kurz auf. »Stimmt. Ich wollte nur Spaß machen. Ich heiße Max, und das ist mein Kaninchen. Es heißt Clara. Clara wie meine Lehrerin. Die ist ganz lieb und ein bisschen dick und hat zwei große Brüste, da möchte ich mich gerne reinlegen, wenn es kalt ist, aber ich bin schon zu groß dafür, sagt die Clara dann immer.«

»Gehst du noch in die Schule?«

»Ich gehe in die Werkstatt, da haben wir auch Lehrer wie in der Schule. Manche sind nett, manche sind nicht nett, aber die meisten sind nett. Und der Busfahrer auch, der hupt immer, wenn er um diese eine Kurve fährt, und das wissen wir dann schon und lachen alle, weil der Busfahrer dann hupt. Und meine Mama lebt ganz alleine mit mir, weil mein Papa ihr nur sein Dingelchen reingesteckt hat und dann seinen Hut aufsetzte und die Wanderschuhe angezogen hat und davongegangen ist. Das soll ich niemandem erzählen, hat die Mama gesagt, aber er ist ins Gefängnis gewandert, und da ist er wohl immer noch, bis er Grünspan ansetzt, hat die Mama gesagt.«

Marlene legte schnell die Münze und die Feder in die Mulde, als sie die Stimme ihrer Mutter hörte. Mit beiden Händen schob sie Erde und Blätter über ihre Opfergabe.

Wieder rief ihre Mutter.

»Ich muss rein«, sagte Marlene und Max seufzte.

»Willst du mal Clara streicheln?«, fragte er. »Musst du schon wieder fort? Immer müssen alle fortgehen. Max möchte nicht, dass alle fortgehen, nur Clara bleibt da.«

»Tut mir leid, aber wir essen jetzt. Ich muss jetzt wirklich reingehen.«

»Aber wir sehen uns doch wieder, oder? Jetzt, wo du Clara und Max kennst, sind wir doch Freunde? Max hat keine Freunde, sagt der Philipp aus meiner Werkstattgruppe immer, und dann werde ich ganz wütend, weil der gar nicht weiß, ob ich Freunde habe, und dann lacht der Philipp, und ich werde noch schlimmer wütend und dann haue ich ihn, weil er so gemein ist und sagt, dass ich keine Freunde habe. Aber ich habe auch ein Herz für Freunde und Blutgefäße und Lungen und das alles.«

Marlene krabbelte durch den Busch. »Ich muss jetzt los. Mach's gut, Max.«

»Sind wir jetzt Freunde, Marlene?«

Sie hielt einen Moment inne und blickte ihm in das vollbärtige Gesicht. Seine Augen waren blau. Blau wie der Frühlingshimmel.

»Na gut, wir sind jetzt Freunde.«

Die Lammkoteletts könnte sie mit ein paar Rosmarinkartoffeln zubereiten. Die mochte sogar Marlene. Das Kochen war in letzter Zeit zu einer echten Herausforderung geworden. Wenn es nach ihrer Tochter ging, würden sie nur noch Spaghetti mit Hackfleischsoße essen oder Fischstäbchen und Kartoffelsalat. Henning hingegen war genügsam. Alles, was sie ihm auftischte, verschlang er mit größtem Appetit. In dieser Hinsicht war er total pflegeleicht. Aber es war auch nicht zu übersehen, dass er ihr Essen mochte, und etwas dagegen tun wollte er auch nicht. Hüftgold, Rettungsring. Sie selbst hatte nach Marlenes Geburt auch zugelegt, aber immerhin ging sie ins Studio und einmal wöchentlich Schwimmen.

Sie stand jetzt an der gleichen Stelle im Supermarkt, an der sie vor ein paar Monaten Johannes getroffen hatte. Das erste Mal, seit er aus Berlin zurück war. Sie hatte gedankenverloren irgendwelche Lebensmittel in ihren Wagen gepackt, als eine Stimme an ihrem Ohr sie zusammenfahren ließ:

»Das sieht ja nach einem echten Festessen aus!«

Ein Mann hatte direkt hinter ihr gestanden und lächelnd die Waren in ihrem Einkaufswagen gemustert. Sie brauchte eine Weile, um ihn zu erkennen. Er hatte sich ja auch total verändert, war ein attraktiver Typ geworden.

Er schwieg eine Weile und blickte ihr forschend in die Augen, als suche er die Antwort auf eine ungestellte Frage.

Dann sagte er plötzlich, dass sie stolze Mutter einer Tochter sein müsse. Ihr Mann könne sich glücklich schätzen.

»Woher weißt du, dass ich eine Tochter habe?« Ina blickte zur Seite, um dem bohrenden Blick zu entgehen.

Er reichte ihr seine Karte: Joe war Detektiv geworden.

Und gute Detektive seien von Natur aus neugierig, sagte er dazu.

Er ließ einen Moment seine Worte zwischen ihnen stehen, dann sprach er weiter. »In deinem Einkaufswagen liegt Schokoladenmüsli, das ist sicher weder für dich noch für deinen Mann, außerdem das Heft da. *Pferde der Welt.* Normalerweise interessieren sich Jungs weniger für Pferde als Mädchen, daher nehme ich an, du hast eine Tochter.«

»Richtig kombiniert«, sagte Ina und lächelte.

»Apropos Interesse. Gehst du noch so gerne ins Theater wie früher?«

»Das weißt du noch?« Für einen Moment strahlten Inas Augen auf. »Ehrlich gesagt, war ich schon lange nicht mehr im Theater.«

»Wie es der Zufall will, habe ich zwei Karten für *Tartuffe*, im Schauspiel Frankfurt. Hast du Lust, mich zu begleiten?«

Ina zögerte mit ihrer Antwort. »Joe, ich bin verheiratet, und Micha sähe es sicher nicht gerne, wenn ich mit einem anderen Mann ins Theater ginge. Und schon gar nicht mit dir.«

»Das war jetzt nicht nett.«

»Entschuldige, aber du weißt, wie ich das meine.«

»Du hast noch einen Tag Bedenkzeit, dann suche ich mir eine andere Begleitung.« Seine Worte klangen einen Tick frostiger. Dann lächelte er wieder. »Ich will dich nicht länger aufhalten.« Joe schickte sich an, weiterzugehen, hielt aber noch einen Moment inne. »Du würdest mich sehr glücklich machen.«

»Danke, Joe, aber ich denke nicht, dass ich auf dein Angebot zurückkommen werde.«

»Man kann ja nie wissen«, meinte er im Weggehen.

Einen Moment noch hing sein porzellanweißes Lächeln in der Luft. Ina blickte ihm hinterher. Sein geschmeidiger Gang wirkte trainiert, und Joe verfettete auch nicht langsam wie ihr Mann. Ganz anders als damals, als er ihr den Hof gemacht und sie keine Minute aus den Augen gelassen hatte. Aber das war lange her und es war auch gut so. Sie hatte sich für Henning entschieden, und dabei würde es bleiben. Da war sie sich noch ganz sicher gewesen.

Ina lächelte über das erste Treffen mit Joe, vor ein paar Monaten, hier an dieser Stelle. Erst hatte sie die Visitenkarte wegwerfen wollen, ein paar Wochen später dann doch seine Nummer gewählt. Aber da war bereits alles anders geworden. Da hatte sie bereits gesehen, was sie nicht hätte sehen dürfen. Und deshalb hatte sie auch kein schlechtes Gewissen. Sie war von Henning dazu getrieben worden.

May hatte kommentarlos zugesehen, als Olga einen Mann in den Keller geleitete. Nach wenigen Minuten dröhnte es aus dem Untergrund, als führe eine entlaufene U-Bahn unter Mays Haus hindurch. Entgeistert blickte er Olga an, die ihm entgegnete, dass er sich keine Sorgen zu machen brauche, es würde nichts kosten. Es war nicht einfach, Olga verständlich zu machen, dass es ihm nicht um etwaige Kosten ging, sondern dass er um sein Haus fürchtete.

»Ist Fachmann«, sagte Olga. »Freund von Schwager und Gutachter für Häuser. Kostet nichts.«

May fühlte sich an die Wand gedrängt. Gutachter begutachteten irgendetwas und kamen zu dem Ergebnis, dass aufgrund ihres Gutachtens Arbeiten folgen müssten, die geradezu zwangsläufig waren, sonst hätte ja kein Gutachten erstellt werden müssen. May konnte sich keinen Gutachter vorstellen, der ein Gutachten erstellte, in dem festgestellt wurde, dass nichts getan werden musste. Was wäre das für ein Gutachter? May erging es da ähnlich. Häufig kamen Patientenbesitzer, die in Sorge um ihren Liebling waren. Meist waren die Tiere wirklich krank, aber es kam nicht ganz selten vor, dass die krankgesagten Tiere im Grunde kerngesund waren. Früher hatte er die Tiere untersucht und festgestellt, dass ihnen nichts fehlte. Die Besitzer waren häufig enttäuscht gewesen und hatten ihn regelrecht gedrängt, etwas zu veranstalten, was den Hunden oder Katzen helfen würde. Alle Erklärungen der tierärztlichen Autorität wa-

ren machtlos in solchen Fällen. Man redete aneinander vorbei. Das Tier bräuchte, laut Herrchen oder Frauchen, eine Behandlung, am besten »eine Spritze«. Also änderte May nach Jahren unergiebiger Diskussionen seine Taktik. Er befundete ein kleines Unwohlsein, eine leichte Störung des Stoffwechsels oder des Allgemeinbefindens und injizierte ein Mittel, das nicht schaden konnte. Mit dieser Vorgehensweise ersparte er sich langwierige Erklärungen und machte alle glücklich, vor allem die besorgten Besitzer.

Die letzten drei Schläge aus der Unterwelt waren besonders heftig gewesen und May fürchtete, dass sich gleich Putz von der Decke lösen und auf den verschreckten West Highland Terrier herabrieseln würde, der vor ihm auf dem Behandlungstisch kauerte.

»Was ist denn bei Ihnen –«, rief Frau Hurtig in ihrer eigenen abgehackten Art, »– los?« Sie hatte die gleiche Frisur wie ihr Hund, weiße, dünne Haare, die leicht gewellt an ihrem Kopf herunterhingen, überhaupt hing alles ein wenig an Frau Hurtig: ihr Pullover, der zwei Nummern zu groß war, ihre Arme, ihre Mundwinkel und ihre Ohrläppchen, die von schweren tropfenförmigen Hängern herabgezogen wurden. Selbst ihre Sprechweise stockte, und die Wörter hingen zwischen den langen Zahnhälsen unter dem zurückgewichenen Zahnfleisch.

»Der Keller wird begutachtet, ist wohl ein wenig feucht.« May verzichtete auf weitere Erklärungen und injizierte dem Westi seine jährliche Impfdosis.

»Oh –«, sagte Frau Hurtig, »– je«, und stellte ihren Vierbeiner auf den Boden. May unterschrieb den Impfpass, den Olga, ohne dass er hätte sagen können, wann, bereits ausgefüllt und mit den Impfaufklebern versehen hatte. Als Frau Hurtig hinausging und hinter sich die Tür zum Warteraum schloss, öffnete sich zeitgleich die Treppenhaustür, die ebenfalls ins Behandlungszimmer mün-

dete. Ein kleiner kopfschüttelnder Mann trat ein und widmete sich sofort dem feuchten Fleck an der Wand. Er hatte nur kurz sein Kopfschütteln unterbrochen und May mit einem Seufzer sorgenvoll zugenickt.

Mit einer dünnen Metallsonde bohrte der Gutachter durch die Tapete, weit in die Wand hinein, wobei er immer wieder seufzte und den Kopf schüttelte. May war versucht, diesen Mann zurückzuhalten, der Löcher in sein Haus bohrte, doch ließ er ihn Olga zuliebe gewähren. Aus dem Wartezimmer drang Hundegebell.

Die Tür öffnete sich nach einem kurzen Klopfen. Statt eines Tierbesitzers trat ein grauer Mann ein. Grauer Anzug, graue Haare, graue Gesichtshaut, dazu passende Aktentasche.

Der graue Mann blieb einen Moment stehen, wie aus dem Konzept gebracht, und betrachtete den Gutachter, der vor der Wand kniete und den Metallstab in die Tapete trieb. Der Gutachter wiederum musterte den grauen Mann: seufzend und kopfschüttelnd.

»Mein Name ist Weber.« Der Graue wandte sich nun an May. »Ich vertrete die Amtstierärztin und habe den ordnungsgemäßen Umgang mit Betäubungsmitteln zu kontrollieren.« Er reichte May kurz eine kalte Hand, wobei er sich im Raum umsah. »Sie sind verpflichtet, mir bei der Überprüfung zu helfen. Wenn Sie nicht kooperieren, kann das zu einem Entzug der BtM-Zulassung führen. Soweit die Unterrichtung. Wo lagern Sie Ihre Betäubungsmittel?«

Der Hund im Wartezimmer bellte wieder, es erschien May lauter, dringlicher. Olga schaute durch die geöffnete Tür, doch May winkte ab. Stattdessen wies er dem Kontrolleur den Schrank, in dem die Narkotika aufbewahrt wurden.

Herr Weber besah sich das Schloss, drehte den Schlüssel, rüttelte an der Tür, dann nahm er eine Flasche Polamivet in die

Hand, las das Etikett und sah May kurz an, um den Blick gleich wieder im Raum zu verlieren. »Wo sind die Listen, auf denen Sie die Ein- und Ausgänge der Betäubungsmittel registrieren?«

Auf der anderen Seite des Zimmers hatte der Gebäude-Gutachter sein Arbeitsgerät abgestellt und notierte etwas auf einem Notizblock, dabei betrachtete er immer wieder den Kontrolleur, May und den Schrank – und seufzte.

May rief nun doch nach Olga und bat sie, die entsprechenden Unterlagen herauszusuchen. Einen Wimpernschlag später überreichte sie die gewünschten Listen in einem dünnen blauen Ordner. Sie musste sie bereits zurechtgelegt haben.

Der graue Mann vertiefte sich darin, murmelte dabei unverständliche Worte, dann wandte er sich wieder an May. »Die Listen stimmen nicht mit Ihrem Bestand überein. Seit Monaten ist nichts mehr eingetragen worden. Sie wissen, dass Sie verpflichtet sind, eine ordnungsgemäße Buchhaltung zu führen, was die Betäubungsmittel anbelangt.«

»Ja, in letzter Zeit habe ich ein wenig geschludert«, gab May zu. »Ich werde das bald nachholen.«

»Geschludert? Herr Doktor May! Mit Betäubungsmitteln sollte nicht geschludert werden! Gerade momentan ist es von äußerster Wichtigkeit, hier gewissenhaft zu sein. Sie sind ja unterrichtet worden, dass Narkotika im Tierheim entwendet wurden. Eine schlimme Sache das.« Er machte eine Pause, hob seinen Zeigefinger, senkte ihn sogleich, als wäre ihm bewusst geworden, dass diese Geste ein wenig übertrieben war. »Nun gut, ich gebe Ihnen eine Woche Zeit, die Papiere auf Vordermann zu bringen, und behalte es mir vor, dies zu kontrollieren. Unangekündigt. Und falls Sie dem nicht Genüge tun, muss ich leider Konsequenzen ergreifen.«

May gab sich einen Ruck. Er wusste, dass er im Grunde im Unrecht war, auch wenn er die Sache als Bagatelle betrachtete. Der Mann vor ihm sah das offensichtlich anders. Also würde er

gute Miene machen, um dies hier schnell zu beenden. »Danke für Ihr Entgegenkommen, ich werde es schnellstens erledigen.«

Der graue Mann verzog die schmalen Lippen zu einem kleinen Lächeln. »Dann ist alles geklärt, und ich kann mich wieder zurückziehen.« Er steckte seinen Kugelschreiber in die Aktentasche und schloss sie mit einem lauten, wichtigen Klacken.

»Herr Weber?«, sagte May. »Sie haben doch sicher Einblick in die Tierheimsache. Hat man schon einen Verdacht, was den Einbruch dort betrifft?«

»Nicht, dass ich wüsste. Nur so viel: Der Täter muss sich vor Ort gut ausgekannt haben und womöglich selbst im Besitz eines Schlüssels gewesen sein. Die Schlösser wurden nicht gewaltsam geöffnet, sondern aufgeschlossen. Bis auf das Vorhängeschloss vom Betäubungsmittelschrank. Das wurde aufgebrochen. Alles sieht zielgerichtet aus. Aber über weitere Einzelheiten darf ich nichts verlauten lassen.«

»Natürlich«, meinte May. »Dann muss es ja ein Mitarbeiter vom Tierheim gewesen sein, könnte man annehmen.«

»Oder ein ehemaliger«, ergänzte der graue Mann. »Zumindest, was die letzten sieben Jahre betrifft.«

»Warum sieben Jahre?«

»Vor sieben Jahren wurden sämtliche Schlösser ausgetauscht. Und zu Ihrer Beruhigung: Die Polizei ist dabei, alle Angestellten der letzten sieben Jahre zu überprüfen. Aber jetzt muss ich los, ich habe seit acht Minuten Feierabend.«

Kaum hatte der graue Mann die Tür geöffnet, drückte sich der vollbärtige Rocker, massig wie ein Schrank, mit seinem Kartoffelsack in der Hand an ihm vorbei. Als er seine Schlangen auf den Tisch geschüttet hatte, verließ der Gutachter mit einem letzten Seufzer den Raum, der feuchte Keller schien ihm lieber zu sein als die Gesellschaft züngelnder Pythons.

»Die fressen immer noch nichts«, brummte der Hüne.

»Ich weiß auch immer noch nicht, woher die Tiere kommen«, sagte May.

»Von einem Freund, sagte ich doch.«

»Aus einheimischer Zucht? Oder importiert? Ich brauche die Cites-Papiere, sonst mache ich mich strafbar.«

Der Rocker knurrte.

May packte den ersten Python hinter dem Kopf. Sofort schlängelte sich der Leib in seine Richtung. Unbehaglich starrte er in das weit aufgerissene Maul. Zwischen den spitzen Zähnen des Reptils war die Mundschleimhaut noch immer voller hellgrauer Bläschen. Mit ausgestreckten Armen tuschierte er die entzündeten Stellen im Maulbereich. Heimweh, dachte er. Die Tiere haben vielleicht Heimweh. Vor allem, wenn es, wie zu befürchten stand, Wildfänge sind. Falls ein primitives Schlangengehirn Gefühle wie Heimweh empfinden konnte. May ging zu einem Regal, in dem er die homöopathischen Mittel aufbewahrte, und holte ein Fläschchen mit Globuli, Ignatia in Hochpotenz, ein Mittel gegen Hysterie, Liebeskummer und auch Heimweh. Er löste ein paar Kügelchen auf und verabreichte beiden Tieren etwas davon. Dann injizierte er erneut eine Vitaminlösung, wobei er die Pythonköpfe fest auf die Edelstahlplatte drückte. Pythons konnten fest zubeißen, auch wenn sie kein Gift besaßen. Loslassen, das wusste May, würden sie dann auch nicht mehr, und nur kaltes Wasser könnte den Griff des Mauls allmählich lösen. Er schielte zum Waschbecken und drückte die Nadel in den kühlen Leib. Wie lange man einen schlangenumwundenen Arm unter laufendes kaltes Wasser halten musste, konnte May allerdings auch nicht sagen.

»Den Sack«, keuchte er, »aufhalten!«, und stopfte die Tiere in ihre Tragetasche. »Übermorgen. Und mit dem Nachweis, woher Sie die Tiere haben. Auf Wiedersehen.«

Der Bärtige schulterte den Sack und grinste. »Und wenn ich die Papiere bis dahin noch nicht habe?«

»Dann können Sie sich einen anderen Tierarzt suchen. Ganz einfach. Und diesmal meine ich es ernst.«

May atmete auf, als eine Perserkatze mit Verdauungsproblemen die Schlangen ablöste. Kurz darauf erschien auch wieder der Gutachter aus dem pythonsicheren Kellergewölbe.

»Also mit solchen Viechern kann ich gar nicht«, sagte er kopfschüttelnd.

»Ich eigentlich auch nicht. Und? Wie sieht es aus mit dem feuchten Fleck da an der Wand?«

»Der Fleck ist das geringste Problem.« Er seufzte. »Das ganze Fundament ist nass. Wenn da nichts gemacht wird, sieht es schlecht aus mit dem Schlangenbehandeln. Ich bin ja kein offizieller Gutachter und mache keine Expertise bis ins Detail, aber was ich gesehen habe, langt.«

»Und was haben Sie gesehen?«

»Der Keller ist komplett nass. In den Wänden ist Salpeter, der frisst das Mauerwerk auf. Und überall Schimmel. Der zieht sich die Wände hoch, und demnächst blüht er hier unten an der Leiste. Nicht so gesund. Schimmelsporen in der Luft sorgen für eine unangenehme Raumatmosphäre. Irgendwann kommt der Putz runter, es gibt Risse und Verwerfungen.«

»Und was soll ich Ihrer Meinung nach tun?«

»Da hilft nur aufgraben, um das ganze Haus herum, und eine Drainage legen, den Sumpf austrocknen. Bis dahin Trockengeräte aufstellen. So sieht es aus. Ist eine größere Aktion.« Er seufzte, wobei er sich kopfschüttelnd umschaute.

»Ich werde mir das überlegen. Danke für Ihre Mühe. Schicken Sie mir bitte die Rechnung.«

»Lassen Sie mal stecken, ich bin Olgas Mann noch einen Gefallen schuldig.« Er reichte May eine trockene, rissige Hand und verschwand durch die Tür zum Wartezimmer.

Eine Stunde später hatte May den letzten Patienten behandelt. Olga huschte durch die Praxis, wobei sie mehrmals auf den nassen Fleck schaute.

»Ich fahre noch zu Herrn Messerschmidt«, sagte May. »Mal sehen, wie es seiner Adelheid geht. Füttern Sie die Taube?«

»Das kleine Mädchen war da und hat Taube gefüttert«, entgegnete Olga. »Viele Grüße, sagt sie. Wollte nicht reinkommen, wegen strenge Mann von Behörde.«

»Marlene? Na, dann ist ja gut.« Insgeheim hatte May den ganzen Tag auf Marlene gewartet, er war ein wenig enttäuscht, sie verpasst zu haben. Irgendwie hatte sie sein Herz im Sturm erobert. Bei dem Gedanken musste er lächeln. Sie würde ja wiederkommen.

Am Morgen hatte er Adelheid operiert. Als May den Bauch aufschnitt, war ein brüchiger Strang zum Vorschein gekommen, der zwei Liter Eiter beherbergte. Die zahlreichen Blutgefäße, die die Gebärmutter versorgten, waren fingerdick gewesen. May hatte alle einzeln abgebunden, dann eine Klemme auf den Uterus gedrückt und diesen nahe am Gebärmutterhals abgesetzt. Im Bauchraum hatte sich Flüssigkeit angesammelt. Gelblich-blutiges Wundsekret, welches Olga beständig mit Tupfern und sterilen Lappen aufnahm, doch aus dem Fettgewebe sickerte unaufhörlich Blut nach. May wühlte sich durch das Fett und verödete einzelne Gefäße, bevor er die Eierstöcke absetzte. Adelheid stöhnte wie ein alter Mensch, und May vertiefte zweimal die Narkose. Irgendwann konnte er den Bauchraum verschließen. Jetzt hieß es hoffen, dass Adelheid den Eingriff überstehen würde, immerhin war ihr Organismus durch die Giftstoffe des entzündeten Organs und die Narkose stark geschwächt. Hoffentlich sickerte nicht weiter Blut nach. Sie atmete ruhig, als sie auf einer Decke lag, und wedelte kurz mit dem Schwanz. Ein schöner Traum,

dachte May bei sich und tätschelte ihr Fell, als er das Herz abhörte. Es schlug gleichmäßig und den Umständen entsprechend kräftig.

Da Adelheid stabil zu sein schien, trugen Olga und May sie in seinen Wagen und brachten sie nach Hause. Die Wohnung lag im dritten Stock, und die beiden mühten sich ab, den schlaffen Hundekörper nach oben zu schaffen. May war schweißnass gewesen, als er und Olga anschließend vor das Mietshaus getreten waren, in dem Herr Messerschmidt und Adelheid wohnten.

Jetzt stand er wieder vor dem Gebäude. Auf sein Klingeln öffnete sich die Eingangstür und May stieg in den dritten Stock hinauf. Das Treppenhaus roch nach Erbsensuppe. Wer kocht abends Erbsensuppe, fragte sich May und stellte sich ein altes Mütterchen mit Kopftuch an einem holzbefeuerten Herd vor und wusste nicht, wie er auf dieses Bild kam.

Herr Messerschmidt erwartete ihn mit besorgter Miene vor seiner Wohnungstür. »Sie schläft noch immer«, sagte er leise, mehr zu sich als zu einem realen Gegenüber. Er war aschfahl im Gesicht. Das Ende seines Gürtels steckte nicht in den Schlaufen, sondern hing achtlos herunter, es schien, als habe er in der kurzen Zeit abgenommen.

May trat in die Wohnung ein und beugte sich zu Adelheid, die auf einer Decke im Wohnzimmer lag. Sie atmete ruhig, das Herz schlug gleichmäßig. May zog ein Lid herunter und betrachtete die Schleimhäute. Rosarot, feucht, glatt, glänzend, normal durchblutet. Er kniff in ihre Ballen, worauf Adelheid den Fuß anzog. May richtete sich auf. Es war ungewöhnlich, dass die Narkose so lange anhielt. »Es ist alles in Ordnung. Sie schläft sicher noch eine Weile, hat ja auch viel mitgemacht.«

»Aber Sie sagten doch, dass sie am Abend wieder munter ist.«

May legte die Hand auf Herrn Messerschmidts Schulter. »Machen Sie sich keine Sorgen. Adelheid wird den Eingriff über-

stehen. Sie war einfach geschwächt, dann noch die Narkose, aber das wird wieder.«

»Ich wüsste nicht, was ich tun würde, wenn sie nicht mehr aufwacht.«

May spürte bis in seine Hand das Zittern, das Herrn Messerschmidt überfiel. »Ich komme morgen wieder und schaue nach Adelheid. Seien Sie ganz beruhigt. Sie lacht bald wieder.«

Als May die Treppe hinunterstieg, kam ihm erneut der Geruch der Erbsensuppe in die Nase. Sein Magen knurrte. Seit dem Morgen hatte er nichts gegessen, er hatte es einfach vergessen. Umso heftiger meldete sich nun der Hunger. Vielleicht sollte er etwas essen gehen? Zu Hause war sicher nichts, was er sich schnell zubereiten konnte. Er öffnete die Haustür und überlegte einen kurzen Moment, in welcher Richtung sein Wagen stand, als das Telefon in seiner Tasche klingelte.

»Paps?«

»Sie müssen sich verwählt haben«, sagte May zu Penelope, seiner älteren Tochter.

Sie schnaubte durch den Hörer. »Mir ist nicht nach Scherzen zumute, Paps! Ich habe mich von Marcel getrennt. Und jetzt bereue ich es. Ich glaube, ich habe einen Riesenfehler gemacht.«

May kannte keinen Marcel, aber er war froh, dass Penny ihn anrief, wenn sie Liebeskummer hatte, was ungewöhnlich genug war. Beides: Liebeskummer und ihn anzurufen.

»Im Grunde haben wir gut zusammengepasst.«

»Dann sag ihm das doch, Penny.«

»Das ist zu spät, er ist stinksauer wegen der Trennung.«

»Finde ich nachvollziehbar«, sagte May.

»Ja, ich ebenso. Ich habe auch zweihundert Likes gekriegt, als ich gepostet habe, wie mies er sich verhalten hat.«

»Du hast das öffentlich gemacht? Im Internet?«

»Was denkst du denn? Ach, Paps, ich bin ganz durch den Wind. Deshalb habe ich auch den Kotflügel abgefahren.«

»Was hast du abgefahren?«

»Soll ich später noch mal anrufen?«

»Nein, nein, Penny, ich hab dir ja zugehört, nur die Sachlage nicht ganz verstanden. Du hast den Kotflügel abgefahren, von dem neuen Wagen?«

»Ich habe nur den einen.«

Das mit dem Essengehen hatte sich erübrigt. Appetit hatte er nun keinen mehr.

Es hatte Marlene einige Überredungskünste gekostet, aber sie hatte es geschafft: Direkt nach der Schule durfte sie wieder nach der Taube sehen. Eine halbe Stunde. Danach sofort nach Hause, allein, da ihre Mutter keine Zeit hatte, sie zu holen, und ihr Vater bei der Arbeit war. Auf dem Bürgersteig, nicht durch die Fasanerie, war ihr eingeschärft worden. Als wenn der Wald voller Monster wäre, und das am hellen Tag!

Der Tierarzt hatte sich richtig gefreut, das hatte Marlene gemerkt. Er war ja auch ein netter Opi. Die Taube hatte sich auch gefreut, auch wenn sie sich nichts anmerken ließ, aber auch das war Marlene nicht entgangen. Heute hatte die Taube sogar aus der Pipette getrunken, die sie ihr an den Schnabel gehalten hatte. Er ist zuversichtlich, hatte der Tierarzt gesagt, zu-ver-sicht-lich. Zu – er – sieht – Licht. Ein komisches Wort, vorne zu, hinten sieht er Licht. Dann sind wir zuversiehtlicht. Man muss immer zum Licht sehen, dann geht es schon. Sie drehte sich noch einmal um, der Tierarzt stand am Fenster und winkte. Marlene winkte zurück. Sie sprang ein Stück auf einem Bein, dann auf dem anderen. Nicht trödeln, hatte die Mutter gesagt, also rannte sie ein kleines Stück, aber bergauf rennen war schwer, schwerer als bergab. Und heiß war es. Sie spitzte die Lippen, wie ihre Lehrerin es immer machte, wie ein Spitzmaulfrosch: »Ein ungewöhnlich heißes Frühjahr.« Und kein Schatten auf dem Weg bis nach oben. Auf der anderen Straßenseite winkten die Blätter der Fasanerie. Schattig und kühl. Und der Weg führte direkt am Rand des Parks

entlang, oder fast am Rand. Wenn sie verschwitzt nach Hause käme, wäre es auch nicht gut.

Marlene sah nach links, nach rechts, noch einmal nach links, wie sie es gelernt hatte, dann rannte sie auf die andere Seite der Straße. Der Schulranzen wackelte wie ein aufgeregtes Tier auf ihrem Rücken, und schon schlüpfte sie zwischen den Büschen hindurch in den großen Park.

Innen war es viel kühler, und das Licht ganz grün angemalt. Die Elfen sprangen zwischen den Bäumen herum und kicherten, Marlene konnte sie ganz genau hören, doch zu Gesicht bekam sie keine. Ein Stück weiter kam ihr ein Mann mit einem kleinen Hund entgegen. Der Hund schnupperte überall herum und zog an der Leine. Er interessierte sich überhaupt nicht für sie. Marlene rannte ein kleines Stück, dann blieb sie stehen und lauschte auf einen Vogel, der ganz komisch sang. Es hörte sich an, als würde er über einen Vogelwitz lachen. Ein kleines Stück weiter sah sie eine Bewegung aus den Augenwinkeln. Es sah aus, wie jemand, der sich versteckte, dabei aber gesehen werden wollte. Sie ging langsam weiter, ganz am Rand des Weges. Vielleicht gab es doch Monster hier im Wald, die tagsüber nicht schliefen?

»Piep.«

Marlene blieb stehen. Da hatte jemand Piep gerufen, direkt hinter dem Baum da. Monster riefen eigentlich nicht Piep. »Hallo?«

»Piep.«

»Bei wem piept's denn da?«

Ein Lachen trat hinter dem Baum hervor und mit ihm Max.

»Hast du dich gefragt, warum der Baum reden kann?«

Die Haare in seinem Gesicht standen in alle Richtungen.

»Reden nicht, aber piepen«, sagte Marlene.

»Ich habe dich am Fenster gesehen mit einem Vogel in deiner Hand. Da bei dem Tierarzt. Da bellen die Hunde immer so. Ich

würde da auch gerne mal reingehen, aber wenn die Hunde so bellen, mag ich nicht. Da stehe ich lieber zwischen den Bäumen, dass mich kein Hund sehen kann, und denke mir aus, wie es da drinnen wohl zugeht. Ich habe keine Angst vor Hunden. Na ja, vor den großen vielleicht schon, weil die auch so große Zähne haben, dass sie dem Max einen Finger abbeißen können, und die bellen mich immer an, auch wenn ich einfach nur so an denen vorbeigehe. Kann ich ein Stück mit dir gehen? Du gehst sicher nach Hause. Ich bin doch noch dein Freund, oder? Dann kann ich ja ein Stück mitgehen, dann bist du auch nicht so alleine, wenn der Max und die Clara mitgehen. Willst du mein Kaninchen streicheln? Dann schnurrt es ganz leise. Ich habe dich aus der Schule kommen sehen und bin dir hinterhergelaufen. Du hast gar nichts gemerkt.« Max lachte.

»Ich darf aber nicht trödeln«, sagte Marlene. »Wenn ihr mitgehen wollt, dann müssen wir uns beeilen.«

»Ich kann ganz schnell laufen«, sagte Max. »So schnell wie ein Kaninchen, und Clara kann so schnell laufen wie Max, weil ich es ja trage.«

»Dann komm«, sagte Marlene und setzte sich in Bewegung.

Sie gingen Seite an Seite durch den Park, und Max erzählte allerhand aus seiner Werkstatt. Er plapperte die ganze Zeit, sodass Marlene weder die Elfen noch die Vögel hören konnte. Niemand kam ihnen entgegen, nur ein Jogger, der keuchend an ihnen vorbeilief.

Als sie am Rande der Fasanerie angekommen waren, blieb Marlene stehen.

»Hier gehe ich alleine weiter. Meine Mutter darf nicht wissen, dass wir Freunde sind.«

»Freunde sind Freunde«, sagte Max.

»Ja, das schon. Aber meine Mama will das vielleicht nicht, und dann dürfen wir uns nicht mehr sehen. Weißt du was, Max? Das

ist unser Geheimnis. Niemand soll wissen, dass wir Freunde sind.«

»Und Clara?« Er hob sein Stofftier hoch.

»Die schon. Aber sonst niemand. Hörst du? Du darfst niemand sagen, dass wir Freunde sind.«

»Clara mag Geheimnisse. Und Max auch. Geheimnisse sind Regentropfen.«

Die Stiefmütterchen hatten dringend Wasser gebraucht. Es war auch einfach zu heiß für die Jahreszeit. Heute, beim Joggen, war Michael lediglich die kleine Runde gelaufen. Immer noch hatte er sich nach Eugen umgesehen, als er gestartet war. Wie lange das noch so ging? Im Grunde hatte er keine Lust gehabt zu laufen, aber so konnte er seinen Grübeleien davonrennen.

Auf halber Strecke waren ihm ein dicklicher Junge und ein kleines Mädchen entgegengekommen. Er hatte das Mädchen gar nicht erkannt, da sie ihr Gesicht abgewendet hatte. Erst hundert Meter später war ihm aufgegangen, dass das Marlene gewesen sein musste. Marlene in Begleitung eines seltsamen Typen. Ungepflegt, mit einem zotteligen Vollbart. Irgendwie sah der Typ nicht ganz koscher aus, wie ein Kind in einem Riesenkörper. Als er sich entschlossen hatte, umzukehren und zurückzulaufen, hatte er die beiden nicht mehr gefunden, sie mussten die Fasanerie schon verlassen haben. Er würde es nachher Vivian erzählen, damit die Ina anrief und ihr verklickerte, mit wem sich ihre Tochter herumtrieb.

Nachts kühlte es kaum ab, und an Schlaf war nicht zu denken. Überhaupt schlief er kaum, seit Eugen verschwunden, dann aufgetaucht und beerdigt worden war. Michael Sommer saß vor dem Grab seines Hundes und dachte daran, wie Eugen ins Haus gekommen war. Mit dem Tod, der sich in seiner Mutter eingenistet hatte, war auch das Leben in Form dieses quirligen Wollknäuels in ihr Haus gekommen. Und es kam ihm immer so vor, als lebe

etwas von seiner Mutter in Eugen weiter. Dieses Etwas war nun endgültig gestorben und lag einen Meter vor ihm, bedeckt von den traurigen Blumen, die er auf Eugens Grab gepflanzt hatte.

Er richtete sich mühsam auf, als er seinen Namen hörte: Vivian rief nach ihm. Vivian. Sie hatte nicht verstehen wollen, dass er Eugen Blumen auf das Grab pflanzte. Und schon gar keine Stiefmütterchen. Das sei die Spießigkeit hoch zehn und würde ihren japanisch inspirierten Garten verschandeln. Minimalismus. Darauf war sie stolz. Minimalismus im Garten. Minimalismus im Haus. Minimalismus im Bett und minimal im Gefühl. Niemand würde ihm und Eugen die Stiefmütterchen streitig machen. Dafür würde er, wenn es nötig wäre, kämpfen.

»Du sitzt schon wieder eine Ewigkeit auf dem Rasen herum, Micha. Dabei wird es Zeit, dass du dich fertigmachst.«

Michael setzte sich an den schmalen Küchentisch. Die Platte war mit japanischem Zedernholz furniert. Er strich langsam über das Holz. Eigentlich hatte er nichts gegen japanischen Minimalismus, aber eine gemütliche Wohnung wäre ihm lieber. Doch als sie sich eingerichtet hatten, besser, als Vivian die Einrichtung übernommen hatte, hatte er geschwiegen. Um des lieben Friedens willen. Vivian konnte mit ihren Wünschen und Forderungen einen Stein aushöhlen, so stetig und unnachgiebig äußerte sie ihre Bedürfnisse oder das, was sie dafür hielt.

»Hast du es vergessen?« Vivian riss ihre Augen auf.

Wie ein verschrecktes Reh, hatte Micha gedacht, als sie sich kennenlernten. Dieses Augenaufreißen hatte ihm gefallen, doch mittlerweile war die dramatische Geste abgenutzt, überstrapaziert.

»Hast du etwa die Einladung vergessen?«

Er wusste nicht, wovon sie sprach.

»Du weißt nicht, wovon ich spreche, nicht wahr?« Vivian schnaubte. Dann wurde ihre Stimme versöhnlicher. »Wir sind

doch mit Vati zum Essen verabredet. In der *blechernen Katz*. Da isst du doch so gerne.«

»Davon höre ich zum ersten Mal.«

»Jetzt spiel nicht den Trotzkopf. Vati, und ich außerdem auch, möchte wissen, wann du endlich bei Bloomberg vorsprichst. Vati meint, dass die nicht ewig auf einen Michael Sommer warten.«

Michael atmete tief ein. »Ich habe mich noch nicht entschieden, ob ich das Angebot annehmen werde.«

Seine Frau riss die Augen weit auf. »Nicht entschieden? Hallo? Michael! Du musst langsam mal in die Gänge kommen. Du kannst nicht den ganzen Tag auf dem Rasen sitzen und Blümchen pflanzen. Das Leben geht weiter. Eugen war ein alter Hund und alte Hunde sterben nun einmal irgendwann. Und das Irgendwann ist eben jetzt eingetroffen. Du musst realistisch sein und nach vorne blicken!«

»Sagt das Georg?«

»Das habe ich gesagt, aber Vati meint das natürlich auch.«

»Natürlich.«

»Und das heißt, dass du dich entscheiden musst. Heute. Jetzt. Bevor wir zum Essen gehen. Du kannst dir vorstellen, was Vati sagt, wenn du noch immer unentschlossen bist.«

»Und wenn ich nicht zusage?«

»Natürlich wirst du zusagen. Das Angebot ist einfach zu lukrativ. Denk nur an das Gehalt, und das fest. Jeden Monat!«

»Das heißt, dass Georg nicht auf eine Entscheidung wartet, sondern nur darauf, dass ich sein Geschenk, und etwas anderes ist es ja nicht, zumindest denkt dein Vater das, annehme und bei Bloomberg anfange? Ich bin ganz zufrieden, so wie es läuft. Immerhin habe ich mir meine Selbstständigkeit erarbeitet, und langsam habe ich einen ansehnlichen Kundenstamm und gelte etwas im Markengeschäft.«

»Ohne Vati wärst du nicht da, wo du jetzt bist. Das weißt du genau. Er hat dir auf die Beine geholfen und jetzt bringt er dich einen großen Schritt weiter. Du solltest nicht länger zögern und seinen Rat beherzigen.«

»Weißt du was, Vivian? Ein Georg reicht mir. Ich brauche nicht noch die Bloomberg-Bande, die mir in meine Geschäfte reinredet. Sag deinem Vater, dass ich sein Angebot ablehnen werde und weiter vor mich hin wurstele. Und du sollst wissen, dass ich so viele Stiefmütterchen in unseren Garten pflanzen werde, wie es mir Spaß macht, und so lange vor Eugens Grab herumsitze, bis ich einen ganz platten Arsch habe.« Er stand auf. Sah auf seine Hände, die zu Fäusten geballt waren. »Und außerdem bleibe ich hier und wünsche euch einen guten Appetit. Ohne mich wird es sicher noch familiärer.«

Zehn Minuten. Wenn ihre Mama zehn Minuten sagte, meinte sie eine Stunde. Sie solle noch ein bisschen in den Garten gehen und spielen, hatte ihre Mama gesagt, und sie brauche noch zehn Minuten, dann würde sie Marlene endlich zum Tierarzt fahren. Der Doktor und die Taube würden sicher schon auf sie warten.

Marlene stellte sich in die Terrassentür und sah in den Garten. Der frisch gemähte Rasen duftete nach Sommer. Dann lief eine kleine Welle über die grüne Fläche, und Marlene stand am Rand einer großen Wasserfläche. Sie war eine Forscherin auf dem Mars und musste ihn erkunden. Das riesige grüne Marsmeer breitete sich gefährlich vor ihr aus. Mit ihren Spezialsandalen, die nicht einsanken, ging sie langsam zum anderen Ende des Gartens. Über ihr das endlose Weltall. Als sie die Hecke erreichte, duckte sie sich hinein. Die Marsstation war unbewohnt. Die anderen Astronauten waren noch auf Forschungsreise. Da sah sie die Bewegung: Fünfzehn, zwanzig Meter jenseits des Zauns hockte ein Kaninchen. Schwarz-weiß gescheckt. Es sprang in die Luft und wurde von irgendetwas gehalten und fiel zurück auf die Erde. Eine Schnur war ihm um den Hals gewickelt worden und an dem Baum, an dem das Kaninchen saß, festgemacht. Einfach so angebunden und allein gelassen. Zum Glück war Marlene da, um das Kaninchen zu retten. Schnell stieg sie über den Zaun und rannte zu dem Tier. Das Kaninchen schreckte zurück, verfing sich in der Schnur und stürzte wieder auf das Laub. Die Augen

quollen vor Angst ganz weit hervor. Marlene streckte langsam die Hand aus und berührte das Kaninchen. Es ließ sich streicheln. Marlene zog es vorsichtig heran und betastete den Knoten um den Hals des verschreckten Tiers. Sie versuchte, ihn zu lösen, doch er war fest zugebunden. Vielleicht könnte sie die Schnur durchreißen?

Sie bemerkte den Mann erst, als er etwas auf ihren Mund presste und sie vom Boden zerrte. Dabei riss die Schnur um den Hals des Kaninchens, doch das nahm Marlene nur am Rande wahr. Es roch ganz stickig und scharf, und Marlene bekam keine Luft mehr. Vor lauter Schreck vergaß sie, sich zu wehren, alles kam so plötzlich, so hart, so unnachgiebig. Dann überrollte sie der Schwindel, die Umgebung verfloss, ein Sack stülpte sich über ihren Kopf, und es wurde dunkel. Nur vage spürte Marlene, wie sie weggeschleppt wurde. Weg von dem Kaninchen, weg von dem Baum und von ihrem Garten und weg von ihrer Familie.

Kaum mehr hörte sie das Keuchen des Mannes, der sie davontrug, kaum den Krach, den die zuschlagende Kofferraumtür machte, und kaum den aufheulenden Motor des Autos, das sie davonfuhr aus ihrem Bewusstsein und aus ihrem bisherigen Leben.

Eigentlich hatte May Mittagspause machen wollen. Olga war schon vor einer Stunde gegangen und würde in zwei Stunden wieder zurück sein. Er hatte nichts Essbares im Kühlschrank. Wenn er noch einkaufen und kochen und in Ruhe essen wollte, dann müsste Frau Tilster bald kommen. Sie würde in zwei Minuten da sein, hatte sie vor zehn Minuten am Telefon gesagt. Sie hatte sich nicht auf später vertrösten lassen wollen, und er, May, hatte sich überreden lassen. Ein abgebrochener Zahn hätte auch noch bis zur Abendsprechstunde warten können, aber das konnte er Frau Tilster nicht beibringen. Unmöglich! Unmöglich? Das war genau das, was ihm Ingeborg so oft vorgeworfen hatte. Immer würde er auf die Bedürfnisse seiner Patienten Rücksicht nehmen, nie auf die ihren. Nie war natürlich etwas übertrieben, aber ganz unrecht hatte sie mit ihren Vorwürfen sicher nicht gehabt. Aber Clooney, Frau Tilsters Hund, sollte keine Schmerzen leiden, wie ihn seine Besitzerin beschwor, und essen könnte May später auch noch etwas.

Er stand noch immer am Fenster, das Grün der Fasanerie lenkte seine Blicke auf sich. Wie oft hatte er seine Augen darin ausgeruht? Dunkelgrüne, dräuende Fruchtbarkeit. Schattige Welt voller versteckter Stimmen. Die Hunde kamen ihm in den Sinn, die in letzter Zeit verschwunden waren. Eugen, der alte Bobtail. Er war einer der Hunde gewesen, die gerne in die Praxis kamen. Und sein Besitzer war immer so stolz auf ihn gewesen. Michael Sommer. Wie oft hatte er ihm erzählt, dass Eugen die Fasanerie

wie seine Westentasche kannte und stets allein zurückkam. Was war passiert, als er verschwand, wieso war er an diesem Tag nicht zurückgekommen? Er musste mitgenommen, entführt worden sein! Eine andere Erklärung war nicht möglich, genau wie die anderen Hunde, einer wurde sogar aus dem Vorgarten geholt. Doch wer hatte die Tiere entführt? Und vor allem: Weshalb? Das Grün des Waldes kam May mit einem Mal dunkler vor, abweisender, geheimnisvoller, unheimlicher. Abrupt wandte er sich ab und ging ins Wartezimmer, wo er unter dem Empfangstresen die Telefonbücher wusste. Er schlug eine Nummer nach. Drückte die Ziffern in die Telefontastatur.

»Polizeidirektion, Zentrale.« Es rauschte in der Leitung, als wäre eine Spülung auf Dauerbetrieb.

»Hier ist Doktor May. Ich bin Tierarzt. In letzter Zeit sind mehrere Hunde verschwunden, und ich wollte ein paar Angaben dazu machen. Verbinden Sie mich bitte mit dem zuständigen Beamten.«

Es herrschte einen Moment Stille, selbst das Rauschen schien innezuhalten.

»Tut mir leid. Von verschwundenen Hunden ist uns nichts bekannt.«

»Das kann nicht sein«, sagte May. »Die Entführungen sind angezeigt worden, zumindest einige. Und es stand ja auch in der Zeitung.«

»Ach, die verschwundenen Hunde sind entführt worden?«

»Davon ist auszugehen.«

»Hören Sie, das Beste ist, Sie machen eine schriftliche Eingabe. Alles, was Sie dazu wissen. Wir leiten das dann weiter.«

»Wer ist für Entführungen zuständig?«

»Sie meinen Hundeentführungen? Das fällt unter Diebstahl. Aber, wie gesagt, hier ist uns nichts von Hundediebstählen bekannt. Heute rief sogar jemand an, der ein gestohlenes Kanin-

chen melden wollte. Das hat einen Wert von vielleicht zehn Euro.« Er lachte kurz auf, besann sich und wurde wieder ernst. »Ich wiederhole noch einmal: Schreiben Sie Ihre Beobachtungen auf und schicken Sie sie uns zu, dann wird Ihr Anliegen bearbeitet.«

Die vordere Tür ging. Das musste der abgebrochene Zahn sein, Clooney samt Frauchen.

»Ich danke Ihnen für Ihre Aufmerksamkeit«, sagte May und legte auf.

Frau Tilster, ganz in Pink gekleidet, schwebte in die Praxis. Ihre Anwesenheit und ihr Parfum teilten sich den Raum. Mit sichtlicher Überwindung setzte sie ihren Liebling, den kleinen Yorkshire Terrier Clooney, auf den verkratzten Edelstahltisch. Clooney trug eine passende pinkfarbene Schleife im Haar und schaute sein Frauchen schmachtend an. May würdigte er keines Blickes.

»Mein Clooney hat einen Zahn beim Fressen verloren. Das sagte ich Ihnen ja bereits am Telefon. Es ist furchtbar. Er hat sein Futterchen gegessen und dann hat er so komisch mit der Zunge gemacht.« Sie verdrehte ihre Zunge, streckte sie vor, schnell, ruckartig wie ein Reptil, dabei stieß ihr Zungenpiercing geräuschvoll an die Vorderzähne. »Dann hat er seinen Zahn ausgespuckt. Hier!« Sie hielt May ein Papiertaschentuch entgegen.

May betrachtete den eingewickelten Zahn, dann sah er Frau Tilster an. »Das ist ein Katzenzahn, von einer älteren Katze und nicht von einem Hund.« Zu ihrer Beruhigung überprüfte er Clooneys intakte Maulhöhle. Frau Tilster war fassungslos. »Ich kaufe nur das teuerste Futter für meinen Clooney. Die werden doch da keine Katzen …«

»Meines Wissens werden nur Schlachttiere, die auch zum menschlichen Verzehr zugelassen sind, in den Futtermitteln verarbeitet«, sagte May, wobei er ein Schmunzeln nicht verbergen

konnte. »Die Katze muss irgendwie in die Maschinerie der Futtermittelfabrik geraten sein. Wie dieser Arbeiter, der sich in der hydraulischen Schnecke in einer Tierkörperverarbeitungsanstalt verfing und zu Tiermehl verarbeitet wurde. Was erst bemerkt wurde, als das Produkt schon ausgeliefert war. Aber diese unschöne Begebenheit war sicher eine Ausnahme. Wie dieser Zahn allerdings in das Hundefutter kommt, bleibt ein Rätsel.«

»Dann müssen wir nichts weiter tun?« Frau Tilster drückte ihren Liebling an sich, wie eine Schimpansenmutter ihr Junges im Angesicht eines anschleichenden Fressfeindes.

May schüttelte den Kopf. »Machen Sie sich keine Sorgen. Clooney hat keinen Schaden davongetragen.«

»Dann bin ich ja beruhigt.«

Als Frau Tilster gezahlt und die Praxis verlassen hatte, wischte May den Edelstahltisch ab. Den in ein Taschentuch eingewickelten Zahn wollte er in den Papierkorb werfen. Doch er hielt inne und betrachtete das kleine, an der Bruchkante schartige Gebilde. Dunkel stieg eine flüchtige Erinnerung auf, kaum greifbar. Luises erster ausgefallener Milchzahn, kaum größer als dieser hier. Wie sie ihn stolz präsentierte, als hätte sie eine kolossale Leistung vollbracht, allen zeigte und schließlich ihm, May in die Hand legte. Was hatte er damit gemacht? Einfach weggeschmissen? War es überhaupt Luise? Oder hatte Penny ihm ihren ersten Zahn geschenkt? Jedenfalls hatte May das Ereignis damals nicht entsprechend gewürdigt, er hatte sich nicht in das Denken seiner Töchter einklinken können, besser, er hatte erst gar nicht versucht, die Welt mit den Augen seiner Kinder zu sehen. Es war für ihn gewesen, was es gewesen war: ein ausgefallener Milchzahn, und kein Wunder des Lebens, kein leises Zeichen, dass die Zeit voranschritt und eine Veränderung erkennbar war im Mund seiner Tochter, im Körper seines Kindes, in der sichtbaren Welt. Einer Welt, die doch aus Menschen bestanden hatte, die ihm nahe-

standen, die nichts weiter verlangt hatten als ein bisschen Aufmerksamkeit, Zeit und Hingabe.

Plötzlich stand Olga in der Tür. »Mutter von Marlene hat angerufen. Sie fragt, ob sie in Praxis ist, nach Taube sehen. Ist nicht zu Hause. Ist weg seit Stunden. Wenn Marlene auftaucht, soll ich Eltern anrufen zu Hause.«

Es dauerte einen Moment, bis die Worte, die sich in Mays Innenohr wild drehten, Sinn entfalteten, bis May bereit war, den Inhalt der Botschaft zu verstehen. Mit einer Hand stützte er sich am Schreibtisch ab. Sein Herz war ein spitzer Stein, hart und schmerzhaft.

May sah aus dem Fenster, als könnte er Marlene dort entdecken, doch da war nur die Straße und gleich dahinter die grüne Wand der Fasanerie.

Johanna Neval Celep blickte aus dem Fenster ihres Büros auf einen blauen Himmel. So blau. Heidelbeerblau, heidelbeerblauer. Wenn nichts dazwischenkam, könnte sie in einer guten Stunde nach Hause gehen. Etwas schlafen. Und später zu den Eltern. Johanna konnte ihr Lächeln nicht unterdrücken, heute würde sie ihnen erzählen, dass sie und Thorsten sich verlobt hatten.

Na gut, sie hatte sich einen Hochzeitsantrag anders vorgestellt, aber immerhin war es ein Antrag. Johanna Celep fühlte sich, als hätte sie Watte in den Schuhen. Und im Kopf. Nachdem Thorsten ihr den Antrag gemacht hatte, hatte sie eindeutig zu viel Sekt getrunken. Er war wie immer gewesen, zumindest wollte er den Anschein erwecken, als er sie zum Essen eingeladen hatte. In die *Sonne*: piekfeine Adresse. Das hatte sie schon gewundert und bald geahnt, was er im Schilde führte.

Nachdem sie das Essen bestellt hatten, waren sie über alle möglichen Themen wie zufällig auf die Zukunft gekommen. Ihre Zukunft.

Thorsten räusperte sich und meinte, fast nebenbei, ob es nicht an der Zeit sei, zu heiraten. Plötzlich schob er ihr ein Schächtelchen zu, klein und weiß, und Johanna wusste, dass es Ringe waren. Vor Aufregung brachte sie die Schachtel nicht auf, und Thorsten musste sie öffnen. Als Johanna ihn ansah, hatte er Tränen in den Augen. Er sah so verletzlich aus. Da griff sie nach seiner Hand und sagte ihm, dass sie gerne seine Frau werden würde.

Das Klingeln ihres Mobiltelefons hob sie für einen kurzen Moment von ihrer Wolke. Thorstens Bild erschien auf ihrem Display.

»Hallo? Ist dort Frau Celep, meine Verlobte?«

»Gepudert und gesalbt«, flötete sie mit zuckersüßer Stimme und wurde rot als ihr Bürokollege, Helmut Böhm, von seiner Tastatur aufblickte.

»Sehen wir uns heute Nacht, nachdem du bei deinen Eltern warst?«, fragte Thorsten.

Gestern waren sie ins Bett gegangen, nur um zu schlafen, nach all dem Sekt und Wein. Außerdem war es bereits nach zwei Uhr gewesen.

»Ich habe den Spruch vergessen, den mein Vater aufsagen muss«, sagte Thorsten.

Johanna Celep stand auf und machte Böhm eine Geste, dass sie kurz nach draußen zum Telefonieren ginge.

»Mit der Erlaubnis Gottes und mit Einwilligung des Propheten bitte ich im Namen meines Sohnes um die Hand deiner Tochter.«

»Ach ja, ich werde es ihm sagen, wenn wir den Besuch bei euch machen. Und Süßes bringen wir auch mit. Meine Mutter backt sicher eine Torte.«

»So soll es sein«, sagte Johanna und kicherte bei der Vorstellung, Thorstens Eltern würden die türkischen Nisan-Riten tatsächlich vollziehen. Bei seinem Vater könnte sie es sich sogar noch vorstellen, aber Thorstens Mutter? Die würde sicher nicht begeistert sein, wenn nicht alles nach ihren Vorstellungen ablief, genauso wenig wie ihre eigene Mutter.

Als hätte Thorsten ihre Gedanken erraten, hörte sie ihn auflachen.

»Und unsere Mütter sticken einträchtig deinen Hochzeitsschleier«, sagte er. »Tosten, du bekommst schöne Braut. Hörst du, Tosten?«

Tosten, so hatte ihn Johannas Mutter genannt, als sie Thorsten zum ersten Mal mit zu ihren Eltern nahm. Sie wollte seinen Namen einfach nicht richtig aussprechen können. Später, als Thorsten gegangen war, sagte sie zu Johannas Vorwürfen, was das denn für ein Name wäre, Thorsten Weber? So hart wie getrocknetes Brot.

Ihr wäre ein türkischer Schwiegersohn lieber. Doch Johanna wollte keinen türkischen Mann, sie wollte das harte Brot Thorsten Weber.

»Über unsere Mütter reden wir gerne heute Abend«, sagte Johanna, »und über die intimen Details unserer Zukunft.«

Als sie das Gespräch beendet hatten, ging Johanna Celep zurück in das Büro. Böhm begrüßte sie mit einem Grinsen, bevor sein Kopf wieder hinter dem Computerbildschirm verschwand.

Vor dem Fenster strahlte der Himmel noch immer in makellosem Blau. Ein Tag, an dem man sogar seine Schwiegermutter umarmen könnte.

Sie blickte kurz auf die Zeitanzeige auf ihrem Smartphone. Sie freute sich auf ihren Vater. Der hatte Thorsten auf Anhieb gemocht. Und mit einem deutschen Schwiegersohn hätte er sicher auch keine Probleme. Seit er mit seiner Frau nach Deutschland gekommen war, hatte er versucht, die deutschen Sitten und Werte zu übernehmen. Sie würden nun in diesem Land leben, also sollten sie auch ein Teil des Landes sein. Mit Vehemenz versuchte er, alles, was gewesen war, hinter sich zu lassen. Als Johanna geboren wurde, hatte er seiner Frau sogar verboten, mit ihr türkisch zu sprechen. Johanna sollte mit der deutschen Sprache aufwachsen. Und einen deutschen Namen bekommen. Wie alle deutschen Mädchen. Seine Frau hatte geschimpft, er wäre schlimmer als Atatürk, der mit Gewalt sein Volk Richtung Westen getrieben hatte, und sprach, wenn ihr Mann nicht zu Hause war, mit dem Kind türkisch. Neval hatte ihre Mutter durchgesetzt, der Name

Johanna war ihr vom Vater gegeben worden. Doch da der Vater sein erstgeborenes und einziges Kind beharrlich Johanna nannte, setzte sich dieser als Rufname durch. Neval hieß sie nur bei ihrer Mutter.

Und heute wollte das Kind mit den zwei Namen ihren Eltern erzählen, dass sie sich mit Thorsten verlobt hatte und bald heiraten würde.

Ihr Kopf brummte. Dann der Gestank. Es roch nach Hundepipi und Kot und anderen ekligen Sachen. Marlene bekam schlecht Luft. Es war ganz stickig. Irgendwie zu warm und dabei auch kühl. Und dunkel natürlich. Vollkommen dunkel, nicht einmal ein kleiner Ritz Licht von irgendwoher. Sie musste niesen. Doch die Nase kitzelte weiter und fühlte sich ganz zugeschwollen an. Was wohl mit dem Kaninchen passiert war? Hatte das der Mann auch mitgenommen? Sie tastete ihre Umgebung ab. Holz. Neben ihr und über ihr und unter den Decken, auf denen sie lag, auch. Sie war in einer großen Kiste. Und sie konnte die Kiste nicht aufmachen, der Deckel ließ sich kein bisschen anheben. Mit den Füßen stieß sie an Holz, da war das eine Ende. Über ihrem Kopf lagen Sachen herum. Flaschen und kleine Päckchen, deren Verpackung knisterte. Und ein längliches Ding aus Plastik. Als sie es in die Hand nahm und drückte, war da plötzlich Licht. Marlene atmete auf. Es war eine Art Taschenlampe mit fünf kleinen Lichtern. Sie drehte ihren Kopf. Vier Flaschen mit Apfelschorle, jede Menge Kekse, geschnittenes Brot in einer Tüte und ein Glas Nutella. Dann lagen da noch ein paar Hefte. Comics, eine Mädchenzeitschrift. Sie verstand das alles nicht. Warum hatte sie der Mann in diese Kiste gesperrt? War das eine Strafe? Aber sie hatte nichts angestellt, sie war sich ganz sicher, dass sie nichts angestellt hatte. Der Mann war böse. Aber er war ja nicht da, und bald würde ihr Papa sie holen oder der Tierarzt. Marlene hatte das Gefühl, dass der Tierarzt sie holen würde. Und nicht ihr

Papa. Angst hatte sie nicht, oder nicht so viel, dass sie weinen musste. Sie würde tapfer warten, bis sie jemand holen würde. Und der Mann sollte bestraft werden, der würde ins Gefängnis kommen. Hoffentlich suchten sie sie schon. Wenn Mama ihr nur einen Hund geschenkt hätte, der würde sie schnell finden. Es konnte ja nicht weit sein. Sie hatte nur kurz geschlafen. Oder war es doch länger gewesen? Nein, es konnte nicht weit sein, und bald würde sie jemand holen kommen. Ganz sicher. Nur nicht weinen. Sie musste wieder niesen. Tränen liefen über ihr Gesicht und den Hals hinab. Aber das war nur, weil sie niesen musste. Wegen der Allergie. Ein bisschen war sie doch allergisch gegen Hundehaare. Vielleicht hatte Mama recht mit dem Hund. Die Kiste machte ihr keine Angst. Marlene saß ja gerne in dunklen Verstecken. Stundenlang, wenn es sein musste. Aber es wäre schon schön, wenn sie hier nicht länger drin sein müsste. Sie klopfte an das Holz des Deckels. Es hörte sich dumpf an. Wie unter der Erde. Aber das wollte sie nicht denken. Sie war doch noch viel zu jung, um unter der Erde zu liegen. Wie ihr Opa. Aber der war alt und schon gestorben. Und sie lebte doch. Vielleicht sollte sie laut rufen. Aber dann käme der Mann. Lieber würde sie warten, ganz still, wie das Häschen in der Grube. Sie pochte noch einmal gegen das Holz.

Henning Schwind steuerte den Wagen zügig in die Garageneinfahrt. Zwei Häuser weiter lehnte Kata an einem Auto und rauchte. Diese kleine, schamlose Göre, die ihm das Geld aus der Tasche fingerte. Was war er nur für ein Arschloch gewesen, mit Kata etwas anzufangen? Wie sie ihn wieder angesehen hatte! Lasziv. Er lächelte gequält. Mit ihren feuchten, glänzenden Lippen, die nach künstlichen Erdbeeren schmeckten. Diese Hotpants, die im Schritt endeten, lange, schlanke Beine, jugendliche Brüste, ein Top, das so einfach hochzuschieben war. Henning Schwind schluckte einen bitteren Brocken hinunter, der sich auf seiner Zunge gebildet hatte. Dieses Miststück! Er kletterte aus dem Wagen und stieg die Treppe nach oben. Er hoffte, dass Ina sich beruhigt hatte und Marlene wieder aufgetaucht war. Irgendwo würde sie sich versteckt haben, wie immer, ihr altes Spielchen. Er fragte sich, wieso Ina diesmal so überreagierte und Gott und die Welt verrückt machte. Mindestens fünfmal hatte sie ihn in den letzten Stunden angerufen und von der Arbeit abgehalten. Vielleicht war Marlene in der Zwischenzeit aufgetaucht. Es würde schon nichts passiert sein.

»Wir müssen die Polizei anrufen!« Ina stand am Ende der Treppe und blickte ihm entgegen, in der Hand das Mobilteil des Telefons.

So hatte Henning Schwind seine Frau noch nie gesehen. Ihre ganze Gestalt war gebeugt, sie klammerte sich an das Telefon, als wäre das der letzte Halt auf Erden. Über ihr Gesicht war ein

Sturm gerast und hatte ihren Ausdruck verändert. Die geröteten Augen wirkten riesig, als wollten sie jeden Moment aus den Höhlen fallen. Dunkle Falten zogen sich von der Nase an den Mundwinkeln vorüber. Henning waren diese Falten als kleine Halbmonde vertraut, die Inas Mund und Nase umrahmten, aber nicht als tiefe Furchen. Ihre Lippen waren kaum noch vorhanden, so fest presste Ina sie zusammen. Henning Schwind wollte sie in den Arm nehmen, trösten, ihr zuversichtlich zuraunen, dass alles in Ordnung wäre, aber er war wie gelähmt, nicht fähig, sich zu rühren. Es war da, in seiner Frau, auf der Stiege, in der Luft, die sie umgab, in seinem Herzen, unleugbar: die Gewissheit, dass etwas Schreckliches passiert war, ein Unglück, das über seine Familie hereingebrochen war.

»Es wird sich klären«, sagte er, und seine Stimme war eine Maus vor einer Katze, klein und grau. »Erzähl mir noch einmal alles. Hast du auch überall nachgesehen? Vielleicht hat sie ein neues Versteck?«

»Henning, verstehst du denn nicht? Marlene ist verschwunden!«

Er wusste, dass er nicht im Haus zu suchen brauchte, er wusste, dass seine Tochter nicht bei den Nachbarn war oder bei Schulfreunden, er wusste, dass seine Frau alle Möglichkeiten, wo Marlene sich aufhalten könnte, in den letzten Stunden überprüft hatte.

Sie setzten sich auf das Büffelledersofa. Endlich schaffte es Henning Schwind, den Arm um die Schultern seiner Frau zu legen.

Eine Weile ließ sie es geschehen, dann rückte sie ein kleines Stück ab. Hennings Arm rutschte schlaff nach unten. Sie sprachen die letzten Stunden durch. Wie Ina sich noch frisch gemacht hatte, bevor sie Marlene zu diesem Tierarzt fahren wollte, das hatte keine fünf Minuten gedauert, und wie Marlene plötz-

lich verschwunden war, obwohl sie doch so dringend in die Praxis zu ihrer Taube gewollt hatte. Schon im ersten Moment hatte Ina gewusst, dass Marlene nicht wieder ihr übliches Spielchen spielte, dass sie nicht in einem Versteck kauerte und gesucht und gefunden werden wollte. Trotzdem hatte sie das ganze Haus durchstöbert, den Garten, dann die nähere Umgebung und noch einmal das Haus abgesucht. Danach hatte sie sich darangemacht, sämtliche Personen anzurufen, die mit Marlene zu tun hatten. Die Nachbarn, ein paar Eltern aus Marlenes Schulklasse, den Tierarzt natürlich, Henning, die Musikschule, Vivian, obwohl sie da bestimmt nicht sein würde, aber wer konnte das mit absoluter Sicherheit sagen. Doch Marlene war unauffindbar. Jetzt blieb nur noch der Anruf bei der Polizei.

Henning griff nach dem Telefon. Hielt inne. »Wo soll ich denn da anrufen? Bei der 110? Oder sehen wir im Telefonbuch nach, wie die direkte Durchwahl zur Polizeistation ist?« Seine Frau schien nicht zu verstehen, was er meinte, also wählte er die 110.

»Polizei-Notruf«, meldete sich eine tiefe Stimme.

»Guten Tag. Unsere Tochter ist verschwunden.«

»Ihr Name und Ihre Anschrift?«

Henning zögerte, die Stimme hörte sich gelangweilt an. Durch den Tonfall seines Gesprächspartners fühlte er sich nicht wirklich ernst genommen. Er gab die gewünschten Daten durch.

»Wie lange ist Ihre Tochter denn verschwunden?«

»Seit heute Mittag.«

Am anderen Ende war keine Reaktion zu vernehmen.

»Hallo?«, rief Henning ins Telefon.

»Ihre Tochter ist seit heute Mittag verschwunden, sagen Sie?«

Henning bestätigte.

»Sind irgendwelche Spuren zu erkennen, die auf ein Gewaltverbrechen hindeuten?«

»Das nicht gerade.«

»Hatten Sie Streit?«

Henning verneinte.

»Dann sollten Sie alle Möglichkeiten abklappern, wo Ihre Tochter sein könnte. Und abwarten. Die Erfahrung zeigt, dass die meisten verschwundenen Kinder nach ein paar Tagen wieder auftauchen. Ist Ihre Tochter volljährig?«

»Unsere Tochter ist sechs Jahre alt.« Henning spürte Inas Hand auf der seinen, als sie ihm den Telefonhörer abnahm. Ihre Hand war eiskalt.

Ihre Stimme ebenfalls. Kalt und scharf. »Hören Sie: Unsere Tochter ist verschwunden. Wir würden nicht anrufen, wenn es nicht ernst wäre. Verbinden Sie mich mit einem Menschen, der für so etwas zuständig ist. Sofort!«

Kurz darauf hatten sie einen örtlichen Beamten in der Leitung, der nach ein paar Fragen zusicherte, gleich jemanden vorbeizuschicken. Henning wusste nicht, ob er diese rasche Reaktion der Polizei als beruhigend oder beängstigend werten sollte.

Er stand auf, legte für einen Moment, beinahe zögerlich, die Fingerspitzen auf die Schulter seiner Frau, zog sie zurück und ging, wobei er das Gefühl hatte, seine Füße würden in den Untergrund einsinken, auf die Terrasse. Hier war die Luft leichter. Vögel zwitscherten, und der Wind bewegte die Wipfel der Bäume jenseits des Gartens. Es war im Grunde ein wunderschöner Tag. Kein Tag für schlechte Nachrichten. Er schüttelte den Kopf. Marlene verschwunden, die Polizei würde gleich an der Tür stehen. Es konnte nicht wahr sein, wahrscheinlich bildete er sich das alles nur ein. Als er sich umdrehen wollte, um zu seiner Frau zurückzukehren, fiel sein Blick auf etwas Weißes, am Ende des Grundstücks, direkt vor der Hecke. Beim Nähertreten erkannte er, dass dort auf dem Rasen ein Zettel lag, beschwert von einem Stein. Er nahm das Papier auf, es war von der Lage auf dem Rasen

etwas feucht geworden, faltete es auseinander, sah einige gedruckte Zeilen, las, schaute zum Himmel, ließ die Arme nach unten fallen und sackte in die Knie.

Er musste geschrien haben, denn gleich darauf kam seine Frau angelaufen, bückte sich zu ihm herab, sah das Schreiben, seinen Blick und krallte ihre Nägel in seine Schultern. Die Hölle hatte sich einen Spaltbreit aufgetan.

Hauptkommissarin Johanna Celep hatte gerade die Dienststelle verlassen wollen, um zu ihren Eltern zu fahren. Da war die Meldung gekommen. Sie sollte einen Entführungsfall übernehmen. Johanna hatte kurz Thorsten angerufen, ihre Eltern hatte sie nicht erreicht. Ihr Nacken tat ihr weh, zu wenig Schlaf in der letzten Zeit, vor allem in der letzten Nacht. Die gestrige Verlobung ließ sie in ihrem Unmut lächeln. Dann war sie losgefahren.

Nun hielt sie die Klarsichthülle, in der das Schreiben aus dem Garten steckte, in der Hand.

»Wir werden den Stein und den Erpresserbrief auf Fingerabdrücke und Herkunft überprüfen. Und Sie sagen, das Schreiben lag in Ihrem Garten?«

»Das habe ich Ihnen doch bereits erzählt«, sagte Henning Schwind. Er saß mit seiner Frau auf dem Sofa, hielt deren Hand.

»Ich lese Ihnen noch einmal den Inhalt vor und Sie versuchen bitte, darauf zu achten, ob Ihnen etwas auffällt. Eine Redewendung oder ein Hinweis, etwas, was Ihnen bekannt vorkommt.«

»Wir wissen, was da steht«, sagte Henning Schwind.

Seine Frau zog ihre Hand aus seiner und legte sie in ihren Schoß. »Lesen Sie den Text vor«, sagte sie leise.

»Wir haben Ihre Tochter entführt«, begann Johanna Celep. »Es wird ihr nichts passieren, wenn Sie auf unsere Forderungen eingehen. Am kommenden Montag, Punkt zehn Uhr, halten Sie

300.000 Euro bereit. Frau Schwind wird mit einem Fahrrad am Floßhafen auf weitere Anweisungen warten. Diese werden auf ihr Mobiltelefon übermittelt. Falls Polizei auftaucht, werden Sie Ihre Tochter nicht wiedersehen. Falls die Scheine markiert sind, werden Sie Ihre Tochter nicht wiedersehen. Falls sich ein Sender in der Geldtasche befindet, werden Sie Ihre Tochter nicht wiedersehen.«

Sie reichte die Hülle ihrem Kollegen Ernst Kremer, der sie in einem Aktenkoffer verstaute.

Henning Schwind beugte sich vor und legte die Hände vor sein Gesicht. Er schluchzte. Seine Frau blickte Celep an. Dabei schüttelte sie den Kopf. Es trat ein Moment der Stille ein, eine ungute Stille, als Celeps Telefon klingelte.

»Neval, Herz? Wo bleibst du? Wir warten mit dem Essen auf dich.« Die Stimme ihrer Mutter drang aus dem Telefon. Vorwurfsvoll, verärgert.

»Ich habe noch zu arbeiten. Ich melde mich später«, sagte Johanna Celep.

»Und das Essen?«

Ihre Mutter hatte sich sicher gehörig ins Zeug gelegt und ein Festessen gekocht. Immerhin hatte Johanna angedeutet, dass sie Neuigkeiten zu verkünden hätte. Die Verlobung hatte sie noch nicht erwähnt, das wollte sie ihrer Mutter von Angesicht zu Angesicht beibringen.

»Es tut mir leid. Ich hatte versucht, euch anzurufen.«

»Dein Vater will dich sprechen.«

»Ich kann jetzt nicht.« Celep senkte die Stimme. Es war ihr peinlich, gerade jetzt ein Privatgespräch führen zu müssen.

»Johanna, Kind? Was machst du wieder Sachen? Deine Mutter hat den ganzen Tag gekocht.«

»Hallo, Baba. Es tut mir ja leid, aber ich habe einen wichtigen Fall. Ich kann jetzt nicht sprechen, ich rufe später an.«

Sie hörte die Stimme ihres Vaters aus dem Telefon dringen, als sie auflegte. Dann drehte sie sich um, alle sahen zu ihr.

»Es war richtig, sich an die Polizei zu wenden«, sagte Hauptkommissar Kremer schnell.

Er war Johanna Celep zugeteilt worden, zusammen mit zwei weiteren Beamten, die gerade das Haus durchsuchten. »Fast alle Entführungsfälle werden aufgelöst und die Täter ermittelt.«

Was er nicht sagte, dachte Celep, wobei sie versuchte, ihre Eltern aus dem Kopf zu bekommen, war, dass die Zeit rannte. Achtundvierzig Stunden. Wenn in dieser Zeit die Entführungsopfer nicht auf freiem Fuß waren, überlebten sie selten, zumindest sagte das die Statistik. Johanna Celep war keine leidenschaftliche Statistikerin, aber hier hatte sie nichts anderes, woran sie sich halten konnte. Es war die erste Entführung, die sie selbst leitete, und sie musste vorgehen, wie sie es gelernt hatte, als sie auf der Polizeischule war, und das war ein paar Jahre her. Sie konnte sich keine Schnitzer erlauben, nicht als Polizistin und vor allem nicht als Frau. Es gab ein paar Kollegen, die nur auf Fehler ihrerseits warteten, um die männliche Überlegenheit in der Polizeiarbeit zu beweisen. Johanna Celep war einunddreißig und bereits Hauptkommissarin auf dem Kommissariat Eins, zuständig für Mord und Kapitalverbrechen. Das war ihr Element, aber die Entführung eines kleinen Mädchens hätte sie lieber anderen überlassen. Wenn sie daran dachte, wie das Mädchen jetzt irgendwo vor Angst schlotternd saß, gefesselt oder sogar misshandelt, und sie nichts tun konnte, stieg Wut in ihr auf. Und Wut war ein schlechter Ratgeber. Sie musste kühl, auf Abstand bedacht bleiben. Auch die ihren Körper taxierenden Blicke Schwinds musste sie ignorieren, wollte sie dem Mädchen helfen.

Henning Schwind blickte sie unverwandt an. »Ich weiß nicht, ob es eine so gute Idee war, die Polizei einzuschalten.«

»Wir sind hier, um Ihnen zu helfen«, sagte Celep.

»Wir haben Sie verständigt, bevor wir den Brief im Garten fanden. Und Sie haben es ja selbst gelesen: Keine Polizei, sonst sehen wir unsere Marlene nicht wieder!«

»Der oder die Entführer sprachen von der Übergabe des Geldes. Die können sich denken, dass Sie die Polizei einschalten. Damit haben die gerechnet.«

»Wir zahlen das Lösegeld, wie es verlangt wird, dann bekommen wir unser Kind zurück.«

»Davon gehen wir aus. Und bis zur Zahlung stehen wir Ihnen zur Seite, und erst wenn Ihre Tochter in Sicherheit ist, versuchen wir, die Täter zu bekommen. Ich bin ganz Ihrer Meinung, dass wir kein Risiko eingehen sollten. Wir greifen zur Erfüllungstaktik. Das heißt, die Lösegeldübergabe findet statt, und wir halten uns bereit, sobald Marlene frei ist.«

»Man muss hier Prioritäten setzen, und die Sicherheit unserer Tochter ist das Wichtigste.«

»Das habe ich verstanden und bin ganz Ihrer Meinung. Trotzdem müssen wir alles versuchen, um herauszubekommen, wer Marlene entführt hat.«

Johanna Celep bemerkte, dass seine Frau nicht zugehört hatte. Jetzt wendete sich Ina Schwind an sie: »Glauben Sie, wir sehen unsere Tochter wieder?« Und leise fügte sie hinzu: »Lebend?«

»Wir werden alles tun, dass es dazu kommt«, sagte Ernst Kremer.

»Glauben Sie, wir sehen Marlene wieder?« Ina Schwind fixierte Celep mit starrem Blick. Ihr Nicken ließ sie lächeln.

»Dreiundsechzig Stunden.« Henning Schwind schüttelte den Kopf. »Dreiundsechzig Stunden! Bis Montag um zehn Uhr. Wie soll Marlene dreiundsechzig Stunden da, irgendwo, dort, wo sie gerade ist, überstehen? Sagen Sie mir, wie meine Tochter dreiundsechzig Stunden überstehen soll? Bitte, das kann doch alles nicht wahr sein!« Wieder vergrub er sein Gesicht in den Händen, ein

Zittern ging durch seinen Körper, als würde er von einem unsichtbaren Riesen geschüttelt. Er beruhigte sich, als seine Frau ihn in den Arm nahm, wobei sie sich im Raum umsah, als suche sie etwas, von dem sie vergessen hatte, was es war.

Celeps Kopf brummte. Sie musste Schlaf nachholen. Und sie musste Abstand zu dem Leid dieser Menschen bewahren, soviel wusste sie, aber sie wusste nicht, wie sie dies bewerkstelligen sollte. Immer wieder kam ihr ein Bild in den Kopf, vage, wie eine kurz von einem Blitzlicht beleuchtete nächtliche Szene: ein Kind, das in einem kahlen Raum kauerte, allein gelassen und hilflos. Doch dieses Kind in ihrer Vorstellung war dunkelhaarig, mit großen, ängstlichen schwarzen Augen.

»Ein paar technische Fragen«, Celep musste sachlich bleiben, ihre innere Stimme, zumindest für den Moment, mit Professionalität ersticken. »Haben Sie die Möglichkeit, bis Montag das Lösegeld aufzutreiben? Immerhin ist es Freitagabend, und die Banken haben geschlossen.« Johanna Celep wunderte sich. Die Täter mussten doch wissen, dass es am Wochenende schwierig bis unmöglich wäre, so viel Geld zu organisieren. Oder aber sie schienen sich mit ihrer Forderung sicher zu sein. Woher hatten sie diese Sicherheit? Und wie kamen sie auf die Summe von 300.000 Euro. Sie hätte eine höhere Forderung erwartet, aber vielleicht war diese Summe genau den Vermögensverhältnissen der Familie Schwind angepasst. Celep hatte sich umgesehen und sich gleich beim Eintreffen ein Bild gemacht. Die Familie Schwind war wohlhabend, das war nicht zu übersehen. Falls der Täter nicht aus dem engsten Kreis kam, was nie auszuschließen war, dann hatte er Marlene ausgesucht, weil sie offensichtlich gutsituierte Eltern hatte. Aber was nützte der ganze Reichtum, wenn einem die Tochter entführt wurde? Johanna Celep versuchte, die Wut zu unterdrücken, die wieder in ihr hochkochte, als sie an die Entführer und ihre Beweggründe dachte: Gier. Schnöde Gier.

Dafür wurde die Zerstörung einer Kinderseele in Kauf genommen. Gnadenlos.

»Ich kenne den Direktor meiner Hausbank persönlich. Ich denke, das mit dem Lösegeld ist zu realisieren.« Henning Schwind lehnte sich zurück. Celep registrierte, dass Schwind sich ein klein wenig entspannte. Es würde ihn anscheinend nicht ruinieren, zumindest machte er nicht den Eindruck. Aber später würde sie mehr wissen über die finanziellen Hintergründe der Familie, über eventuelle Eintragungen in das Polizeiregister und über alles andere, was die zuständigen Beamten auf der Dienststelle in solchen Fällen herauskriegen konnten.

»Gut, das wäre also geklärt. Nun zum Telefon. Wer hat Zugang zu Ihrer Mobilnummer? Ist es möglich, als Fremder die Nummer herauszufinden?«

Frau Schwind musste nicht überlegen. »Die Nummer ist nicht geheim, oder so etwas. Ich glaube, man bekommt sie sogar bei der Auskunft.«

»Nun gut. Dann weiter«, sagte Celep. »Das Mobiltelefon von Frau Schwind wird präpariert, damit wir jeden Anruf sofort zurückverfolgen können. Auch alle anderen Telefone müssen abgehört werden. Haben Sie ein Fahrrad?«

»Natürlich haben wir ein Fahrrad«, sagte Henning Schwind in das Klingeln des Telefons. Alle Anwesenden erstarrten. Es klingelte erneut.

Die Maschinerie der Polizei war angeworfen, aber die Telefone waren sicher noch nicht im Abhörmodus.

Ina Schwind schien aus einem Traum zu erwachen. Sie nahm das Telefon ab und meldete sich mit ihrem Namen.

»Nein«, sagte sie. »Sie wird heute nicht kommen. Marlene ist noch nicht wieder da.« Ihre Schultern begannen zu zittern. Dann legte sie den Hörer, als wäre er zerbrechlich, zurück auf die Station.

»Wer war das?«, fragten Johanna Celep und Henning Schwind gleichzeitig.

»Der Tierarzt. Er hat nach Marlene gefragt. Ich hatte ihn vorhin angerufen.«

Sie berichtete, dass Marlene in letzter Zeit nach einer Taube sah, die sie gefunden und zur Behandlung in die Praxis gebracht hatte. Celep notierte sich Name und Adresse des Veterinärs.

»Es ist besser, wenn Sie nur den engsten Verwandten und Freunden erzählen, was passiert ist, und keinesfalls der Presse. Vorerst zumindest. Wir wollen die Entführer nicht unter Druck setzen.«

Henning und Ina Schwind stimmten zu. Dann erkundigte Celep sich nach ungewöhnlichen Vorfällen oder Beobachtungen der letzten Tage. Doch den Eheleuten war nichts aufgefallen. Sie notierte, wer im Haus gewesen war, wer Kontakt mit Marlene gehabt hatte. Aber alle Angaben blieben vage, offensichtlich war das Leben der Schwinds in geordneten Bahnen verlaufen. Bis heute Mittag um 14.00 Uhr, als durch einen Riss in der Ordnung das Undenkbare hereingebrochen war.

»Da war ein Mann«, sagte Ina Schwind plötzlich. »Vor ein paar Tagen stand da ein Mann hinter dem Zaun und sah in den Garten. Ich bin total erschrocken, als ich ihn da gesehen habe.«

»Davon hast du gar nichts erzählt«, meinte Henning Schwind.

»Wie sah der Mann aus?« Etwas wühlte in Celeps Magen.

»Komisch irgendwie. Ungepflegt. Er hatte einen Vollbart, ganz wirr. Ein T-Shirt und eine Jeans, aber alles war total verdreckt, ungewaschen. Er war noch ziemlich jung, zwanzig vielleicht. Eher klein und dicklich. Er stand einfach da und schaute und plötzlich war er verschwunden. Ich dachte noch, dass ich ihn mir eingebildet habe, weil er so plötzlich verschwunden war.«

»Da haben wir einen Ansatz«, sagte Johanna Celep. »Wir werden mit Ihrer Hilfe ein Bild anfertigen und versuchen, die Person

ausfindig zu machen.« Als sie sich etwas notierte, erschien wieder das kleine, dunkelhaarige Mädchen vor ihrem inneren Auge. Allein, zusammengekauert in diesem kahlen, dunklen Raum. Das Mädchen blickte auf und schien ihr etwas sagen zu wollen.

Gegen Mitternacht klingelte das Telefon. Arnfried May hatte wach gelegen und auf die Geräusche des Hauses gelauscht. Ihm war es, als würden im Keller von einer emsigen Schar Zwerge verborgene Arbeiten verrichtet, geschäftig, dabei lautlos, nur hin und wieder unterbrochen von geräuschvolleren Momenten. Es war da ein Schaben, wie das Reiben einer Schaufel über harten Grund, ein Knirschen und Knarren, als würden schwere Balken verschoben, dann Stille, bis wieder Geräusche einsetzten, die den Eindruck erweckten, jemand wolle jeden Lärm vermeiden, leise, aber bestimmt, kraftvoll, aber gedämpft. Dann meinte May, ein mäuseartiges Flüstern von tief unten zu vernehmen, dessen Echo sich durch Heizungsrohre und Gemäuer bis zu seinen Ohren emporschaffte. Ihm schwirrten Gedankenfetzen durch das müde Hirn. Marlene, die besorgten Eltern, seine Scheu, am Abend ein weiteres Mal anzurufen, ein alter Hund mit einer hartnäckigen Lungenentzündung, der ihm Sorgen bereitete, Pennys Liebeskummer und wie sie damit umging, es im Internet öffentlich machte, ihr Autoschaden, Luises Romreise, seine erbärmliche finanzielle Lage, dann wieder Marlene, der leere Kühlschrank, der häufige Harndrang in letzter Zeit, er würde doch nichts an der Prostata haben, die mangelnde Kraft, einen Gedanken festzuhalten vor Müdigkeit, alles war so flüchtig wie die Schatten, die der Mond durch die Äste vor seinem Fenster hereinwarf. Dann das Klingeln des Telefons. Sofort war May hellwach.

»Hallo? Herr Doktor?«

Arnfried May hörte die Stimme einer aufgeregten älteren Frau.

»Wir haben Ihre Nummer aus dem Telefonbuch. Sie müssen kommen! Wir haben einen kranken Hasen gefunden.«

May sackte im Bett zusammen. Welche höheren Mächte hatten dafür gesorgt, dass die Oma ausgerechnet seine Nummer aus dem Telefonbuch ausgewählt hatte?

»Woher wissen Sie, dass das Tier krank ist?«, fragte May, wobei er ein Gähnen unterdrücken musste.

»Der sitzt nur da und rührt sich nicht«, hörte er eine besorgte Stimme. Dann ergänzte eine andere, schrillere: »Oder glauben Sie, dass ein gesunder Hase nicht weglaufen würde?« Bevor er ihnen recht geben konnte, rief eine dritte verzweifelt ins Telefon, dass es dringend sei und sie nicht wüssten, was sie tun sollten.

»Können Sie ihn nicht vorbeibringen?«

»Wir fassen den nicht an, vielleicht hat er ja eine ansteckende Krankheit!«

»Na gut, ich komme«, sagte May. »Wo ist es?«

Ihm wurde die Adresse gegeben, es war keinen Kilometer entfernt. Oben, am Ende der Fasanerie, im Hof eines Mietshauses. May kannte die Lage; dort standen drei Mehrfamilienhäuser unter älteren und neueren Villen, in denen wohlhabendere Familien wohnten. Kleiststraße 24, der Hase säße im Hof unter ein paar Brettern, die Damen würden auf ihn warten.

May zog sich an, dabei sah er aus dem Fenster, es war eine mondhelle Nacht. Er fragte sich, was die Frauen um diese Uhrzeit auf der Straße trieben.

Mit dem Auto war er schnell in der Kleiststraße. Kein Mensch war unterwegs. Er parkte den Wagen und ging durch die Toreinfahrt des angegebenen Hauses. In der Hand hielt er einen Transportkorb und seinen Hausbesuchskoffer. Er sah sich um. Im Hof saß kein Hase und keine alten Damen erwarteten ihn. Er

ging bis an das Ende des Hofs, blickte zwischen die parkenden Autos, spähte zu den dunklen Fenstern hinauf und rief zaghaft ein Hallo in die Nacht. Nichts rührte sich. Dann sah May eine Bewegung. Hinter einem der Fenster im ersten Stock stand ein Mann. Er hielt etwas in seiner Armbeuge, vielleicht einen Säugling, der keinen Schlaf finden konnte. Es war nicht zu erkennen. Die Gestalt am Fenster schien zu lachen. Es war ein unwirklicher Moment, Mitternacht, ein lachender Mann oder Junge hinter einem Fenster und er, May, hier in diesem Hof, allein, Kiste und Koffer in den Händen. Sie blickten sich einen Moment an, dann verschwand der Mann nach hinten, im Dunkel des Raums.

Nachdem May eine Weile gewartet hatte, fuhr er wieder nach Hause. Die Sache kam ihm seltsam vor, vielleicht war das Tier doch noch davongehoppelt. Mit schweren Bewegungen zog er sich aus und legte sich wieder hin, die Arbeiten im Keller schienen zur Ruhe gekommen zu sein. Wenigstens das.

Eine halbe Stunde später klingelte das Telefon erneut. Eine vorwurfsvolle Stimme im Hörer. »Wir warten auf Sie! Sie sagten doch, Sie kommen. Das Tier leidet furchtbar.«

»Ich bin da gewesen. Kleiststraße 24. Aber es war kein Mensch zu sehen!« Den Mann am Fenster musste er wohl nicht erwähnen.

May hörte durch das Telefon, wie am anderen Ende eine Diskussion einsetzte. Es dauerte eine Weile, bis sich herausstellte, dass ihm die falsche Hausnummer übermittelt worden war. Also zog er sich wieder an und fuhr erneut los. Diesmal fand Arnfried May Mensch und Tier. Drei alte Damen, in Mäntel gehüllt, kamen ihm mit den Armen winkend aus dem Hof der Nummer 26 entgegen. Sie führten ihn zu einem Bretterhaufen, unter dem etwas saß. May erkannte ein schwarz-weiß geschecktes Hauskaninchen. Er ergriff das Tier und hob es beidhändig in den Transportkorb, wobei er fühlte, dass es am Hinterteil nass war. Die Frauen standen schweigend, fast andächtig dabei.

»Ich nehme es mit in die Praxis und sehe es mir dort in Ruhe an«, sagte May zu den besorgten Damen und trottete zu seinem Wagen.

Zurück in der Praxis, setzte er das Tier auf den Behandlungstisch und untersuchte es. Um den Hals hatte es eine dünne Schnur, deren ausgefranstes Ende abgerissen war. Die Nässe, die er gefühlt hatte, war Blut. Das Kaninchen musste angefahren worden sein. Das Becken und die Hinterbeine waren gebrochen. May konnte kaum noch Strukturen in der Hinterhand und im Abdomen tasten. Hier war nichts mehr zu machen. Seufzend zog er das Betäubungsmittel auf, narkotisierte das schwarz-weiße Fellbündel, ohne dass es sich wehrte. Es hatte wohl schon mit der Welt abgeschlossen. Als es schlief, injizierte May das Tötungsmittel. Mit hängenden Schultern ging er abermals ins Bett. Er war nicht in der Stimmung, Tiere einzuschläfern, auch wenn er sie von Leiden erlöste. Nicht heute. Aber was sollte er tun? Als er im Bett lag, drang ein verstohlenes Knirschen aus dem Keller zu ihm hoch. May versuchte, es zu ignorieren.

Sie hatte geschlafen, wusste aber nicht, wie lange. Vielleicht zehn Minuten oder aber auch ein paar Stunden. Überhaupt war sie so müde hier drin. Und Atmen konnte sie auch schlecht. Die Luft war so komisch. Ihr Mund ganz trocken und rau. Und der Hals wie mit Schuhbändeln zusammengeschnürt. Mit den Fingerspitzen berührte sie eine der Saftflaschen. Die hatte der böse Mann hierhingelegt. Vielleicht war die Apfelschorle vergiftet? Sie hatte nichts von dem bösen Mann anrühren wollen, aber der Durst war so groß geworden. Sie umfasste die Flasche und drehte den Verschluss auf. Es zischte ganz laut. Das erste Geräusch, das nicht von ihr kam. Wenn ihre Augen nur nicht so brennen würden. Sie hatte geweint, obwohl sie nicht weinen wollte. Während sie weinte, hatte sie sich keine Sorgen gemacht, aber dann umso mehr. Sie war jetzt schon lange hier eingesperrt und niemand kam, sie herauszuholen. Sie trank in vielen kleinen Schlucken die ganze Flasche leer. Dann atmete Marlene schwer, die Luft war so schlecht und machte sie ganz dösig. Am oberen Ende hatte Marlene ein Loch entdeckt. Es war eine Röhre, in die sie gerade ihre Hand stecken konnte. Aus dem Loch kam ein klein bisschen kühlere Luft. Sie musste sich verdrehen, dass ihr Mund nahe an der Röhre zu liegen kam, und sog die Luft ein. Es brannte wie zu heißer Tee in ihrem Hals. Und es war anstrengend, den Kopf so schiefzuhalten. So lag sie eine Weile und atmete flach, dann kam es ihr so vor, als müsse sie ersticken, und sie holte wieder heftig Luft. Das brannte im Hals, und er kam ihr noch enger

vor. Wieso holte sie denn niemand hier raus? Sie schrie und klopfte mit den Fäusten an die Bretter über ihr, bis ihr die Arme zu schwer wurden und die Hände wehtaten. Sie hatte das Gefühl, dass ihre Schreie nicht aus der Kiste herauskämen und ihr Klopfen in den Brettern stecken blieb. Das machte sie wütend und sie schlug noch heftiger an das Holz. Erschöpft ließ sie ab. Marlene kauerte sich zusammen und spürte ihre Blase. Bitte nicht, dachte sie. Bitte nicht müssen. Aber der Drang war stärker als ihr Bitten. Sie presste die Beine zusammen und zog den Bauch ein. Das ging eine Weile gut. Sie hatte die Augen geschlossen, weil sie so brannten, und als sie sie irgendwann öffnete, bemerkte sie, dass es dunkel war. Die Taschenlampe war ausgegangen. Als sie das längliche Ding ertastet hatte, schüttelte sie es, doch es kam kein Licht mehr. Marlene lag in absoluter Dunkelheit. Sie rückte ein Stück von der Röhre weg, wer weiß, was daraus hervorkommen könnte. Sie rollte sich so gut es ging zusammen und entspannte ihre Muskulatur. Es wurde ganz heiß zwischen ihren Beinen. Sie ließ es einfach laufen. Ihr leises Schluchzen mischte sich mit der schwarzen Stille um sie herum. Vielleicht würde doch niemand kommen, sie hier herauszuholen? Was dann?

May gähnte, als er die Post aus dem Briefkasten holte. Der fehlende Schlaf der vergangenen Nacht hing als bleierne Last an seinen Knochen. Er warf die Rechnungen auf den Stapel zu den anderen auf seinem Schreibtisch, die seit Längerem oder Kürzerem bezahlt werden wollten, und die Kuverts mit Werbung direkt in den Papierkorb. Als Olga hereinkam, um den Computer am Behandlungstisch hochzufahren, hob er kurz den Kopf und grüßte. Dann öffnete er den Umschlag der Bank und überflog das Schreiben. Er sollte sich einen Termin geben lassen, da das Finanzamt die letzten Lastschriften nicht einziehen konnte und der Dispositionsrahmen weit überzogen sei. Man müsste sich zwecks Lösungsansätzen ins Einvernehmen setzen, bevor die Bank gezwungen wäre, selbst Schritte einzuleiten. Hochachtungsvoll. Das Telefon klingelte. Er hörte Olgas Stimme. Tief, unerschütterlich. Sie war ein Fels in der Brandung, dachte May und lächelte, als sich der Fels in die Tür rollte. Olga reichte ihm das Telefon.

»Herr Doktor?«, hörte May eine aufgeregte Stimme. »Wie geht es dem Hasen? Ist er wieder gesund?«

»Er ist wohl von einem Auto überfahren worden und hatte massive Verletzungen.« May unterbrach sich, da er hörte, dass seine Angaben weitergegeben wurden. Das nächtliche Trio schien wieder vollständig.

»Geht es ihm jetzt wieder gut?«

»Ich sagte ja, dass er schlimme Verletzungen hatte. Ich musste ihn erlösen.«

May spürte förmlich den Unglauben in dem Schweigen am anderen Ende.

»Es war das Beste für das Kaninchen. Es hatte starke Schmerzen.«

Noch immer keine Antwort.

»Wir wollten es doch nicht leiden lassen, nicht wahr?«

»Nein, da haben Sie recht.« Jetzt hatte eine andere der drei Damen das Telefon in der Hand. »Sie werden verstehen, dass uns Ihre Auskunft schockiert. Aber wir danken Ihnen für Ihr Engagement, Herr Doktor. Auf Wiederhören.« Damit wurde aufgelegt.

Einen kurzen Anflug von Schuldgefühl schluckte er schnell hinunter. Das Kaninchen war nicht zu retten gewesen, auch wenn die alten Damen gerne etwas anderes gehört hätten. Sollte er etwa lügen? Andererseits hielt sich ihre Dankbarkeit für seinen nächtlichen Doppeleinsatz, schließlich war er wegen dem Kaninchen zweimal aufgestanden und ausgerückt, in Grenzen, und von der Frage nach Bezahlung keine Spur. Er hätte kein Geld genommen, denn es war ebenso wenig ihr Tier wie das seine, aber nach Auslagen hätte man zumindest fragen können. Er sollte sich beruhigen, es war nicht das erste Mal, das gehörte zu seinem Beruf, Aufopferung wurde erwartet, und wenn es ums Geld ging, wurde ihm gerne der Eindruck vermittelt, dass dies doch seine Berufung sei, seine Leidenschaft, Tieren zu helfen, und dafür durfte man doch keinen Lohn erwarten!

May schaute zur Tür, wo Olga lauerte.

»Kann erster Patient kommen?«

Olga trat zur Seite, und Adelheid kam herein. Hinter ihr Herr Messerschmidt. Beide lachten. May war erleichtert, dass es der Hündin endlich besser ging. Er untersuchte sie und begutachtete die Operationsnaht.

»Sie ist wieder ganz die Alte«, sagte Herr Messerschmidt. »Ich komme kaum noch mit bei ihrem Tempo.«

Sie hoben die Hündin auf den Boden zurück. Adelheid hatte noch immer die Lippen zu ihrem Lächeln zurückgezogen und schwänzelte, als May ihr einen Hundekuchen gab. Ohne zu kauen, schluckte sie den Brocken.

»Wie ist es hiermit?« Herr Messerschmidt rieb die Fingerspitzen aneinander. »Ich kann es halt nur abstottern. Aber die ersten fünfzig Euro habe ich dabei.« Mit einer feierlichen Bewegung zog er einen Geldschein aus seiner Hemdtasche und legte ihn May in die Hand. Danach bedankte Herr Messerschmidt sich mehrmals, bis es May peinlich wurde und er ihn hinaus komplimentierte. Er sah ihnen aus dem Fenster hinterher. Herr und Hund watschelten gemächlich die Straße hinab. Die Sonne schien freundlich auf die beiden herab, und die Luft war klar und rein. May atmete tief durch.

»Da ist türkische Frau von Kriminalpolizei«, sagte Olga, die ihren Kopf ins Behandlungszimmer streckte. Sie öffnete auf Mays Nicken die Tür ganz und machte einer jungen Frau Platz, die hinter ihr gewartet hatte.

Diese ging offenen Blickes auf May zu und gab ihm die Hand.

Es war ein gesunder Händedruck, bestimmt, aber nicht zu fest, die Hand war warm, ohne feucht zu sein. Die Polizistin war Anfang oder Mitte dreißig, die langen, dunklen Haare zu einem Zopf gebunden. Ihre Kleidung war einfach, Jeans, eine graue Bluse, alles wirkte wie neu gekauft.

»Mein Name ist Celep. Hauptkommissarin Johanna Celep. Ich möchte Ihnen gerne ein paar Fragen stellen. Hätten Sie kurz Zeit?« Sie lächelte, wobei ihre großen schwarzen Augen auf ihm ruhten.

May hatte die Empfindung, dass die Frau ihn genau taxierte. Es kam ihm jedoch nicht ungewöhnlich vor. Er, May, hatte ebenfalls die Angewohnheit, wie nebenbei seine Patienten von dem Moment an, in dem sie den Behandlungsraum betraten, intensiv

zu beobachten, ihr Verhalten, ihren Gang, ihre Interaktion mit den Besitzern. All das vermittelte ihm schon Erkenntnisse, bevor er mit der eigentlichen Untersuchung begann. Nun wurde er also untersucht. Er lächelte zurück.

»Wenn es nicht zu lange dauert, ich habe gerade Sprechstunde.«

»Dann komme ich gleich zur Sache. Kennen Sie Marlene Schwind?«

May fühlte deutlich wie sich seine Herzfrequenz erhöhte. Marlene. Er hatte es gewusst, etwas musste geschehen sein.

»Natürlich. Sie war ein paarmal hier wegen einer verletzten Taube. Bitte sagen Sie mir, was passiert ist.«

»Sie werden verstehen, dass ich im Moment nicht darüber sprechen darf, wir befinden uns in einer Ermittlung. Marlene Schwind wollte gestern in die Praxis kommen. Als sie fernblieb, riefen Sie bei ihr zu Hause an, um sich nach Marlene zu erkundigen. Ist das richtig?«

May spürte eine Unruhe in sich, der er beinahe nicht Herr wurde. »Ja, das stimmt. Jetzt sagen Sie mir, was los ist. Ist ihr etwas passiert?«

Die Kommissarin schwieg einen Moment, wobei sie May nicht aus den Augen ließ. »Ist es nicht ungewöhnlich, dass ein Tierarzt ein kleines Mädchen anruft, das er kaum kennt, nur weil es nicht wie vereinbart in die Praxis kommt?«

May musste sich zurückhalten. »Passen Sie auf, was Sie sagen! Ich lasse mir von Ihnen nicht irgendwelche Neigungen andichten.«

Kommissarin Celep hob beschwichtigend die Hände. »Niemand will Ihnen etwas andichten, Herr Doktor. Verzeihen Sie meine Wortwahl. Aber können Sie mir Ihr Verhältnis zu Marlene beschreiben?«

May beruhigte sich. Er konnte sich selbst nicht erklären, weshalb er so überreagiert hatte. Es musste die Angst um Marlene

sein, die Ungewissheit. Und während er sprach, wunderte er sich beinahe über seine eigenen Worte, die genau das aussprachen, was er Marlene gegenüber fühlte, obwohl er sich das selbst zuvor noch nicht klargemacht hatte. »Ich habe Marlene ins Herz geschlossen wie ein Vater seine Tochter. Ich habe selbst zwei Töchter und Marlene spiegelt sich auf eine Art in ihnen. Das ist alles. Und jetzt bitte ich Sie noch einmal, mir zu sagen, was passiert ist.«

May bemerkte Celeps Zögern. Es entstand ein seltsamer Moment der Einvernehmlichkeit. Ein Augenblick, der gleichsam zu hören war und einen hellen, klaren Klang erzeugte.

»Sie müssen die Information vertraulich behandeln.« Johanna Celep lächelte. »Sie haben ja vielleicht auch so etwas wie ärztliche Schweigepflicht.« Ihr Blick wurde wieder ernster. »Marlene ist nach momentanem Kenntnisstand Opfer einer Entführung geworden.«

»Marlene?« Unwillkürlich blickte May zur Fasanerie hinüber, als könnte er sie dort stehen sehen. Sein Herz klopfte bis in den Kehlkopf hinauf, fast schmerzhaft. Es konnte nicht wahr sein, was die Frau eben gesagt hatte. Wer würde ein Mädchen wie Marlene entführen wollen? Welcher Mensch könnte ihr so etwas antun?

»Sie ist gestern Mittag verschwunden. Es ist auch eine Lösegeldforderung aufgetaucht. Deshalb ist es wichtig, alle Personen zu befragen, die in letzter Zeit Kontakt zu ihr hatten. Ist Ihnen etwas Ungewöhnliches aufgefallen, was mit dem Verschwinden von Marlene zu tun haben könnte?«

May hörte sich antworten. »Ich habe bereits auf Ihrer Dienststelle angerufen. Aber es hat niemanden interessiert.«

Er bemerkte die Verblüffung auf Celeps Gesicht.

»In letzter Zeit sind einige Hunde entführt worden. Alle hier im Umkreis. Ich konnte einen in Augenschein nehmen, als er wieder aufgetaucht ist. Tot. In einem Straßengraben.«

Celeps Schultern sackten ein wenig nach unten.

»Warten Sie«, sagte May. »Der Hund war zuvor beerdigt worden oder in einer Kiste eingegraben, um dann wieder ausgegraben zu werden. Es sollte nach einem Verkehrsunfall aussehen, aber ich bin mir sicher, der Hund ist entführt und in eine Kiste gesperrt worden.«

Celep hob eine Hand, um May zu unterbrechen. »Wie können Sie das wissen?«

»Frau Kommissar, ich bin Tierarzt. Der Hund hatte den Fang voller Holzsplitter und an den Krallen Abriebspuren, die darauf hindeuten, dass er sich aus einer hölzernen Umgebung befreien wollte. Ich tippe auf einen Erstickungstod, soweit ich das ohne eine Obduktion beurteilen kann.«

Einen Augenblick herrschte Stille. May registrierte, was er eben von sich gegeben hatte. Das, was er eigentlich nicht denken wollte, war jetzt in Worte gekleidet und damit zur Gewissheit geworden. Die Hunde waren in einer Kiste verendet. Entführt, lebendig begraben und erstickt. Marlene war entführt worden, hier, an dieser Stelle, wollte er nicht weiterdenken.

Er musste diese Stille der Erkenntnis durchbrechen. »Haben Sie schon irgendwelche Spuren? Wo sie sein könnte?«

»Nicht viele, um ehrlich zu sein. Ich muss Sie fragen, wo Sie gestern zwischen dreizehn und fünfzehn Uhr waren.«

»Ich war in der Praxis und habe operiert. Danach Sprechstunde. Fragen Sie Olga, meine Helferin. Sie kann es Ihnen bestätigen.« Mays Mund war trocken, seine Zunge fühlte sich dick an und geschwollen. »Ich denke, die Entführungen der Hunde und die Marlenes hängen zusammen.«

»Das ist eine interessante Theorie«, sagte die Kommissarin und blätterte in ihrem Notizbuch.

»Sie sehen keinen Zusammenhang, nicht wahr?« May fühlte sich plötzlich müde.

Die direkte Frage hatte die Kommissarin anscheinend überrascht. Sie ließ die Hand mit dem Notizbuch sinken und sah May in die Augen. Draußen fuhr ein Wagen vorüber, dessen Keilriemen quietschte, hoch und schrill wie der Schrei eines gequälten Tieres.

»Es hört sich in der Tat unwahrscheinlich an, aber ich muss darüber nachdenken.«

»Zum Nachdenken bleibt meiner Meinung nach nicht allzu viel Zeit.«

»Und was soll ich Ihrer Meinung nach tun?«

May spürte, dass die Frau selbst ratlos war. »Finden Sie den Hundeentführer, dann finden Sie Marlene. Aber beeilen Sie sich!«

»Was denken Sie, machen wir?« Celeps Stimme wurde einen Ton schärfer. »Ich will das Kind so schnell wie möglich da rausholen, wo immer es auch ist.«

»Fragen Sie im Tierheim nach. Vor einiger Zeit ist dort eingebrochen und Narkosemittel gestohlen worden. Ich denke, der Täter ist identisch mit dem Entführer. Er brauchte das Mittel, um die Hunde zu betäuben, damit er sie unbemerkt wegschaffen konnte. Angeblich sind Ihre Kollegen dabei, die Angestellten der letzten sieben Jahre zu überprüfen. Vielleicht sollten Sie denen mal Druck machen?«

»Sie sind gut informiert«, sagte Celep und schrieb etwas in ihr Notizbuch.

»Es geht mich beruflich etwas an. Und jetzt auch privat. Wegen Marlene.«

»Ich werde mich darum kümmern«, versprach die Kommissarin. Sie reichte May ihre Visitenkarte. »Sie können mich jederzeit anrufen.«

»Frau Celep? Würden Sie mich auf dem Laufenden halten, was die Tierheimsache angeht? Vielleicht kann ich etwas dazu beitragen, Marlene wiederzufinden.«

»Ich muss jetzt los«, sagte die Kommissarin. »Übrigens, Ihre Wand ist feucht«, sie deutete auf den Fleck, der größer geworden zu sein schien. »Da sollten Sie bald was machen lassen.«

May hatte anderes zu tun, als sich um einen Fleck an der Wand zu kümmern. Seit ihn die Kommissarin eingeweiht hatte, sah May nur noch ein Bild vor sich: Marlene in einer Holzkiste, lebendig begraben. Er musste etwas tun, um ihr zu helfen.

Meinst du, ich kann jetzt ans Essen denken?«

Inas Stimme war ein Fauchen. Sie hatte die ganze Nacht nicht geschlafen, immer wieder war sie aufgestanden und hatte das Telefon angestarrt. Als könnte das Gerät die Rettung bringen. Ihr Handy trug sie sowieso bei sich, überprüfte jede halbe Stunde den Akkuladezustand. Am Montag spätestens, wenn die angekündigte SMS ankäme, musste es um alles in der Welt funktionieren. Seit die Polizeitechniker irgendetwas eingebaut hatten, war es ihr fremd geworden. Aber sie hatte sowieso keine Lust, weiter damit zu telefonieren. Wenn Marlene zurück wäre, würde sie es wegwerfen und ein neues kaufen.

Neben dem Telefon, auf dem Sofa, hatte die ganze Nacht ein Polizeibeamter gelegen. Der wenigstens hatte geschlafen, das war nicht zu überhören gewesen. Jetzt saß eine Polizistin an seiner statt. Der Schläfer war am Morgen abgelöst worden, hatte nun wohl frei.

»Wir können ja nicht hungern bis Montag. Jemand muss etwas einkaufen.«

Hennings Pragmatismus machte sie wahnsinnig. Dann sollte er sich eben etwas auftauen, die ganze Truhe war voll. »Geh auf den Markt. Das bringt dich vielleicht auf andere Gedanken.«

»Was soll das, Ina? Du weißt, dass ich auch keine Lust habe, das Haus zu verlassen, aber wir brauchen etwas Essbares.«

»Du wiederholst dich«, sagte Ina. Sie musste sich beruhigen, es würde bald vorbei sein und dann wäre alles gut, alles viel besser als jetzt.

Henning stürmte hinaus. Seine Nerven lagen total blank, das wusste sie, hatte aber nicht anders reagieren können. Eigentlich sollte er ihr leidtun. Unter normalen Umständen vielleicht. Aber die gab es schon lange nicht mehr, die normalen Umstände.

Das Telefon klingelte. Die Beamtin sprang auf, setzte sich dann wieder hin. Ina erstarrte einen Moment, dann ging sie zu der Ladestation. Sie kannte die Nummer, die das Display anzeigte. Vivian. Sie zögerte, dann hob sie ab.

»Hallo? Hier spricht Michael.«

Es war ungewöhnlich, dass Micha anrief und nicht Vivian. Auch wenn sie alle miteinander befreundet waren, war es immer Vivian, die anrief.

»Geht es euch gut?«

»Ja«, sagte Ina automatisch.

»Nun. Ich wollte mal anrufen. Gestern hatten Vivian und ich eine Meinungsverschiedenheit. Es ging um die Stiefmütterchen. Vivian mag keine Stiefmütterchen.«

»Micha, ich habe jetzt keine Nerven, mir euren Beziehungsstress anzuhören! Was willst du?«

»Oh, ja. Also, weshalb ich anrufe: Als ich Joggen war, vor dem Streit mit Vivian, da habe ich Marlene in der Fasanerie gesehen. Ich habe sie erst gar nicht erkannt, als ich an ihr vorbeigelaufen bin, sie hatte ihr Gesicht abgewandt. Und da war so ein komischer Junge dabei.«

»Wann war das?«

»Donnerstagnachmittag. Vorgestern. Ich bin nur die kleine Runde gelaufen.«

»Wie sah der Junge aus?«

»Na ja, der war eigentlich schon kein Junge mehr, eher ein junger Mann, vollbärtig, irgendwie ungepflegt. Ich dachte noch, mit wem treibt sich Marlene denn herum. Als ich umgedreht bin, waren sie schon weg. Hallo? Bist du noch dran?«

Ina Schwind bemerkte den Blick der Polizistin. »Mit Marlene sagst du? Ich kenne den Kerl!« Ihre Stimme war laut geworden. Mit einer Hand hielt sie sich an der Lehne des Sofas fest, die Finger der anderen öffneten sich und das Telefon rutschte heraus. Ina verstand die Welt nicht mehr. Was war da los? Marlene war doch entführt, welche Rolle spielte dieser komische Typ, den sie bereits hinter dem Garten gesehen hatte? Wie passte das alles zusammen? Sie ließ sich auf das Sofa plumpsen, während die Polizistin die Einzelteile des Telefons zusammensuchte.

Sie hatte gehofft, dass er herauskommen würde. Der letzte Zug brannte in ihrem Hals. Sie schnippte die Kippe in den Rinnstein und schlenderte auf seinen Wagen zu. Sonst parkte er in der Garage, jetzt aber stand ein anderes Auto dort drinnen. Ein Zivilwagen der Polizei. Es war Kata nicht entgangen, dass seit gestern ständig Leute in das Haus der Schwinds gingen. Kriminalpolizei. Einmal war auch ein Mann in Uniform dabei gewesen. Selbst über Nacht hielten sich Polizisten im Haus auf. Sie wollte doch zu gerne wissen, was da passiert war. Ihre Mutter hatte erzählt, dass Marlene nicht nach Hause gekommen sei, und Kata ausdrücklich verboten, bei Schwinds vorbeizuschauen. Ihre Mutter hatte ihr gar nichts zu sagen, aber einfach zu Ina und Henning zu gehen und zu klingeln, das war ihr doch zu viel.

»Hallo, Herr Schwind«, sagte Kata zu Henning, der durch das Tor trat. »Wohin des Weges?«

Er blickte sich um, ohne sie richtig anzusehen. »Einkaufen.«

Kata war bereits auf der Höhe seines Wagens und lehnte sich an die Fahrertür des BMW. »Nimmst du mich mit?«

»Ich muss auf den Markt, das ist alles. Nun mach Platz.« Er wollte sie zur Seite schieben, doch Kata lehnte sich mit ihrem ganzen Gewicht gegen seine Hand.

»Bitte, bitte, nimm mich mit, nur ein kleines Stück.«

Jetzt erst bemerkte sie, dass er fertig aussah, müde, irgendwie alt.

»Na gut, steig ein«, sagte Henning. Die Worte klangen resigniert.

Es war heiß in dem Wagen, Kata ließ ihr Fenster herunter. Heute würde sie leichtes Spiel haben und sicher ein paar Scheine lockermachen können. »Kannst du mich da vorne am Parkplatz vom Lufthof absetzen?«

»Das ist die falsche Richtung.«

»Sind doch nur hundert Meter. Komm schon!«

An der Kreuzung zur Brahmsallee bog er nach rechts ab und drückte das Gaspedal abrupt hinunter. Kata wurde in den Sitz gepresst. Dann bremste er und fuhr nach links, um gleich darauf auf einen unbefestigten Parkplatz einzubiegen.

»Ganz hinten«, sagte Kata, und Henning steuerte den BMW unter die Bäume am Ende des Parkplatzes.

»Danke.« Sie streckte sich, wobei ihr Top ein wenig nach unten rutschte. Henning Schwind starrte nach vorne, zwischen die Bäume des Waldes.

Kata legte eine Hand auf seinen Oberschenkel. »Sag mal, was ist denn bei euch los? Ständig die Bullen da. Das sind doch die Bullen? Stimmt es, dass Marlene abgehauen ist?« Sie streichelte sein Bein, ohne dass er reagierte.

Henning Schwind legte seine Hände auf das Lenkrad und vergrub sein Gesicht in ihnen. Er nickte. »Marlene ist entführt worden.« Ein Zittern ging durch seinen Körper, bis in die Fingerspitzen von Katas Hand auf seinem Bein. »Aber das darf niemand wissen.«

Kata hatte jedes Wort verstanden, auch wenn sie in die Hände geflüstert worden waren. Entführt? Das konnte doch nicht wahr sein! Hier, bei ihnen, eine Entführung? Das war der Hammer. Und Marlene? Die arme Kleine! Sie tat ihr schon leid, auch wenn sie immer im Mittelpunkt stehen wollte mit ihren albernen Spielchen. Und Henning tat ihr auch leid. Sie legte ihre Hand auf seine Schulter und zog ihn sacht an sich.

Henning ließ seinen Oberkörper zu Kata kippen. Dabei streifte

er ihr das Top herunter und begann, an ihren Brustwarzen zu saugen.

Es tat weh, Henning saugte so fest, so überraschend. Sie wollte ihn wegschieben, dann ließ sie ihn gewähren, es begann ihr zu gefallen. Mit einer Hand drückte sie den Knopf, der den Sitz nach hinten kippen ließ, mit der anderen Hennings Kopf gegen ihre Brust. Zu ihrer Verwunderung blieb Henning dabei, an ihren Brustwarzen zu saugen, er hatte nichts anderes mit ihr vor, Sex war das nicht, aber was dann?

Sie überlegte, was sie von der Redaktion der Regionalzeitung fordern konnte, oder sollte sie gleich die *Bild*-Zeitung anrufen? Eine Entführung war denen sicher eine Stange Geld wert.

Arnfried May hatte die letzten Patienten abgefertigt. Nur das Nötigste untersucht, sich auf kein Gespräch eingelassen. Am liebsten hätte er sie weggeschickt; es kam ihm beinahe absurd vor, einem Hund in die Ohren zu schauen, während Marlene irgendwo gefangen gehalten wurde und um ihr Leben fürchtete. Er hatte es eilig, aber es war verdammt noch mal sein Beruf, seine Aufgabe, Tieren zu helfen.

Nachdem diese Kommissarin gegangen war, hatte er beim Betrachten der Bäume auf der gegenüberliegenden Straßenseite einen Einfall gehabt. Er musste zu Steiner, dem Förster der Fasanerie. Sein Magen knurrte, doch Essen konnte er später noch. Marlene würde jetzt sicher auch nicht an einem gedeckten Tisch sitzen. Er stellte den Anrufbeantworter an und schärfte Olga ein, nichts weiterzutragen. Er hatte sie einweihen müssen, ihr die ganze Sache, angefangen bei den entführten Hunden, erzählt, da ihre Tüchtigkeit in der Praxis nur noch von ihrer Neugierde übertroffen wurde. Der Besuch der Polizei ließ ihr natürlich keine Ruhe und Mays Nervosität steigerte Olgas Informationsbedürfnis. May wusste seine Informationen gut geschützt in ihrem voluminösen Körper. Alles, was mit Marlene zu tun haben könnte, sollte sie ihm sofort weitergeben. Sie nickte mit zusammengekniffenen Augen, als sie sich verabschiedeten.

May ging schnellen Schritts durch den Park. Vor dem Hofgut der Fasanerie bog er ab und kam nach ein paar Metern an das Tor der Försterei. Im Hof nagelten zwei Männer Latten auf ein Holz-

gestell, auf Mays Frage deutete einer mit dem Hammer in Richtung Büro. Hinter einem Fenster sah er den Förster am Computer sitzen und ihn zu sich hereinwinken.

Überall waren Hölzer aufgestapelt, standen Futterhäuschen herum, und der Geruch von frisch gesägtem Holz kitzelte Mays Nase. Als er in das Büro eintrat, kam ihm schwänzelnd ein mittelgroßer Hund entgegen. Rudi, der Bayerische Gebirgsschweißhund des Försters. May tätschelte das kurze Fell des Hundes, dann gab er Herrn Steiner die Hand.

»Ich wollte auch schon zu Ihnen kommen«, sagte Steiner. »Rudi muss dringend geimpft werden.«

»Jederzeit.« May steckte die Hand in seine Tasche und zog das stachelige Blatt hervor, das er aus Eugens Fell gezogen hatte. Es war trocken geworden, ledrig, nicht papieren, wie er es von anderen Laubbäumen erwartet hätte. Ein Riss ging über die Diagonale. Er reichte es dem Förster.

Der betrachtete es einen Moment. »Das Blatt einer Stechpalme, Ilex aquifolium. Es ist die einzige heimische Art der Stechpalmengewächse bei uns. Leicht zu erkennen an den immergrünen, dornig gezähnten Blättern.« Er blickte May auffordernd an.

»Wächst das in der Fasanerie?«, fragte May.

»Leider nein. Wir haben kein Vorkommen, außer natürlich als Ziergehölz in Hausgärten. Eventuell ist die eine oder andere Pflanze mit Abraum ins Freie gelangt, aber nicht in der Fasanerie.«

»Und sonst in der Gegend?«

»Auch nicht in der näheren Umgebung. Das wüsste ich.« Er betrachtete das Stechpalmenblatt. »Aber lassen Sie es mal hier. Nächste Woche habe ich mit den Kollegen aus dem Bezirk ein Treffen. Da frage ich gerne nach.« Herr Steiner legte das Blatt auf den Schreibtisch.

Bis dahin würde es zu spät sein, aber Steiner kannte sich aus, hier wuchs keine Stechpalme. Es war eine Sackgasse.

»Weshalb fragen Sie?«

»Ich habe das Blatt aus dem Fell eines toten Hundes, der kürzlich entführt wurde und in einem Straßengraben, oben an der Schellenmühle, wieder aufgetaucht ist.«

»Seltsam, dort wächst sicher kein Ilex.« Steiner stockte. »Entführt sagen Sie? Ich habe von den verschwundenen Hunden gehört. Eine schreckliche Geschichte.«

»Ist Ihnen irgendetwas in der Sache zu Ohren gekommen?«

»Nichts Konkretes. Aber ich habe meine Leute instruiert, die Augen und Ohren offen zu halten.«

Mays Telefon klingelte. Er verabschiedete sich rasch von Herrn Steiner, tätschelte Rudi, trat ins Freie und nahm ab.

»Paps? Hier ist Penny.«

»Oh, meine Kleine. Wie geht es dir?«

»Danke, sehr gut.«

Es war ungewöhnlich, dass Penelope so oft bei ihm anrief. Was war der Grund ihres letzten Anrufs gewesen? Neben dem Liebeskummer?

»Und die Sache mit diesem Marko? Hast du es überwunden?«

»Marko? Ach, du meinst Marcel. Ja, der kann mich mal.«

»Na dann«, sagte May.

Vorne auf dem Parkplatz rannten zwei Mädchen um ein Auto herum. Die dazugehörige Mutter stand ein paar Meter abseits und rief nach ihnen. Die beiden waren in Marlenes Alter. Ganz frei und unbeschwert. Am liebsten wäre er zu der Mutter gegangen und hätte ihr gesagt, dass sie dankbar sein solle, ihre Kinder bei sich zu haben und nicht im Ungewissen. Er versuchte, dieses Bild nicht zuzulassen, das sich ihm auf sämtliche Hirnhäute projiziert hatte, Marlene in einer dunklen, engen Kiste.

»Ich habe dir ja von meinem Unglück erzählt«, sagte seine Tochter.

Von der Welt verlassen, in einer Kiste, wie ein Sarg. Hilflos, einsam. »Hast du Tante Anni mal wieder besucht? Du hast es versprochen.«

»Ich muss so viel lernen zurzeit. Außerdem erkennt sie mich sowieso nicht. Sie sagt immer Luise zu mir, dabei ist Lui viel dicker und kleiner als ich.«

»Immerhin ist sie eure Patentante.«

»Ja, ja. Sobald ich Zeit habe, fahre ich hin. Apropos hinfahren. Ich wurde von der Polizei angehalten, wegen dem kaputten Kotflügel. Den müsste ich sofort reparieren lassen, sonst würden sie das Auto stilllegen. Man muss sich ja auch schämen, mit so einer Schrottkiste herumzufahren.«

Arnfried May blieb stehen. Er nahm das Mobiltelefon vom Ohr, schaute es an, als wäre es ihm fremd, dann hob er seinen Kopf zum Himmel. Ein Milan strich knapp über die Wipfel der Bäume dahin. Eine Krähe verfolgte ihn und stieß immer wieder auf ihn herab.

»Hallo? Papa? Bist du noch dran?«

»Penny? Es ist schön, dass du dich bei mir meldest. Lieber wäre es mir aber, wenn du einmal anrufst, ohne Geld zu wollen, einfach so. Wäre das denkbar? Ich habe dir das Auto bezahlt, um deine Unfälle kümmerst du dich bitte selbst. Mach's gut, ich muss jetzt weitermachen.« Er legte auf. Betrachtete weiter die beiden Vögel, die sich am Himmel bekriegten. Ein kurzes heiseres Klingeln sagte ihm, dass er eine SMS erhalten hatte.

»Wie bitte schön soll ich das bezahlen? Studieren und arbeiten ist schlecht möglich!!! Penny«

Er löschte die Nachricht und steckte das Telefon ein. Sein schlechtes Gewissen ließ sich leider nicht in der Tasche verstauen. Sei's drum. Es gab im Moment Wichtigeres.

Das Blatt der Stechpalme brachte ihn also nicht weiter. Wie sollte er jetzt vorgehen? Anstatt den Weg nach Hause zu nehmen, bog er links ab. Um das Hofgut Fasanerie herrschte Trubel. Autos parkten, Kinderwagen wurden auseinandergeklappt, Hunde angeleint, die Sprösslinge ermahnt oder getröstet, Radfahrer schlängelten sich durch die Mütter, Kinder und Tiere, Jogger, Spaziergänger. May lächelte mechanisch zurück, als er von einem Hundehalter begrüßt wurde, und beschleunigte seinen Schritt, um nicht in ein Gespräch verwickelt zu werden. Er nahm den Weg, der zum See führte. Hinter dem Parkplatz wurde es ruhiger. Er konnte sich nicht vorstellen, wie hier Hunde entführt werden sollten. Ohne eine Sedation wäre das sicher nicht möglich, der Täter musste den Hunden etwas injiziert haben, sonst hätte er zu viel Gewalt aufbringen müssen, um sie wegzuschaffen. Vielleicht brachte diese Kommissarin über das Tierheim etwas heraus. Wie hatte sie geheißen? Celep? Celep! Er sah unwillkürlich auf seine Armbanduhr, ohne die Zeit zu lesen. Und wenn sich die Kommissarin gar nicht darum kümmerte?

Am See stand eine dicke, kleine Frau. Olga. Verwundert näherte sich May, er hatte sie noch nie in der Fasanerie gesehen. Spazierengehen war doch nicht ihre Sache, zumindest konnte sich May das nicht vorstellen. Olga war in ein Gespräch mit einer alten Dame vertieft, die einen Dackel an der Leine führte. May erkannte den Hund, es war Charly, ein bissiger, hinterhältiger Kopfhund, der sein Frauchen terrorisierte. Als er näher kam, schien Charly weitergehen zu wollen und zog die Frau an der Leine mit sich. Sie trippelte hinter ihm her, Olga folgte, das Gespräch ging weiter. May folgte ebenfalls in einigem Abstand. Dann trennten sich die Wege der Frauen, der Hund wollte in die eine Richtung, Olga ging in die andere.

May holte sie ein. »Sie gehen spazieren?«

Olga lächelte mit zusammengekniffenen Augen. »Hunde spazieren, und Mamas von kleine Kinder. Ich mich umhören.«

»Und haben Sie was herausgekriegt?«

»Njet.«

»Denken Sie daran, Olga, von Marlenes Entführung soll zunächst niemand etwas wissen.«

»Ich frage nur nach Hunde, Chef. Ah, da vorne kommt Frau Tilster.«

»Dann lass ich Sie mal alleine«, sagte May und trollte sich.

Als er den See hinter sich gelassen hatte und unter den Bäumen dahinschritt, dachte er an den Besuch, oder das Verhör, der Kommissarin. Die dunkeläugige Frau war ihm sympathisch gewesen. Sie schien die Suche nach Marlene sehr ernst zu nehmen. Aber ganz sicher war sich May nicht, ob sie den Zusammenhang zwischen den verschwundenen Hunden und Marlene auch sah. Für May lag es auf der Hand. So groß war für ihn der Unterschied zwischen Hunden und Menschen nicht. Es war nur ein kleiner Schritt von Eugen zu Marlene. Zumindest was die Durchführung betraf. Und Eugen war tot. Das machte ihm Angst.

Henning Schwind hatte geduscht, als er von seiner Einkaufstour mit leeren Händen zurückgekommen war. Immer wieder hatte er sich eingeseift, als müsste er einen hartnäckigen Belag, eine Firnis aus Schuld und Schmutz abwaschen. Er musste sich von Kata fernhalten. Was war da vorhin mit ihm passiert? Wie hatte er ihr nur von Marlenes Entführung erzählen können? Er war ein Idiot!

Die Unruhe hatte Henning durch das Haus getrieben, um noch einmal alle Verstecke zu inspizieren, die Marlene immer aufgesucht hatte. Er wusste, dass sie nicht da sein konnte, wünschte sich aber nichts sehnlicher, als sie in eine Ecke gekauert aufzufinden. Ina saß vor dem Fernseher, der Ton war leise gestellt. Sie starrte auf den Bildschirm, neben ihr die Polizistin. Wie konnte sie jetzt fernsehen? Es war ihm unverständlich. Henning ging in den Keller, räumte die Skier von einer in die andere Ecke, ging wieder nach oben, stand eine Weile hinter dem Sofa, sah, wie der Fernsehkoch Tomaten klein schnitt, erinnerte sich daran, etwas zu essen machen zu müssen, und ging in die Küche. Der Kühlschrank gab nichts her. Also holte er eine tiefgefrorene Lasagne aus der Truhe und stellte sie in die Mikrowelle. Dann rief er den Direktor der Sparkasse auf seiner Privatnummer an. Schwierig, meinte der, es sei Samstagnachmittag. Aber dann versicherte er ihm, das Geld bis Montagfrüh acht Uhr bereitzustellen, wie vereinbart, die gewünschte Menge in gebrauchten Scheinen, die, wie in solchen Fällen üblich, registriert werden würden.

In solchen Fällen üblich? Waren solche Fälle üblich? Hier bei uns? War Marlene ein Fall? Nichts weiter? Ein geschäftsmäßig zu behandelnder Fall? Immerhin hatte der Direktor schnell und unkomplizierte Hilfe geleistet, dafür konnten sie ihm dankbar sein. Das Geld würde er verschmerzen können, irgendwie, auch wenn es eine große Summe war, aber was war Geld gegen seine Tochter? Man musste Prioritäten setzen. Die Mikrowelle klingelte. Henning nahm den Teller heraus und teilte die Lasagne in drei Portionen. Damit ging er in das Wohnzimmer und reichte seiner Frau und der Polizistin einen Teller. Seine Frau reagierte nicht, sie starrte weiter auf den Fernseher, während die Polizistin sich über ihre Portion hermachte, sie wenigstens musste Hunger haben. Henning setzte sich an den Küchentisch und aß einen Happen, während er aus dem Fenster schaute.

Der Garten lag in der Nachmittagssonne, hinter der Hecke begann der Wald, zwischen den Bäumen stand ein Mann. Er sah in Hennings Richtung.

Die Gabel fiel zu Boden, als Henning aufsprang und zur Terrassentür hetzte. Er rief etwas, riss die Tür auf und sah, wie der Mann davonrannte. Henning sprintete durch den Garten, duckte sich durch die Hecke und kletterte über den Zaun, der den Wald vom Garten trennte. Neben ihm sah er eine Bewegung, es war die Polizistin, die ebenfalls über den Zaum hechtete. Beide rannten sie hinter dem Mann her, der bereits einigen Vorsprung hatte. Die Beamtin rief ihm etwas zu, sie hatte eine Waffe in der Hand, er solle zurückbleiben, aber Henning Schwind hastete weiter die Steigung hinauf, als ginge es um nichts anderes als um sein Leben.

Arnfried May parkte seinen Wagen vor der Polizeidirektion. Er hoffte, die Kommissarin anzutreffen. Olga hatte tatsächlich etwas in Erfahrung gebracht. Und das war sicher eine sehr wichtige Neuigkeit, die nicht warten konnte. Außerdem waren in den letzten Wochen mit ziemlicher Wahrscheinlichkeit noch zwei weitere Hunde auf Straßen in der Umgebung abgelegt worden. May hatte im Ordnungsamt angerufen und mitgeteilt bekommen, dass die städtischen Arbeiter zwei Kadaver aus Straßengräben entsorgt hätten. Leider waren die Hunde bereits in der Tierkörperbeseitigungsanlage verschwunden, sodass May sie nicht mehr untersuchen konnte.

Hinter der Anmeldung, durch eine dicke Glasscheibe gesichert, saß ein Uniformierter. Sein Gesicht war von rötlicher Farbe. Hypertoniker, dachte May, bevor er seine Frage an den Beamten richtete. »Ist Kommissarin Celep im Haus? Ich muss sie dringend sprechen.«

Arnfried May fühlte sich gemustert, auf eine Art, wie man unliebsamen Besuch betrachtet und abwägt, Gründe anzuführen, ihn wieder loszuwerden.

»Da muss ich nachfragen«, sagte der Mann. »Wie ist Ihr Name, und um was geht es denn?«

»Doktor May. Sagen Sie der Kommissarin, dass ich da bin, sie wird sich denken können, weshalb.«

»Ich wiederhole: Um was geht es? Ansonsten kann ich Sie nicht anmelden.«

»Es geht um Marlene Schwind.«

Die Gesichtsfarbe des Beamten wurde röter. Rasch griff er zum Telefon und wählte eine Nummer. Wendete sich ab, sprach in die Muschel, legte auf.

»Sie können hochfahren, Hauptkommissarin Celep holt Sie am Aufzug im ersten Stock ab.«

Der Türsummer war zu hören, und May durchschritt die Glasschleuse, durch die man in die Direktion gelangte.

Als er zum Aufzug ging, kamen ihm zwei lachende Beamte entgegen, ein Mann und eine Frau. Der Mann klopfte der Frau auf die Schulter und beglückwünschte sie. Türen öffneten sich, Menschen eilten umher, Stimmen, weiteres Lachen. May fühlte sich nicht wie in einer Polizeidirektion, die eine Entführung aufzuklären hatte. Vielmehr schien sich hier Wochenendstimmung auszubreiten.

May wurde von Kommissarin Celep erwartet, als er den Aufzug im ersten Stockwerk verließ. Sie schüttelten sich die Hände, und er wurde von Celep in deren Büro gebeten.

»Ich möchte Sie nicht lange aufhalten«, sagte May. »Aber ich habe Informationen, die ich Ihnen sofort mitteilen wollte.«

Johanna Celep nickte May auffordernd zu.

»Meine Helferin, Olga Kobiak, hat von einer Hundebesitzerin erfahren, dass zu dem Zeitpunkt, als ein Hund entführt wurde, ein junger Mann mit grauem Kapuzenpulli in der Fasanerie unterwegs war.«

»Ein junger Mann mit grauem Kapuzenpulli?«, wiederholte Celep.

»Nicht ungewöhnlich, werden Sie denken. Aber er hatte einen Kinderwagen dabei. Und als die Frau sich das Kind anschauen wollte, ist der Mann wütend geworden und hätte die Frau bald umgefahren. Danach hat er in hohem Tempo den Kinderwagen davongeschoben.«

»Ist das alles?« Celep blickte auf ihr Smartphone. »Ich muss jetzt los, Herr Doktor.« Sie stand auf.

»In dem Kinderwagen wurde der entführte und sedierte Hund abtransportiert.«

»Und woher wissen Sie das so genau?«

»Das muss so gewesen sein! Anders kann er die Hunde nicht unbemerkt weggebracht haben.«

»Das ist eine Theorie. Vielleicht wollte er sich einfach nicht in den Kinderwagen sehen lassen. Manche Menschen haben Angst, dass ihr Kind von irgendwelchen Keimen angesteckt werden könnte.«

»Der Täter ist ein junger Mann, der einen grauen Kapuzenpulli trägt oder zur Tatzeit trug.«

»Ich muss jetzt wirklich los«, sagte Celep.

»Sie glauben also nicht, dass der Hundeentführer und Marlenes Entführer identisch sind?«

»Bitte behalten Sie es für sich: Wir haben einen dringend Tatverdächtigen festnehmen können, und ich muss ihn jetzt sofort verhören.«

Celep schob May zur Tür. »Sie werden verstehen, dass ich im Augenblick nicht auf Ihre Theorien eingehen kann.«

May wusste nicht, was er von dieser Neuigkeit halten sollte. Aber dass die Kommissarin keine Zeit hatte, verstand er. Doch was er nicht verstand, war ihr Desinteresse an seinen Erkenntnissen.

Schweißgeruch. Das war das Erste, was Johanna Celep wahrnahm, als sie den Verhörraum betrat. Am Tisch saß der Verdächtige, den die Kollegin Jenny Heinze und Henning Schwind gestellt hatten. Celep setzte sich dem jungen Mann gegenüber. Er war korpulent, hatte ungekämmtes Haar und einen dunklen, struppigen Vollbart. Aus dem Halsausschnitt seines fleckigen grünen T-Shirts drängte die schwarze Brustbehaarung hervor. Der Schweißgeruch stach Celep in die Nase. Der Mann sah sie nicht direkt an, er hielt sein Gesicht schräg nach unten, schielte aber unter seinen buschigen Augenbrauen hervor. Seine Lippen bewegten sich, als spräche er lautlos mit einem unsichtbaren Gegenüber.

Bei seiner Festnahme hatte er ein Stoffkaninchen dabeigehabt. Als es ihm abgenommen wurde, hatte er getobt. Man war übereingekommen, ihm das Stofftier wieder auszuhändigen, das er auch jetzt in seinen kräftigen Fingern hielt und streichelte.

Trotz seines behaarten Äußeren kam Johanna Celep der junge Mann eher wie ein Kind vor. Ein ängstliches Kind. Wobei man aber nicht unterschätzen durfte, was in diesem Kind steckte. Celep spürte eine Spannung in dem wuchtigen Körper, die sich jederzeit entladen konnte. Eruptiv, unkontrollierbar. Bis auf seinen Anfall, als ihm sein Kaninchen abgenommen wurde, hatte der junge Mann noch nichts gesagt. Er hatte auch nichts bei sich getragen, was ihn ausweisen könnte.

»Hallo. Mein Name ist Johanna Celep. Ich bin Hauptkommissarin und führe das Verhör durch.«

Keine Reaktion. Der junge Mann schielte noch einmal kurz herüber, dann beugte er sich noch etwas weiter hinab. Mit gekrümmtem Rücken, als erwarte er Schläge, saß er da und bewegte die Lippen in stummem Monolog.

»Das ist ein schönes Stofftier. Wie heißt es denn?«

Der junge Mann antwortete nicht.

»Sie müssen keine Angst haben, es wird Ihnen nichts geschehen. Ich muss nur ein paar Fragen stellen.«

Celep wartete einen Moment. »Verstehen Sie mich? Möchten Sie etwas? Ein Glas Wasser vielleicht? Wollen Sie jemanden anrufen?«

Bei der letzten Frage hatte er die Augen kurz weiter geöffnet. Fast, schien es Celep, hätte er etwas gesagt. Sicher wollte er jemanden anrufen, jemanden, der ihm helfen, ihn beschützen sollte.

Celep stand auf und sprach kurz mit dem uniformierten Beamten, der an der Tür stand, worauf dieser den Raum verließ.

»Durch Ihre Reaktion haben Sie sich verdächtig gemacht. Verstehen Sie das? Sie sind davongelaufen, hinter dem Garten der Familie Schwind. Deshalb sind Sie verdächtig. Deshalb sind Sie auch hier. Niemand möchte Ihnen etwas Böses. Kennen Sie die Familie Schwind?«

Keine Reaktion.

»Kennen Sie Marlene?«

Johanna Celep registrierte, wie die Lippen in ihrer stummen Litanei innehielten. Ein Lächeln trat kurz hervor, ein Spitzen der Lippen, kaum sichtbar in dem wirren Barthaar.

»Die kleine Marlene Schwind? Sie kennen Sie, nicht wahr?«

Der uniformierte Beamte trat wieder ein. Er stellte ein schnurloses Telefon auf den Tisch und einen Plastikbecher mit einer klaren Flüssigkeit. Keine Reaktion. Auch als Celep ihn aufforderte, zu telefonieren, rührte sich der junge Mann nicht.

Celep hatte einen Einfall. Sie entschuldigte sich, sagte, dass sie gleich wiederkäme, und eilte in ihr Büro.

Kollege Böhm hatte immer etwas Süßes in seiner Schublade. Sicher hatte Böhm nichts dagegen, wenn sie sich etwas davon nahm.

Celep öffnete die Schublade. Tatsächlich lag dort eine aufgerissene Tüte mit Gummibärchen. Daneben der Katalog eines Reisebüros. Böhm schien wieder einmal einen Familienurlaub zu planen. Eine seiner Lieblingsbeschäftigungen. Schnell schüttete Celep einige der bunten Bärchen auf eine Untertasse und eilte in den Verhörraum zurück.

Als sie sich an den Tisch setzte, bemerkte sie, dass der Becher ausgetrunken war. Der Beamte an der Tür nickte ihr lächelnd zu.

Celep stellte die Untertasse neben den leeren Becher. Bevor sie den jungen Mann auffordern konnte, zuzugreifen, drehte der sich an den Tisch, nahm einen Teil der Gummibärchen in die Hand und steckte sie mit einer raschen Bewegung in den Mund. Dabei fixierte er Johanna Celep mit aufgerissenen Augen, Augen von einem intensiven Blau. Er kaute schmatzend, dann ergriff er die übrigen Bärchen und schob sie sich ebenfalls in den Mund. Kaute, schluckte und drehte sich wieder zur Seite.

Johanna Celep lächelte. »Die sind gut, nicht wahr?«

Sie schob das Telefon näher heran. »Sie können gerne jemanden anrufen. Oder soll ich das für Sie tun? Sagen Sie mir, wen ich anrufen soll.«

»Meine Mama soll mich abholen.«

Die Stimme passte nicht zu dem mächtigen Körper. Es war die Stimme eines heiseren Kindes.

»Das ist sicher eine gute Idee. Wie heißt Ihre Mama?«

Der große Junge sprach schneller mit tonlosen Lippen.

»Sie müssen mir schon sagen, wie Ihre Mama heißt, damit ich sie anrufen kann.«

»Michaela Brinkmann.«

»Schön. Und Sie heißen dann auch Brinkmann? Nicht wahr?«

»Ich heiße Max.«

»Gut. Max Brinkmann. Ein schöner Name. Max. Darf ich Max sagen?«

Die dunklen Augenbrauen zogen sich zusammen. Dann ein leichtes Nicken.

Celep schrieb den Namen auf einen Notizzettel und reichte ihn dem Beamten an der Tür. Der verließ damit den Raum.

Max Brinkmann schaute hinterher. »Warum hast du meinen Namen aufgeschrieben?«

»Woher wissen Sie, dass ich Ihren Namen aufgeschrieben habe?«

»Wohin bringt der Mann meinen Namen?«

»Ihre Angaben werden überprüft. Wir müssen wissen, mit wem wir es zu tun haben. Sie können sich nicht ausweisen, wir wissen nichts von Ihnen.«

»Ich bin Max. Ich wohne mit meiner Mama im ersten Stock in der Kleiststraße 24. Mein Zimmer ist ganz hinten, da ist ein Poster an der Tür von der Riesenschlange. Die kann zwölf Meter lang werden und einen Wasserbüffel fressen, wenn sie Lust dazu hat. Ich möchte keinen Wasserbüffel fressen, da hat man ja die ganzen Haare im Mund. Ich war einmal im Zoo mit den anderen aus der Werkstatt. Da haben wir einen Ausflug gemacht nach Frankfurt mit dem Reisebus. Da waren wir in so einem Haus, ganz warm war es da drinnen, und da gab es ganz viele Schlangen. Giftige Schlangen sogar. Zum Glück war da eine Glasscheibe, damit die Giftschlangen nicht zubeißen können. Und in dem Zoo haben wir Poster geschenkt bekommen. Ich habe das mit der Riesenschlange geschenkt bekommen. Das hat mir am besten gefallen.«

»In der Kleiststraße 24? Da wohnt ihr also? Du und deine Mutter? Und dein Vater?«

»Der ist ein Wandersmann und davongewandert. Jetzt wohnt da nur der Max und seine Mama. Die schreit gerne herum, bis die Nachbarn auch schreien. Und da halte ich mir die Ohren zu und denke, dass das ganze Haus schreit. Wie wenn es einen Mund hat. Max ist jetzt einundzwanzig Jahre alt. Und im Winter habe ich Geburtstag. Am Einundzwanzigsten. Einundzwanzig Jahre alt und am Einundzwanzigsten Geburtstag. Das ist doch lustig. Aber eine Freundin, so zum Liebhaben und Anfassen habe ich noch nicht. Die Trudi in der Werkstatt, die habe ich schon angefasst, aber die lacht dann immer so laut, dass der Lehrer kommt und den Max schimpft. Dabei hat doch die Trudi so laut gelacht.«

»Du hättest also gerne eine Freundin zum Anfassen?«

»Na klar. Hättest du denn nicht auch gerne jemand zum Anfassen?«

»Ja, doch. Das verstehe ich. Hast du geglaubt, dass Marlene vielleicht deine Freundin werden könnte? Du kennst doch die Marlene?«

»Gibt es noch Gummibärchen?«

»Ja, ich hole dir gleich noch welche. Aber wie ist das mit der Marlene? Du kennst die doch?«

»Wann holt mich meine Mama denn ab? Der Max möchte jetzt nach Hause gehen.«

»Kennst du Marlene? Max! Es ist wichtig.«

»Ich will jetzt nach Hause gehen.«

»Max! Sieh mich an. Ich bin deine Freundin. Beantworte mir eine Frage: Kennst du Marlene?«

»Du bist nicht meine Freundin. Sechs rote und zwei grüne und drei weiße Bärchen. Deshalb bist du nicht meine Freundin. Und jetzt sagt der Max gar nichts mehr. Der will jetzt nach Hause.« Damit blickte er zur Seite. Und schwieg. Einzig die Lippen formten Worte, die niemand außer Max hören konnte.

»Wenn du nach Hause möchtest, dann musst du mir sagen, warum du hinter dem Garten von Schwinds warst. Wolltest du nach Marlene sehen?«

Max schwieg.

»Also Max. Du bist nicht nur hier, weil du weggelaufen bist, sondern auch, weil dich jemand mit Marlene gesehen hat. Wir wissen, dass du sie kennst. Woher kennst du Marlene?«

Max kratzte sich am Kopf. Schwieg.

»Marlene ist entführt worden, und wir müssen sie ganz schnell finden. Deshalb ist es wichtig, dass du mir alles erzählst, was du weißt. Wann hast du Marlene zuletzt gesehen?«

Max kratzte sich mit beiden Händen am Kopf.

»Hast du einen Brief in den Garten von Marlene gelegt oder weißt du, wer das war?«

Max krümmte seinen Oberkörper, sodass sein Kopf das Knie berührte. In einem fort bewegten sich seine Lippen.

»Bitte, Max! Du musst mir helfen, damit wir Marlene finden. Sie hat sicher große Angst und wartet, dass wir sie nach Hause bringen. Das möchtest du doch auch?«

Die Tür öffnete sich. Ein Beamter trat herein. »Du sollst nach nebenan kommen. Stahlgruber löst dich ab.«

»Also Max. Ich muss jetzt eine Weile weg, solange kommt ein anderer Polizist. Vielleicht sagst du dem, was du weißt?«

Celep zögerte, doch da keine Reaktion von Max kam, stand sie auf und verließ den Raum.

Hauptkommissar Stahlgruber kam ihr auf dem Flur entgegen. Er zwinkerte Celep zu, wie er es immer tat, wenn sie sich irgendwo begegneten. Für Stahlgruber schienen die Kolleginnen allesamt Freiwild zu sein und zum Abschuss freigegeben, zumindest führte er sich gerne so auf.

Als Stahlgruber im Verhörraum verschwunden war, lehnte sich Celep an die Wand, um sich kurz zu sammeln. Sie holte ihr stumm

geschaltetes Mobiltelefon heraus und betrachtete das Display. Vier Anrufe. Eine Nachricht. Thorsten. Celeps Herz beschleunigte sich. Sie hatte das Mittagessen mit Thorstens Eltern vergessen. Die Einladung war vor Marlenes Entführung ausgesprochen worden, und sie hatte es versäumt, abzusagen. Thorsten würde stinksauer sein, immerhin wollten sie heute ihre Verlobung bekanntgeben. Celep stöhnte auf, dann atmete sie ein paarmal tief ein und stieß sich von der Wand ab.

Im Nachbarraum hatte sich die Soko Marlene eingefunden. Alle verfügbaren Beamten waren aus dem Wochenende geholt worden.

Mehling, der Dienststellenleiter, stand an einer Tafel, auf der alle bisherigen Ergebnisse in Stichpunkten zusammengetragen worden waren. Es war nicht viel.

»Wie ist Ihr Eindruck?«, fragte Mehling ohne Umschweife.

»Er kennt das Mädchen«, sagte Celep. »Das wissen wir von dem Zeugen Michael Sommer. Aber er schweigt sich aus. Ich denke, er hat Angst, etwas zu sagen. Aber ich denke nicht, dass der Junge direkt mit der Entführung zu tun hat.«

»Wie kommen Sie darauf? Wieder mal Ihr weibliches Bauchgefühl?«

Celep überhörte die Ironie in Mehlings Worten. Aber er lag richtig.

»Max Brinkmann ist geistig zurückgeblieben. Er arbeitet in einer Behinderteneinrichtung. Viel mehr wissen wir zum jetzigen Zeitpunkt noch nicht. Vielleicht kann uns die Mutter weiterhelfen?«

»Die Kollegen sind vor Ort. Sie haben uns gerade verständigt. Frau Brinkmann liegt sturzbetrunken in ihrer Wohnung. Von der Seite können wir uns im Moment keine Informationen erhoffen. Wir müssen den Verdächtigen weiter verhören. Bis wir mehr wissen. Solange bleibt er in Gewahrsam.«

»Wir sollten eine Betreuungsperson verständigen. Immerhin haben wir es mit einem Menschen zu tun, der nicht voll geschäftsfähig ist.«

»Möglicherweise sitzt da drüben der Entführer. Wir sollten niemanden hinzuziehen, der das Verhör gefährden kann«, sagte Böhm, der Innendienstler der Mordkommission und Celeps Bürokollege.

Zustimmendes Gemurmel.

»Max Brinkmann ist mit Sicherheit nicht der Entführer«, sagte Celep. »Niemals hat er die Lösegeldforderung geschrieben. Und warum sollte er sich an das Grundstück stellen? Wäre er der Entführer, dann könnte er sich denken, dass die Polizei vor Ort ist.«

»Wie der tickt, ist alles möglich«, warf Böhm ein.

Wie zur Bestätigung drangen Geräusche in den Besprechungsraum. Ein Beamter riss die Tür auf. »Der Verdächtige ist ausgerastet, er hat Stahlgruber niedergeschlagen!«

Lange hatte Ruhe geherrscht an diesem Samstagabend. Dann plötzlich ein schrilles Läuten, das sich fremd und falsch anhörte. Nicht enden wollend. Der dringliche Ton des Privatanschlusses zerschnitt weiter die Stille im Haus. Arnfried May betrachtete die Nummer auf dem Display: Ingeborg, seine Exfrau. Sicher wollte sie sich über das Telefonat mit Penelope beschweren. Aber er hatte keine Lust mehr, den Goldesel für die Bedürfnisse seiner Töchter zu spielen. Wenn die Kontoauszüge die Wahrheit sprachen, war es ihm objektiv betrachtet auch nicht möglich, eine größere Reparatur von Pennys Wagen oder Luises Romreise zu finanzieren. Zumindest im Moment nicht. Das Telefon schrillte weiter. Es hatte fast die gleiche Stimmlage wie seine Frau, wenn sie ihm Vorwürfe machte. Im Moment wollte er seine Ruhe haben. Nichts hören von sogenannten Vaterpflichten.

May sah aus dem Fenster. Dunkelheit hatte sich über die Straße und den Park gegenüber gelegt. Er dachte an den Mann mit dem Kapuzenpulli. Es konnte nicht anders sein, als dass er die Hunde sediert hatte. Der Einbruch im Tierheim, die gestohlenen Narkotika. Es lag doch auf der Hand. Weshalb hatte ihn die Kommissarin so abgefertigt? Natürlich, sie hatten einen Tatverdächtigen, woher auch immer. Aber May wurde den Verdacht nicht los, dass es sich dabei nicht um den Mann mit dem Kapuzenpulli handelte. Andererseits wusste er gar nichts. Vielleicht hatten sie den Richtigen geschnappt, und Marlene war bald frei. Oder sie war schon wieder zu Hause. Am liebsten hätte er dort angerufen, aber das

verbot sich von selbst. Die Eltern mussten außer sich sein, solange Marlene weg war. Er stand am Fenster, und die Unruhe schien ihn ausdehnen zu wollen. Er musste etwas tun. Er konnte nichts tun. May steckte den Hausschlüssel ein und überquerte die Straße. Dann betrat er das dunkle Gebüsch, arbeitete sich auf einem Trampelpfad hindurch, kam auf den Weg und ging in Richtung Hofgut. Vielleicht würde er ihm begegnen. Vielleicht stand das Schicksal auf seiner Seite.

Es war ein milder Abend, wie gemacht für einen späten Spaziergang in dem riesigen Park. Doch Mays pochendes Herz wollte sich nicht in die Abendstimmung einfügen. Er hielt die Hand an seine Brust und spürte durch das Hemd die Schläge in seinen Fingerspitzen. Diese Unruhe würde ihn noch umbringen. Am liebsten hätte er Penny angerufen und sich entschuldigt. Aber das Mobiltelefon lag zu Hause. May beschleunigte seinen Schritt, als er auf Höhe der Fasanerie-Gaststätte war. Das Lachen aus dem Biergarten, die fröhliche Schar der Besucher, die Unbeschwertheit, all das trieb ihn weiter, Richtung See.

Der Mond stand über den Wipfeln der Bäume, die den See umstanden. Sein Licht traf auf die Wasseroberfläche. Es war May, als läge eine silberne Haut auf dem Wasser. Ein Vogel flog auf und kreiste über ihm, eine scharf gekantete Silhouette, aus dem schwarzen Papier der Nacht ausgeschnitten. May umrundete den See, bog dann auf einen dunklen Weg zwischen den Bäumen ein. Kein Mensch war ansonsten unterwegs. Etwas knarrte im Unterholz. Ein Tier, das er aufgescheucht haben musste. Er ging, bis er an den Rand des Parks kam. Hier grenzte die Schrebergartenkolonie an die Fasanerie, dahinter wusste er das Haus der Sommers. Und Eugens Grab. Das Stechpalmenblatt kam ihm in den Sinn. Die Anzeichen, dass der Hund begraben worden war. Weshalb war er an der Straße abgelegt worden? Es gab für May nur eine Erklärung: Der Täter hatte Platz geschaffen in seinem Ver-

steck. Platz für weitere Hunde, oder aber, und das wollte er kaum denken, für Marlene. Die kleine Marlene. Könnte er ihr doch irgendetwas Tröstliches sagen. Sein Herz, das durch das Gehen ruhig geworden war, fing wieder an, heftig an die Brust zu pochen. Was könnte er nur tun, um ihr zu helfen? Er drehte um und schlug den Rückweg ein. Seine Gedanken kreisten, irgendetwas finden, was er tun könnte.

Als er die Fasanerie verließ, war es fast Mitternacht. Er öffnete die Gartenpforte und stieg schweren Schrittes die Treppe zu seinem Haus hoch. Keine Erkenntnisse hatte er von seinem Ausflug mitgebracht, nur Müdigkeit. Müdigkeit in den Knochen, im Herzen, im Denken.

May ging in die Küche. Er hatte nichts zu Abend gegessen. Unschlüssig stand er eine Weile vor dem leeren Kühlschrank, trank ein Glas Leitungswasser, dann ging er zu Bett.

Er lag auf dem Rücken, die Augen geschlossen, und lauschte auf die Geräusche des Hauses. Sonst waren ihm das willkommene Töne einer Musik gewesen, die ihn in den Schlaf begleitete, doch heute war da ein Seufzen, das direkt in sein Inneres drang, oder kam das Seufzen aus ihm anstatt aus den alten Wänden? Er versank, wusste nicht, ob er schlief oder wachte. Wälzte sich auf die Seite, träumte oder ließ Bilder durch seinen Kopf gleiten. Ein Knirschen drang zu ihm, ein scharfes Rucken, das Bett vibrierte, sein Körper wurde zur Seite geworfen, er schrak hoch, was geschah hier? Ein Erdbeben! Ein Erdbeben erschütterte die Grundfesten seines Hauses. Er sprang aus dem Bett in eine schiefe, durcheinandergehäufte Welt, hastete nach unten, die Treppe wankte. Raus, er musste raus, bevor das Haus einstürzte.

Als er nach unten kam, war wieder Ruhe. Doch etwas war anders. Er stand wankend, hielt sich am Geländer der Treppe fest. In der Praxis machte er Licht. Die Scheibe hatte einen Sprung,

der sie diagonal in zwei Hälften teilte. May trat ans Fenster, blickte nach draußen. Kein Licht in den Häusern neben ihm. Hatte niemand das Erdbeben bemerkt? Er trat aus dem Haus, eilte durch den Garten, schaute die Straße hinauf, sah hinab. Nichts rührte sich, alles schien beim Alten. Als er sich umdrehte und den dunklen Körper seines Hauses betrachtete, sah er, dass es sich zur Seite geneigt hatte. Es war nicht zu übersehen. Einzig sein Haus stand schief. Das Erdbeben hatte nur bei ihm stattgefunden und war die Folge von den zerstörerischen Kräften, die über einen langen Zeitraum im Keller gearbeitet hatten.

Sein Haus wollte über ihm zusammenbrechen. Sein Haus, das ihm immer wie ein Freund vorgekommen war, hatte sich gegen ihn gewandt. Oder hatte er es vernachlässigt? Wie er seine Töchter, seine Frau, sein Leben vernachlässigt hatte?

Damals, er war noch jung gewesen, kurz nach dem Studium, als er das Haus gekauft hatte, da war es ihm zugewandt vorgekommen. Es schien aufzuleben mit der jungen Familie, war hell und warm und freundlich, und alle hatten sich sofort unter seinen alten Dächern wohlgefühlt. Erst als seine Ingeborg ihn verließ und die Töchter mitnahm, hatte sich etwas geändert. Das Haus war ihm danach manchmal zu dunkel gewesen, immer zu kühl. May hatte fast den Eindruck, dass mit den Kinderstimmen, die aus den Räumen und von den Treppen verschwanden, sich die Heiterkeit des Gebäudes in die Wände zurückzog und etwas anderes zum Vorschein kam, was bereits vorhanden, doch verdrängt gewesen war: eine dunklere, abweisende Seite des Hauses. Und diese Kräfte, die so lange gewirkt hatten, waren nun nicht mehr zu übersehen.

Als er zurück in seinem Bett war, das ebenfalls leicht zur Seite hing, schalt er sich pathetisch, sentimental. Sein Haus war abgesackt, der Untergrund war durchweicht, nicht mehr tragfähig, es würde zu reparieren sein. Keine dunklen Mächte waren hier

am Werk, nur bauliche Schäden. Er musste die Ruhe bewahren. Und doch, bei allen Erklärungen: May fühlte sich hilflos und verlassen von der Welt, als läge er auf einer kleinen Insel, vergessen und der allmählich steigenden Flut ohnmächtig ausgeliefert.

Ina Schwind hatte die ganze Nacht vor dem Fernseher gesessen. Neben ihr, tief in die Sofakissen eingesunken, ein Polizeibeamter. Ina hatte kein Wort gesprochen, nur auf den Bildschirm gestarrt. Dabei hätte sie nicht sagen können, welche Sendung gelaufen war. Auch der Beamte hatte geschwiegen, zum Glück. Ina hätte kein Gespräch führen mögen. Ihr Mann hatte sie mehrmals gebeten, ins Bett zu kommen, der Polizist wäre doch da, das Telefon zu bewachen. Aber sie konnte nicht. Als sie seine Hand auf ihrer Schulter gespürt hatte, streifte sie diese wortlos ab. So war Henning allein schlafen gegangen.

Vor ein paar Stunden hatte er für sie und den Beamten ein Frühstückstablett auf den Couchtisch gestellt. Ihre Tasse und der Teller waren unberührt geblieben.

Jetzt rumorte Henning schon wieder in der Küche herum. Wie konnte er nur an Essen denken? Selbst in dieser Situation versuchte er, so etwas wie Normalität zu leben, seine Prioritäten zu setzen. Er war in seinem Korsett eingeschnürt, das ihn wie eine Rettungsweste an der Oberfläche hielt und ihn nicht in die Tiefe dringen ließ. Schon hörte sie seine Schritte hinter sich.

Henning umrundete das Sofa und stellte zwei Gläser auf den Tisch, wobei er sie mit dem gleichen Blick wie das unangetastete Frühstück musterte.

»Etwas für den Flüssigkeitshaushalt«, sagte Henning.

»Kannst du mich nicht einfach in Ruhe lassen?« Aus den Augenwinkeln sah Ina, wie der Polizeibeamte seine Hand von einem

der Gläser, das Henning gerade abgestellt hatte, zurückzog, als hätte er sich verbrannt.

»Du brauchst deine Kräfte, Ina. Denk daran, morgen wirst du das Lösegeld überbringen. Da musst du stark sein.«

Das Lösegeld. Sie sah wieder einen Film auf ihrer Netzhaut ablaufen, wie sie ihn schon die ganze Nacht hindurch gesehen hatte. Wie aus weiter Ferne, und doch in ihr drin. Es waren verschiedene Filme gewesen, das Motiv wiederholte sich. So sah sie sich durch ihren Garten gehen, der in einen grenzenlosen Wald mündete. Sie irrte durch den Wald, wobei sie immer wieder Marlenes Stimme hörte, die nach ihr rief. Dann rannte sie in einer Nebellandschaft hinter einem kleinen Wesen her, das hier oder dort auftauchte, Marlene, die sie neckte. Obwohl Ina sie anflehte, machte Marlene weiter und immer weiter. Dies oder Variationen davon, wie sie Marlene suchte und wie Marlene sich nicht finden lassen wollte oder konnte. Dazwischen hatte Ina Momente, in denen sie sich fragte, was der Polizist auf ihrem Sofa machte, weshalb sie die Nacht hier, vor dem Fernsehapparat verbrachte, das Telefon in Reichweite, wo doch Marlene in ihrem Bett lag und schlief. Momente, in denen sie einfach nicht glaubte, was geschehen war und ihr die ganze Situation total lächerlich vorkam. Surreal. Nun aber sah sie einen neuen Film ablaufen: Sie selbst auf einem Fahrrad, es war nicht ihr eigenes, fuhr an einem Fluss entlang. Der Radweg war so schnurgerade wie der Fluss, er schien nie enden zu wollen, sie fuhr immer weiter, bis sie plötzlich etwas im Wasser treiben sah, eine kleine Gestalt, auf dem Bauch schwimmend, die Haare wie eine tote Sonne um den Kopf herum ausgebreitet. Ina bremste, warf das Rad hin und stürzte sich in den Fluss. Doch die Strömung war zu stark, sie konnte den kleinen Körper nicht erreichen, sosehr sie auch dagegen anschwamm. Sie fragte sich, ob sie jemals mit dieser Schuld würde leben können, wenn Marlene etwas passierte.

Dann hörte sie Hennings Schreien. Sie sah den Polizisten neben

sich aufspringen und zur Terrassentür laufen. Das hatte sie alles schon einmal erlebt. Das konnte alles nicht wahr sein.

Henning war in den Garten gerannt, fuchtelte herum, der Polizist stand hinter ihm und telefonierte.

»Verpisst euch!«, rief Henning zwei Männern hinterher, die sich jenseits des Zauns durch den Wald davonmachten, um ihre Hälse baumelten Fotoapparate mit riesigen Teleobjektiven, die wie Schusswaffen wirkten.

Sie sah, wie Henning die Terrassentür schloss und die Vorhänge vorzog. Dann trat er zu dem Beamten an ein Fenster zur Straße. »Mein Gott!«, sagte Henning und starrte hinaus. »Wo kommen die denn her?«

Die letzten Worte mischten sich mit dem Klingeln an der Haustür.

Ina hörte Henning, daneben verschiedene Stimmlagen. Es mussten mehrere Personen sein. Dann knallte die Tür, Henning kam angestapft und ließ sich auf das Sofa fallen, der Polizist setzte sich.

»Ich habe sie gebeten, abzuziehen und die Lösegeldübergabe nicht zu gefährden.« Henning schnaubte. »Aber die meinen, sie hätten die Pflicht und das Recht dazubleiben.«

»Sie haben mit den Reportern sehr besonnen geredet«, sagte der Beamte neben Ina.

Sie betrachtete ihn. Er sah mehr aus wie ein Buchhalter, klein, graue Gesichtsfarbe. »Waren Sie die ganze Nacht hier?«

»Nein, nein«, er lächelte, als hätte Ina einen Witz versucht. »Ich bin heute Morgen um sieben Uhr gekommen. Zuvor war mein Kollege da.«

Es läutete wieder, kurz und schrill.

»Jetzt reicht's!« Henning sprang auf und stampfte wie ein wütendes Kind zur Tür.

Gedämpfte Worte, eine kurze Unterhaltung. Dann kam Vivian herein. Ina stand wankend auf und fiel in die Arme der Freundin.

Das war Wasser auf die Mühlen meiner Eltern«, keuchte Thorsten Weber.

Er konnte einfach nicht damit aufhören. Sie hatten bereits am Morgen darüber gestritten. Sie war in einer Ermittlung und unter massivem Zeitdruck. Das ging vor. Ein trautes Familienessen konnten sie immer noch machen. Jederzeit.

»Es tut mir leid«, sagte sie und stellte sich die Miene ihrer zukünftigen Schwiegermutter vor. Bei der hatte sie sowieso eine schwere Stellung. Bei ihrem Kennenlernen hatte sie mit einer abfälligen Bemerkung über Gastarbeiter geglänzt. Das hatte Johanna bis heute nicht vergessen.

Sie liefen die zweite Runde durch die Fasanerie. Inmitten der sonntäglichen Spaziergänger. Sonst waren sie immer gleichauf, doch heute fiel Thorsten andauernd zurück, sodass sie sich nach ihm umdrehen musste und aus dem Rhythmus kam.

»Ich hätte vielleicht nichts sagen sollen. Bei der Stimmung!«, keuchte Thorsten zwei Schritte hinter ihr.

»Was? Du hast ihnen ohne mich von der Verlobung erzählt?« Johanna war lauter geworden, als sie beabsichtigt hatte.

Ein Jogger in einem grauen Kapuzenpulli kam ihnen entgegen. Er federte unbeschwert über den Waldweg. Als er auf ihrer Höhe war, grinste er.

Johanna hätte ihm am liebsten den Stinkefinger gezeigt. Was ging diesen Typen ihr Streit an?

»Was hätte ich denn machen sollen?« Thorsten schimpfte hin-

ter ihr. Er war noch langsamer geworden. »Wir haben ja groß angekündigt, dass es eine Neuigkeit gibt!«

Ihren Eltern hatte sie noch nichts gesagt, es war einfach keine Gelegenheit gewesen. Am Ende erfuhren sie es noch von Thorstens Mutter, dieser Tratschtante.

»Und?«

»Und was?«, schnaufte Thorsten.

»Wie haben sie reagiert?«

»Na ja.«

»Wie na ja?«

»Meine Mutter meinte, wir sollten noch etwas warten.«

Johannas Beine versagten ihr für einen Moment den Dienst, vergaßen einfach, weiterzulaufen. »Sie hat was gesagt?«

»Wir sollen noch warten.« Thorsten lief an ihr vorbei.

»Auf was denn? Auf deine oder meine Rente, oder was?«

Er rannte einfach weiter. Sie schrie seinen Rücken an, dann lief sie hinterher.

»Meine Mutter meint, du wärst so eingespannt.«

»Eingespannt?«, keuchte Johanna.

»Dein Job.«

»Ach, und da könnte ich ihren Sohnemann vernachlässigen, oder wie?«

»So hat sie es nicht gesagt.«

»Aber gemeint!«

Plötzlich blieb Thorsten stehen. Johanna lief weiter. Als sie sich umdrehte, sah sie ihn in die andere Richtung davontraben. Und das alles nur, weil sie ein Scheiß-Mittagessen vergessen hatte!

Am Tage besehen, war das Haus nicht ganz so schief, wie es in der Dunkelheit gewirkt hatte. Zumindest versuchte Arnfried May, das so zu sehen. Als er wieder ins Haus ging, bemerkte er die Lache: Unter der Gästetoilette rann Wasser in den Eingangsbereich. Er öffnete die Tür. Aus der Wand hinter dem Spülkasten sprudelte es heraus.

Unschlüssig stand May davor, dann ging er zum Telefon und rief die Notfallnummer seines Klempners an.

Zwei Stunden später war der Schaden behoben. Giorgio Gemelli, ein junger Mann mit unzähligen Tattoos auf Hals und Armen, hatte die Ursache schnell gefunden. Das Rohr der Wasserzuführung für die Toilettenspülung hatte sich gelöst, als das Haus abgesackt war.

Gemelli zog seine zu große graue Arbeitshose hoch und schüttelte den Kopf. »So was habe ich noch nicht erlebt. Das Haus ist voll in die Knie gegangen. Okay, das mit dem Wasser ist erledigt, aber im Keller riecht's nach Gas. Da scheint was mit den Gasleitungen passiert zu sein. Ich habe den Haupthahn abgedreht, damit das Haus nicht hochgeht. Muss überprüft werden. Das muss ich leider der Stadt melden, Dottore.«

»Was hat die Stadt damit zu tun? Können Sie das nicht reparieren?«

»Kann ich, klar. Aber bei austretendem Gas muss immer die Stadt verständigt werden. Wir machen uns sonst strafbar! Und

die Reparatur ist aufwendig. Alles alte Rohre, die müssen raus.«

»Das sind ja schöne Neuigkeiten«, sagte May und drückte Gemelli einen Zwanziger in die Hand. »Für Ihr schnelles Kommen. Rechnung schicken Sie mir zu?«

»Danke, Dottore. Ist ein schönes Haus, aber alt. Da kommt immer mal was. Die Statik werden Sie auch überprüfen müssen, nicht dass alles runterkommt!«

Das Telefon klingelte.

»Ich finde hinaus. Gehen Sie nur ran. Ciao, Dottore.«

May hob kurz die Hand zum Gruß, dann nahm er den Hörer von der Station.

»Bin ich da richtig in der Tierarztpraxis?« Die Stimme war rau, tief, um am Ende des Satzes höher zu werden. Der Anrufer war anscheinend im Stimmbruch.

»Ich möchte mir demnächst Bartagamen anschaffen. Es würde mich interessieren, welche Futtertiere man hierfür am besten nimmt, die nicht so ein Gezirpe veranstalten.«

Es klopfte an der Tür. Vielleicht hatte der Handwerker etwas vergessen.

»Deswegen rufen Sie mich sonntags an?«

»Ja, ich habe gerade im Internet recherchiert, und da stehen nur Grillen als Futtertiere für Bartagamen.«

Es klopfte wieder.

»Da rufen Sie besser einen Fachtierarzt für Echsen an. Ich bin keiner.« May wollte auflegen.

»Können Sie mir da einen empfehlen?«

»Nein. Auf Wiederhören.«

Die heisere, raue Stimme drang weiter aus dem Hörer, als May auflegte. Er ging rasch zur Tür, öffnete.

Ein Mann mit Hund stand davor. »Mein Django kann nicht mehr scheißen«, sagte er und blickte von May zu seinem Tier und wieder zurück.

Johanna Celep gähnte, als sie in die Straße der Schwinds einbog. Am Sonntagabend hatte sie noch endlose Diskussionen mit Thorsten am Telefon geführt, um sich schließlich wieder mit ihm zu vertragen. Danach hatte sie schlecht geschlafen. Das dunkelhaarige Kind war wieder aufgetaucht in ihren Träumen. Allein gelassen, voller Angst. Es hatte sie angesehen und Johanna war das Gesicht vertraut vorgekommen, sie wusste, wer das Kind war. Und dieses Wissen hatte sie erschreckt. Aber als sie aufgewacht war, war alles verschwunden. Es war wie der gesamte Traum aus ihrem Bewusstsein geglitten und nur noch als vage Vorstellung vorhanden.

Vor dem Haus der Schwinds parkten jede Menge Fahrzeuge, darunter ein, zwei Übertragungswagen der regionalen Fernsehsender. Die Presse war bereits wach, wie ein hungriger Schwarm Möwen.

Als sie aus ihrem Wagen stieg, wurde sie sofort von den Journalisten umringt, die nach den neusten Erkenntnissen gierten. Celep bat die Reporter, mit ihren Artikeln sparsam umzugehen, bis das Entführungsopfer auf freiem Fuß wäre. Dann könnte zur Jagd geblasen und die Presse würde mit Informationen versorgt werden.

Sie hatte sich am Morgen geärgert. In der Zeitung war auf der ersten Seite von der Entführung berichtet worden. Auch ein Foto von Marlene war abgedruckt worden. Die Presse musste also be-

reits am Sonntag unterrichtet und mit dem Foto versorgt worden sein. Celep fürchtete, die Entführer würden nervös werden und überstürzte Entscheidungen treffen.

Als sie in das Haus kam, lagen auf dem Couchtisch aus gebürstetem Beton verschiedene Zeitungen. Der Fernseher lief, wie die Tage zuvor. Der Regionalsender hatte zugesagt, bis zum Abend keine Berichte über die Entführung zu bringen, um die Arbeit der Kripo nicht zu beeinträchtigen. Im Austausch waren ihnen exklusive Informationen versprochen worden.

Frau Schwind sah übernächtigt aus, obwohl ihr Mann ihr am Abend Schlaftabletten gegeben hatte. Das wusste Celep von dem Kollegen aus dem Nachtdienst.

Die Eheleute Schwind, Kollege Kremer und Johanna Celep setzten sich an den Esstisch, um das Vorgehen der nächsten Stunden noch einmal durchzusprechen.

Ina Schwind würde samt Fahrrad an den Floßhafen gebracht werden, direkt aus der Garage, damit die Leute von der Presse nichts mitbekämen. Am Floßhafen würde sie die Anweisungen der Entführer abwarten und an den übermittelten Ort fahren, um das Lösegeld zu übergeben. Die Tasche mit den 300.000 Euro stand gepackt bereit.

»Die Entführer haben geschrieben, dass wir Marlene nicht wiedersehen, falls Polizei auftaucht«, sagte Henning Schwind.

»Wie werden uns zurückhalten, bis Marlene in Sicherheit ist«, sagte Celep.

Kremer räusperte sich. »Das Leben der Geisel hat höchste Priorität.«

Ina Schwind sah Kremer verwundert an. Sie schien noch nicht ganz bei sich zu sein. Hoffentlich würde sie alles richtig machen.

»Glauben Sie, Sie schaffen das?« Celep wandte sich an die Frau. »Wir können auch eine Beamtin einsetzen.«

Ina Schwind schüttelte den Kopf. »Es geht um meine Tochter.«

Vom Floßhafen führten Fahrradwege in beiden Richtungen den Main entlang. Wahrscheinlich würde Frau Schwind die Tasche irgendwo auf den Wegen ablegen müssen.

Die Direktive lautete Erfüllung und Observation. Das Lösegeld sollte übergeben werden, dann erst würden die Täter nach Möglichkeit verfolgt. Dazu war Frau Schwinds Mobiltelefon angezapft worden, die Tasche mit einem Sender versehen, und an allen Straßenkreuzungen standen unauffällig postierte Beobachter. Celep hatte auf Anweisung ihres Chefs den Funksender verschwiegen, der in die Tasche eingearbeitet war.

Seit dem frühen Morgen waren gemischte Streifen unterwegs. Zivil, per Fahrrad, zu zweit zu Pferd. Ab halb zehn würden noch weitere Beamte eingesetzt, die die Mainwege entlangjoggen sollten. Niemand würde die Beamten als solche erkennen können.

Ein Hubschrauber war abrufbereit, ebenso Kollegen, die sämtliche Straßen der Umgebung absperren könnten. Die Wasserschutzpolizei war mit allen Kräften im Hafengebiet stationiert. Einige mobile Einsatzgruppen verteilten sich auf die nächstliegenden Ortschaften.

Max Brinkmann war noch immer in Polizeigewahrsam. Nachdem er den Kollegen angegriffen hatte, war nichts mehr aus ihm herauszubekommen gewesen. Max schwieg beharrlich, als würde er damit Marlene schützen wollen. Aber was genau in seinem Kopf vorging, war nicht wirklich nachvollziehbar. Die Psychologin, die den Erpresserbrief analysiert hatte, war mit allen Informationen nebst dem Verhörprotokoll versorgt worden und schloss eine Mittäterschaft zu 90 Prozent aus. Celep glaubte das sogar hundertprozentig. Nur was wollte Max verschweigen?

Ansonsten hatten sie kaum Spuren. Eine Sache war seltsam. Henning Schwind hatte sich auf einem nahe gelegenen Parkplatz mit einer minderjährigen Nachbarin vergnügt. Ein Beamter war ihnen gefolgt, anscheinend hatte Henning Schwind keine beson-

dere Sorgfalt verwandt, unentdeckt zu bleiben. Ein Techtelmechtel in direkter Nähe seines Hauses. Und das, als seine Tochter bereits entführt war. Diese Tatsache machte Celep stutzig. Sie konnte sich nicht vorstellen, in solch einem Fall an Sex zu denken. War Schwind so kaltschnäuzig oder hatte er selbst mit der Entführung Marlenes zu tun? Ganz auszuschließen war das nicht. Häufig waren enge Verwandte oder Freunde tatbeteiligt. Immerhin hatten sie die besten Informationen über die Opfer und ihre Gewohnheiten. Celep musste an den kleinen Jakob von Metzler denken, der von einem Freund seiner Schwester in Frankfurt entführt worden war. Celep war am Rande in den Fall involviert gewesen, da Gäfgen, der Entführer, direkt nach der Lösegeldübergabe in Celeps Dienstbereich gefahren war, um einen Mercedes zu kaufen. Zuvor hatte Gäfgen dem Jungen Mund und Nase zugeklebt und ihm zugesehen, wie er langsam erstickt war. Als das Lösegeld übergeben wurde, war Jakob schon lange tot. Gäfgen hatte nicht nur gewissenlos getötet, sondern auch die Hoffnung der Eltern mit Füßen getreten.

Celep blickte auf das Smartphone, allmählich mussten sie sich auf den Weg machen.

Ein Mädchen war entführt worden. Aus ihrer Schule! Es war einfach undenkbar. Herta Kleinschmitt war entsetzt. Sie starrte das Bild in der Zeitung an. Marlene Schwind. Sie kannte die Kleine. Ihre Hände begannen zu zittern, als sie versuchte, die Zeitung zusammenzulegen. Dunkle, verdrängte Bilder stiegen aus ihrem Inneren hoch wie Faulgase aus einem Sommerteich. Sie wollte diese Gedanken nicht zulassen, es würde sich alles aufklären, Marlene würde sicher bald wieder auftauchen. Wohlbehalten. Hände auf einem Kinderkörper. Sie kam auf die Beine, taumelte, hielt sich am Schreibtisch fest, bis der Schwindel vorüber war. Sie kramte in ihrer Handtasche und entschied sich für eine einfache Dosis Methylphenidad. Die Tablette hinterließ ein Brennen in ihrer Speiseröhre, wie immer, wenn sie sie ohne Wasser einnahm. Während Herta Kleinschmitt das Direktorat verließ, fuhr sie sich mit der flachen Hand über das Gesicht, wie man über eine Tafel wischt, doch der Schrecken war keine Kreideschrift, er war in ihr Innerstes eingebrannt. Lass sie heil zurückkommen, bitte, lass sie heil zurückkommen.

Die Flure waren wie ausgestorben. Die Stille dröhnte in ihren Ohren. Herta Kleinschmitt war versucht, die nächste Tür aufzureißen, um Kinder zu sehen, Leben, Lachen, doch sie fürchtete, auf verlassene Klassenzimmer zu stoßen, allein in diesem Gebäude zu sein, allein auf der Welt womöglich. Sie wankte durch die Gänge, es dröhnte so laut, war es das Blut, das in ihren Ohren kreischte? Irgendwie erreichte sie das Direktorat, ihr Kreislauf

entgleiste ihr, sie sollte den Notarzt rufen, um nicht von verschreckten Kindern gefunden zu werden oder unverständigen Kollegen wie beim letzten Mal, als sie einen Zusammenbruch hatte. Sie blickte um sich, vor sich das Fenster zum Pausenhof, sie sollte in ihr Zimmer, an ihren Schreibtisch, da war der Bungalow des Hausmeisters, der hatte sich diesen Montag freigenommen, ausgerechnet heute, der Vorhang war zur Seite geschoben, das Fenster war beschlagen, da war etwas, undeutlich hinter dem Grau, ein Mädchen, Marlene, sie schrieb mit einem Finger in den Nebel auf dem Glas, ein H schrieb sie, ein I, HILFE, schrieb sie und verschwand.

Herta hätte geschrien, wenn sie eine Stimme gefunden hätte in ihrem aufgewühlten Inneren. Sie drückte sich die Hand auf die Brust, das Herz wollte ihr aus dem Körper springen, das Blut raste, sie kam noch zur Tür, in den Raum, an ihren Schreibtisch und fiel in den Sessel, auf das Polster und fiel tiefer, in ein tröstliches Dunkel.

Der Parkplatz am Floßhafen war nur halb belegt. Ein Kollege in Zivil stand an der Einfahrt und erwartete sie. Er trug eine Sonnenbrille. Filmreif, dachte Johanna Celep und grinste in ihrer Anspannung. Der dunkle VW-Bus rollte auf den vorgesehenen Standplatz. Sie öffnete Ina Schwind die Schiebetür und half ihr beim Aussteigen. Schwind blinzelte in die Sonne. Es war hell, ein so heller Tag. Das Wasser schlug glucksend an die Kaimauer.

»Eigentlich müsste ich auf die Toilette«, sagte Frau Schwind.

Celep sah sich um, sie konnte schlecht sagen, dass sie sich hinter einen Busch hocken sollte.

»Seit Tagen habe ich nichts gegessen und kaum getrunken, und ausgerechnet jetzt meldet sich mein Körper mit seinen Bedürfnissen.« Frau Schwind lächelte unbeholfen. »Aber ich werde das noch aushalten.«

Ernst Kremer hob das Fahrrad aus dem Wagen und war ihr behilflich, den Rucksack mit dem Lösegeld anzulegen. Seine Hand hielt den Lenker, als wollte er ihr Halt geben. Celep stand neben dem Fahrrad und versuchte, Frau Schwind aufmunternd anzublicken. Sie hätte gerne irgendetwas Freundliches gesagt, wusste aber nicht, was. Daher klopfte sie der Frau nur leicht auf die Schulter. Sie hätte sie gerne in den Arm genommen, doch etwas hielt sie davon ab. Das Funkgerät rauschte. Leise sprach ein Beamter in das Mikrofon. Sie standen eine Weile schweigend herum. Nahe dem Ufer tuckerte ein Motorboot vorbei. Gegenüber auf der Insel, die den Floßhafen vom Fluss trennte, stoben

ein paar Vögel auf. Es waren Enten, die kurz darauf mit ausgebreiteten Flügeln auf dem Wasser landeten.

Da ertönte das kurze Ringen aus dem Mobiltelefon: Eine Nachricht war eingegangen.

fahren sie richtung seligenstadt den main entlang bis sie weitere anweisungen erhalten keine polizei sonst stirbt das kind

Frau Schwind reichte Celep das Telefon, die blickte kurz auf das Display und gab ihr das Handy wieder zurück.

»Sie haben es bald hinter sich«, sagte Celep und versuchte ein Lächeln, das ihr aber missglückte.

»Keine Polizei«, wiederholte Frau Schwind die Anweisung der Entführer. Der Rest des Satzes schien ihr nicht über die Lippen zu gehen. Dann setzte sie sich auf das Rad und begann in die Pedale zu treten. Fast verlor sie das Gleichgewicht, dann stabilisierte sich das Rad, nahm Fahrt auf.

Celep schaute ihr hinterher. Unterwegs hatte Frau Schwind gemeint, es käme ihr vor wie eine Ewigkeit, dass sie auf einem Fahrrad gesessen hatte. Dabei würde es nur ein paar Tage zurückliegen. Sie sei mit Marlene in die Fasanerie geradelt, am Spielplatz hätten sie haltgemacht, weil Marlene unbedingt schaukeln wollte. Aber Ina Schwind hatte vorgehabt, erst eine Weile zu fahren und nicht schon nach fünf Minuten anzuhalten. Marlene wäre schmollend hinter ihr hergekommen. Das nächste Mal, hatte sie abschließend gesagt, würde sie Marlene schaukeln lassen, solange sie wollte, und wenn es für immer wäre. Celep hatte ihr ein Taschentuch gereicht, mit dem Frau Schwind sich über die Augen gewischt hatte. Den Rest des Weges hatten sie geschwiegen.

Frau Schwind würde alles richtig machen. Drückende Blase hin oder her. Celep fühlte eine Kraft in der Frau, die die Gefühle im Zaum halten konnte. Diese Kraft schien aber auch Wärme und Mitgefühl im Griff zu haben. Irgendwie hatte Frau Schwind

etwas Kaltes an sich, oder war es einfach nur eine unbestimmte Antipathie, die Celep verspürte? Doch darüber wollte sie sich jetzt keine Gedanken machen.

»Wo ist sie?«, fragte sie den Mann an der Technik.

»Frau Schwind passiert gerade das Schloss. Sie hat ein gutes Tempo drauf.«

Celep musste an den Disput denken, kurz bevor sie abgefahren waren. Henning Schwind hatte unbedingt mitkommen wollen. Während seine Frau das strikt ablehnte. Sie würde sich handlungsfähiger ohne ihn fühlen, was Celep ein wenig nachvollziehen konnte. Darüber waren sie in Streit geraten. Verständlicherweise lagen die Nerven bei den Eltern blank, aber die Hitzigkeit hatte Celep schon gewundert. Aus Angst, nicht rechtzeitig loszukommen, schaltete sie sich ein.

Sie sagte, dass sie Henning gerne im Haus wüsste, dass es wichtig sei, ihn hierzulassen. Schließlich wüsste man nicht, wann Marlene freigelassen würde, jemand musste zu Hause warten. Das hatte Henning irgendwann eingesehen, und sie hatten sich wie geplant auf den Weg machen können.

Mittlerweile hatte Frau Schwind mit ihrem Rad die Schrebergärten hinter sich gelassen und fuhr den Main entlang weiter Richtung Seligenstadt. Bald müsste eine neue Nachricht kommen. Vielleicht könnte Frau Schwind dann ihre Tochter wieder in die Arme schließen. Sachte schüttelte Johanna Celep den Kopf.

Es war bereits elf Uhr am Montagvormittag. Johanna Celep und Ernst Kremer saßen im VW-Bus, der am Floßhafen parkte. Vor ihnen der Technikbeamte am Funkgerät. Er hatte gerade Kontakt mit dem Posten vor Seligenstadt, der meldete, dass Frau Schwind in Sichtweite sei. Bisher war noch keine Übergabe des Lösegeldes erfolgt. Celep wurde nervös. Laut SMS hatte Frau Schwind Richtung Seligenstadt radeln sollen. Also hatte sie vermutet, dass das Lösegeld auf der Strecke dorthin übergeben werden sollte. Wie es dann weiterging, war nicht gesagt worden. Aber irgendetwas war schiefgelaufen. Der Entführer musste die Zivilbeamten, die als Jogger oder Reiter getarnt den Main entlangpatroullierten, durchschaut haben oder aber er hatte einen der versteckten Posten entdeckt. Oder es gab einen Grund, den Celep noch nicht erkennen konnte.

»Frau Schwind soll zurückfahren«, sagte sie zu dem Funker. Sie würden auf neue Anweisungen warten müssen, es sei denn, eine weitere Nachricht würde Marlenes Mutter auf der Rückfahrt übermittelt werden. Bisher jedenfalls war noch nichts eingegangen.

Celeps Telefon vibrierte in ihrer Tasche. Hastig zog sie es heraus. Thorstens Stimme.

»Sorry, ich kann jetzt nicht«, sagte Celep und wollte ihn wegdrücken.

»Johanna!«, seine Stimme klang fremd. Schrill, fordernd.

»Du hast nie Zeit, wenn ich dich anrufe.«

»Thorsten, ich bin im Dienst. Ich kann jetzt wirklich nicht. Ich melde mich später.«

»Lass uns heute Abend essen gehen, dann können wir in Ruhe reden.«

Der Funker sagte etwas. Kremer lachte daraufhin. Fuhr Frau Schwind bereits zurück? Sie musste ihre Telefonleitung frei halten.

»Gut. Heute Abend«, sagte sie.

»Um acht in der *Venezia*?«

Sie bejahte und legte endlich auf. Sofort danach klingelte ihr Telefon erneut. Kremer grinste sie an. Am liebsten hätte sie ihm einen Tritt ans Schienbein verpasst, doch zwischen ihnen war der Tisch mit den Lageplänen aufgeklappt.

Der Anruf kam aus der Polizeidirektion. Böhm teilte mit, dass Max Brinkmann auf freien Fuß gesetzt worden war. Der Staatsanwalt hatte keine schwerwiegenden Indizien feststellen können, die einen weiteren Aufenthalt in Untersuchungshaft gerechtfertigt hätten. Der Angriff auf den Kollegen im Verhörraum wäre aufgrund der psychischen Belastung des Inhaftierten zu rechtfertigen, immerhin wäre Brinkmann nicht komplett zurechnungsfähig. Das war Celep recht. Max Brinkmann verschwieg etwas, aber es hatte nach ihrer Einschätzung nichts mit der Entführung zu tun.

Sie würde ihn sich noch einmal vornehmen, wenn die Sache hier beendet wäre. Celep glaubte nicht mehr an eine erfolgreiche Übergabe des Lösegeldes und an ein baldiges Auftauchen des Mädchens. Sie wusste, wenn sie es sich auch noch nicht gänzlich eingestehen wollte, dass es für Marlene nun sehr schlecht aussah.

Celep stieg aus dem Einsatzwagen und trat an die Kaimauer. Das Wasser floss gleichmäßig vorüber. Ihr kam dieser Vergleich in den Sinn: Das Leben sei nichts weiter als die wenigen Wellen, die ein Fluss aufwirft, hält man ein Stöckchen ins Wasser. Davor

und danach ist es ein Teil des großen Ganzen. War das tröstlich, wenn das eigene Kind entführt worden war? Oder musste man schon Buddhist sein, um Schicksalsschläge halbwegs unbeschadet überstehen zu können? Celep zuckte zusammen, als ihr Telefon klingelte. Rasch fingerte sie es aus der Tasche.

»Böhm noch mal. Gerade hat eine verwirrt wirkende Frau für Sie angerufen.«

»Was wollte sie?«

»Sie meinte irgendetwas von einem Mädchen hinter einem Fenster, angeblich das Entführungsopfer.«

»Wer war die Frau?«

»Herta Kleinschmitt. Sie sagt, sie sei die Direktorin der Selma-Lagerlöf-Schule. Aber das kann ich mir nicht vorstellen.«

Celep lief auf einen Wagen zu, in dem ein Zivilbeamter Zeitung las. »Geben Sie mir die Nummer durch. Ich bin unterwegs.«

Olga blickte mit finsterer Miene ins Behandlungszimmer. Sie hatte am Morgen putzen wollen und feststellen müssen, dass nur kaltes Wasser im Haus war. Die Schieflage des Gebäudes hatte sie mit einem Gesichtsausdruck quittiert, der May beinahe ein schlechtes Gewissen verursachte. Sie hatte natürlich recht gehabt, was die Einladung des Gutachters betraf. Aber das kalte Wasser bereitete ihr offensichtlich noch größeres Missbehagen als ein schiefes Haus.

»Da draußen ist jemand, der macht Schild in Garten.«

May sah aus dem Fenster. Es interessierte ihn nicht. Er war müde, hatte nicht geschlafen. Immer wieder war ihm Marlene in den Sinn gekommen. Wo war sie? Wie ging es ihr? War sie unversehrt?

Am Morgen hatte er die Schlagzeilen in der Zeitung gesehen. Die Entführung war Thema auf den ersten Seiten. Von einer größeren Lösegeldsumme war die Rede und dass auf die Forderungen der Entführer vollumfänglich eingegangen werden würde.

May hatte sich gewundert. Er hielt es für gefährlich, die Entführer unter Druck zu setzen. Hoffentlich würden die Beamten das Richtige tun. Darauf musste er sich verlassen. Schließlich war er kein Polizist, sondern nur ein Tierarzt.

Zum Glück war wenig los gewesen in der Sprechstunde, er hatte einfach nicht die Konzentration aufbringen können, die nötig war, um die Patienten fachgerecht zu behandeln.

Draußen sah er eine Gestalt an einem Pfosten hantieren, der bisher nicht dagestanden hatte. May ging vor das Haus.

»Kann ich Ihnen helfen?«, sagte er zu einem Mann, der gerade ein Schild an dem Pfosten anbrachte.

»Das Gebäude entspricht nicht mehr den Sicherheitsrichtlinien und wird hiermit bis auf Weiteres gesperrt«, sagte der und nagelte weiter mit einem kleinen Hämmerchen Nägel in das Schild.

May trat hinzu. *Betreten verboten. Der Magistrat der Stadt*, war dort zu lesen.

»Ich habe gerade Sprechstunde«, sagte May, weil ihm nichts anderes einfiel.

»Die müssen Sie sofort beenden, sonst wird das Haus zwangsgeräumt! Akute Einsturzgefahr.« Er legte sein Werkzeug beiseite und überreichte May einen Umschlag. »Hier ist die Verfügung. Wenn das Gebäude von einem vereidigten Gutachter überprüft wurde, melden Sie sich bei uns. Bis dahin ist es für jegliche Nutzung gesperrt. Auf Wiedersehen.« Damit packte er seine Sachen und ging.

May sah dem Mann hinterher. Dann betrachtete er das Schild. Sah das Haus hinauf. Blickte in den Garten. Ein Eichhörnchen huschte über die Wiese und erkletterte einen Baumstamm. Ratlos stieg May die Stufen zur Eingangstür hinauf.

»Schicken Sie die Leute nach Hause«, sagte er zu Olga, obwohl niemand im Wartezimmer saß. »Bis auf Weiteres bleibt die Praxis geschlossen.«

Die Treppe zu seiner Wohnung kam ihm krummer und steiler vor als je zuvor. Er betrat die Küche und füllte Kaffeepulver und Wasser in die Kaffeemaschine. Dann setzte er sich an den Tisch und schaute zum Fenster hinaus. Erst nach ein paar Minuten bemerkte May, dass er die Maschine nicht eingeschaltet hatte. Er hatte sowieso keine Lust auf einen Kaffee. Mit einer Bewegung,

die ihm Mühe bereitete, weil seine Knochen ihm schwer wie nasses Holz vorkamen, schaltete er das Radio ein. Auf dem Regionalsender berichteten sie von Marlenes Entführung. May hatte den Anfang verpasst. Etwas schien schiefgelaufen zu sein. Etwas hatte die Übergabe des Lösegelds vereitelt. Woher hatte der Sender seine Informationen? Das war doch Gift für Marlenes Befreiung! Er konnte nicht einfach hier sitzen und nichts tun! May lief zum Telefon und wählte die Nummer der Schwinds. Es war besetzt.

Das geht gar nicht!« Kremers Stimme klang schrill aus dem Lautsprecher des Mobiltelefons. Johanna Celep hielt das Gerät eine Handbreit von ihrem Ohr entfernt.

»Du kannst nicht auf eigene Faust losziehen, warte, bis das SEK vor Ort ist.«

Celep versuchte, Kremer zu beschwichtigen. »Kollege Hasenstab ist doch dabei, außerdem ist es nur eine Vermutung. Ich glaube kaum, dass das Entführungsopfer in aller Ruhe eine Scheibe bemalt.«

»*Hilfe* hat das Kind geschrieben! Hast du das nicht selbst gesagt?« Kremer schien sich allmählich zu beruhigen.

Celep deutete auf einen freien Parkplatz, auf den Hasenstab den Wagen lenkte. »Außerdem ist das SEK noch am Main, bis die in die Gänge kommen, du weißt doch, ohne Einsatzbefehl geht da gar nichts.« Sie öffnete die Tür und stieg aus. »Ernst? Ich gehe einfach nur einem Hinweis nach, häng das nicht an die große Glocke.«

»Ich finde das unverantwortlich. Aber wenn es klappt, bist du natürlich die Heldin.«

»Danke, du mich auch«, sagte Celep und legte auf. Das war nicht nett, sie so darzustellen. Es ging um Marlene Schwind und um sonst gar nichts. Nein, wirklich nicht.

Celep eilte über den Schulhof. Aus dem Portal strömten schreiende Kinder wie eine bunte, aufgewirbelte Flut.

»Merhaba«, sagte ein türkischer Junge, der an ihnen vorbeikam.

»Kennen Sie den?«, fragte Hasenstab.

Celep wusste nicht, ob er das ironisch gemeint hatte, also ignorierte sie die Frage. Linker Hand registrierte sie ein buntes Klettergerüst aus Metallrohren, an dem ein aufgespannter roter Kinderregenschirm hing. Und das bei diesem Frühlingswetter. Sie stürmte die Treppe hinauf, Hasenstab hinterher. Durch die Glastür sah sie die Frau. Mager, in einem dunklen Hosenanzug. Sie kratzte sich am Hals, als Celep die Tür öffnete.

»Sind Sie von der Polizei?«, rief sie ihnen entgegen. »Ich bin Frau Kleinschmitt, die Direktorin.«

Johanna Celep schüttelte ihr die Hand und blickte sich um. Hasenstab war ein paar Schritte hinter ihr stehen geblieben »Wo, sagten Sie, haben Sie das Kind gesehen?«

Die Frau deutete nach draußen, auf die andere Seite des Schulhofs. Ihre Armreifen klirrten »Dort! Im Hausmeisterbungalow. Sie hat *Hilfe* auf die Glasscheibe geschrieben.«

»Wie heißt der Mann?«

»Der Hausmeister? Dirk Fausner. Er ist neu an der Schule. Ich hatte von Anfang an ein seltsames Gefühl.«

Sie setzten sich gemeinsam in Bewegung. »Und Sie sind sich sicher, dass das Marlene Schwind war?«

»Ich kenne doch meine Kinder.«

Als sie das flache Gebäude fast erreicht hatten, forderte Celep die Direktorin auf, Abstand zu halten. Beim Näherkommen fiel ihr die beschlagene Scheibe auf – und die Schrift, die vollständig verblasst war. Streifen, die Kondenstropfen gezeugt hatten, zogen sich zum unteren Rand des Fensterrahmens. Celep postierte sich links der Tür, während Hasenstab, mit der Waffe in der Hand, sich nach rechts stellte. Sie klingelte.

Bevor sich etwas tat, klingelte sie erneut. Dann öffnete sich die Tür einen Spalt.

Dirk Fausner blickte erstaunt von Hasenstab zu Celep und

zurück. Hasenstab hatte die Dienstwaffe hinter seinem Rücken verborgen.

»Herr Fausner?«

Er bejahte. »Was wollen Sie?«

»Ich bin Hauptkommissarin Celep und das ist mein Kollege Polizeioberwachtmeister Hasenstab. Dürfen wir hereinkommen?«

»Um was geht es denn in Dreiteufelsnamen?«

»Das sagen wir Ihnen drinnen. Würden Sie jetzt die Tür frei machen?«

Celep sah hinter Fausner eine Bewegung. Ein kleines Mädchen stand hinter ihm und ergriff die Hand des Hausmeisters.

»Wer ist denn das, Opa?«

»Geh wieder an den Tisch, Hilde, ich komme gleich.«

Celep hatte das Gefühl, als schlüge ihr jemand in den Magen. »Ist das Ihre Enkelin?«

Er nickte und trat endlich zur Seite. Celep ging ein paar Schritte in das Haus, Hasenstab folgte ihr, er hatte die Pistole wieder in das Futteral gesteckt. Er schloss die Tür vor der Direktorin, die im Begriff war, mit hereinzukommen.

Das Mädchen saß am Tisch, einen nahezu leer gegessenen Teller mit Gulasch vor sich stehen. Die ganze Wohnung war in einen leichten Dunst aus Kochwasser und dem Geruch von Fleisch und Tomaten gehüllt.

»Entschuldigen Sie, Herr Fausner«, sagte Celep kleinlaut. »Wir gehen nur einem Hinweis nach.«

»Bitte erklären Sie sich! Welchem Hinweis? Was soll ich gemacht haben?«

Seine Augen waren gerötet. Celep kam es so vor, als würde der Mann gleich anfangen zu weinen. Er kam ihr wie eine Maus vor, die vor einer, besser zwei Katzen, in einer Ecke saß und die um alles in der Welt ihr nacktes Junges verteidigen wollte.

»Ein Kind, wohl Ihre Enkelin, hätte *Hilfe* an die Fensterscheibe geschrieben.«

Fausner lachte, doch der Laut klang nach Verzweiflung. Er war ein Mensch, da war sich Celep sicher, der immer einzustecken hatte. Und sie hatten ihm gerade noch eine verpasst.

»Hilde? Hast du etwas an die Scheibe gemalt?«

Das Mädchen sah auf den Teller und schob die Lippen vor.

»Du warst doch vorhin am Fenster. Was hast du auf die Scheibe geschrieben?« Er trat zu seiner Enkelin und strich ihr sachte über den Kopf. »Du musst keine Angst haben, meine Kleine.«

Zögerlich, als wären sie von der sämig gekochten Gulaschsoße verklebt, kamen die Worte. »Ich habe, ich habe doch nur meinen Namen an die Scheibe gemalt.«

Hilde! Sie hatte *Hilde* geschrieben, und nicht *Hilfe*! Celep wäre am liebsten nach draußen gestürmt und hätte die Direktorin an ihren hageren Schultern gepackt und die kleine Gestalt durchgeschüttelt. Hilde!

Henning Schwind dachte, als er seine Frau sah, einen Moment an König Lear im Wahn. Dieser Gesichtsausdruck, der eine zerrissene Seele widerspiegelte. Es war doch König Lear? Das Stück hatte er vor Jahren gesehen, zu der Zeit, als Marlene noch nicht geboren war, als sie noch in Theater und Kinos gingen. Er hatte damals gedacht, dass ihm so etwas nie passieren würde. Seine Kinder würden ihm nicht in den Rücken fallen. Und jetzt? Seine einzige Tochter war entführt worden, und die Polizei hatte ihm bedauernd mitgeteilt, dass es nicht zur Lösegeldübergabe gekommen wäre. Seine Frau hatten sie am Rande der Fasanerie mit ihrem Rad abgesetzt. Es war unfassbar! Wie konnten sie Ina einfach irgendwo absetzen? Auch wenn sie darauf bestanden hatte?

Henning Schwind war bald selbst immer wahnsinniger geworden, je länger er auf sie gewartet hatte, und irgendwann hatte er es nicht mehr ausgehalten und das Haus verlassen, um sie zu suchen.

Doch da war sie ihm schon entgegengekommen. Sie hatte wie eine alte Frau auf ihrem Rad gesessen, leicht wankend, und hatte diesen Gesichtsausdruck. Wie der einsame König.

Er war voller Angst. Angst um Marlene, aber auch Angst wegen Ina. Doch in dieser Angst um seine Frau war auch noch ein anderes Gefühl, das er sich nicht eingestehen wollte: Wut. Ja, er war wütend auf sie, weil sie einfach in der Gegend herumgefahren war, während er zu Hause saß und wartete. Und dieses Aus-

harren war das, was er gerade überhaupt nicht aushalten konnte. Wie ein Gefesseltsein in seinen Gefühlen, eine Ohnmacht, der er nichts entgegenzusetzen hatte.

»Wo warst du denn die ganze Zeit? Ich bin fast verrückt geworden vor Sorge.«

Ina schaute ihn an, als hätte sie ihn nicht verstanden. Sie stieg von ihrem Fahrrad, das sie nun wie ein Zaun voneinander trennte.

»Wieso haben die das Geld nicht geholt? Was ist denn mit Marlene?« Er wusste, dass seine Frau auch keine Antworten hatte, wusste, dass sie selbst voller Fragen und ohne Lösungen war, und doch fragte er.

Was hätte er sonst tun sollen?

Ina starrte ihn weiter an und sah aus wie eine gestürzte Königin. Er wollte sie in den Arm nehmen, doch da stand dieses Fahrrad zwischen ihnen wie eine unüberwindbare Grenze, und Henning Schwind erkannte, dass diese Grenze Bestand haben sollte, auch wenn das Fahrrad wieder in der Garage stehen und kein räumliches Hindernis mehr darstellen würde.

»Was willst du von mir?« Inas Worte waren beinahe gegenständlich, Hiebe aus Buchstaben, geformt von Lippen, die hart waren, verhärtet von Furcht und Hoffnungslosigkeit.

»Komm, lass uns nach Hause gehen«, sagte Henning.

»Nach Hause?« Ina lachte schrill auf. »Welches Zuhause? Von nun an habe ich kein Heim mehr, nur noch ein Gefängnis. Und du bist nichts mehr als ein mieser Kerkermeister. Ein Übel, das mich total krank macht, lange schon.«

Henning hörte ein Knacken in seinem Inneren. Etwas ging gerade kaputt. Und er war daran nicht unschuldig.

»Ina, bitte sei still und komm mit nach Hause.«

Sie begann, am ganzen Körper zu zittern. Er hätte sie in den Arm nehmen und trösten sollen. Einfach in den Arm nehmen.

»Ich hasse dich«, sagte sie mit Tränen in den Augen. Dann stieß sie das Fahrrad von sich, direkt gegen seine Beine, und ging steif davon, wie eine Betrunkene, die sich zusammenzureißen versucht.

Das kleine Mädchen kauerte auf dem Boden in dem düsteren, kahlen Raum. Es hob seinen Kopf und sah sie direkt an. Johanna Celep spiegelte sich in den schwarzen Pupillen des Kindes. Dann erkannte sie es. Es war sie selbst, mit zwei, drei Jahren. In dem Blick lag etwas wie eine Bitte, oder vielmehr eine Sehnsucht. Das Kind hustete, versuchte krampfhaft einzuatmen.

Johanna wachte auf, schnappte nach Luft, als sei sie aus dunklen Tiefen aufgetaucht. Angekleidet lag sie auf dem Sofa in ihrer Wohnung. 21.24 Uhr zeigte das Display ihres Telefons. Kaum halb zehn. Sie blickte sich um, langsam, zögerlich wie eine verwilderte Katze, kam die Erinnerung zurück. Marlene. Die geplatzte Lösegeldübergabe, die Sache mit dem Hausmeister, der Zusammenbruch Henning Schwinds, die stundenlangen Besprechungen in der Dienststelle, Vorwürfe, Schuldzuweisungen. Und die Rettung des entführten Kindes rückte mit jeder Minute in weitere Ferne.

Das Telefon klingelte. Ihre Eltern. Sie hatte sich bisher noch nicht bei ihnen zurückgemeldet. Weitere Vorwürfe lauerten hinter der Annahmetaste. Johanna drückte das Gespräch weg. Ihr Kopf dröhnte. Es war ihr, als steckte ein vibrierender Stab in ihren Ohren, den sie sowohl als Schmerz wie auch als Geräusch wahrnahm. Etwas Metallenes mischte sich dazwischen. Das Türschloss. Eine Gestalt trat ins Zimmer und schaltete das Licht an. Es schmerzte in ihren Augen.

»Hier bist du!« Thorsten stand vor ihr. Der Mann, den sie liebte,

der sie heiraten wollte. Sie hatte vergessen, dass sie mit ihm zum Essen verabredet gewesen war. Was hätte sie darum gegeben, jetzt alleine zu sein.

»Ich habe über eine Stunde auf dich gewartet!«

»Es tut mir leid.« Johanna dachte an das entführte Kind. An Marlenes Angst.

»Alle zwei Minuten kam der Kellner an den Tisch, als würde er mir nicht glauben, dass ich verabredet bin.«

Johanna verstand Thorsten nicht. Seine Wörter waren wie kleine Hammerschläge, die immer wieder auf die gleiche Stelle einhackten.

Thorsten hämmerte weiter. Tocktocktock. Sie sei nicht bereit, sich zu binden. Tocktock. System hätte das, ihn zu versetzen. Tocktock. Ihr Schädel schien platzen zu wollen. Therapie. Angst vor Nähe. Tocktocktock. Marlene Schwind. Das kleine dunkelhaarige Kind. Ihre Ohnmacht, den beiden Mädchen nicht helfen zu können. Tocktocktock. Thorstens Worte, ohne dass sie sie verstehen konnte. Die Münder der Mädchen, die sich öffneten und schrien, sie schrie, sie war es, die schrie. Thorsten taumelte vor Schreck zurück. Johanna schrie ihre Ohnmacht heraus, ihre Angst, versagt zu haben, das Grauen, das sie überwältigte, wenn sie an das hilflose, entführte Kind dachte, das jetzt irgendwo war und vergeblich darauf wartete, dass jemand käme, es zu befreien.

NOVEMBER

Mit dem Raureif kehrt
Die Erinnerung zurück:
All die ungelebten Stunden,
Und der verpasste Augenblick,
Sich in die Augen zu sehen
Und sagen: Bleib doch,
Mein Licht, mein Leben

Schwarze, versteinerte Knochen. So standen die Äste der Bäume in den Novemberhimmel. Der Himmel: ein samtiges Grau, dabei hell und beinahe blendend. Er wirkte künstlich, wie inszeniert. Auf den gewundenen Wegen hatte das Grau des Kieses die gleiche Farbe angenommen, nur weniger strahlend. Das Grün der wenigen Kränze schien sich vor dem übermächtigen Grau klein zu machen, sich zurückzuziehen. Nur der gelbe Schal des Pfarrers setzte dem ein Strahlen entgegen.

Die Kleidung der Trauergäste passte zu dem Schwarz der Krähen in den Bäumen. Die Vögel äugten auf das offene Grab. Ihr heiseres Rufen schien die Lebenden gemahnen zu wollen, dass die Zeit auf Erden kurz wäre. Eine Böe strich über die Grabsteine, mischte den Geruch von frischer Erde in die Luft, die nach Kälte und Kohlestaub roch.

Es waren nicht viele Leute gekommen. Einige Nachbarn, eine alte Freundin im Rollstuhl, die nicht recht zu wissen schien, wo sie sich befand. Der Pfarrer natürlich, zwei Messdiener. Die Angehörigen. Verwandtschaft gab es nicht mehr viel, und von den wenigen waren nur ein paar gekommen. May konnte es ihnen nicht verdenken.

Rechtschaffen, hatte der Pfarrer gesagt. Rechtschaffen war sie gewesen. In eine schwere Zeit geboren, die Tod und Verderben gebracht hatte, die die Moral mit Füßen trat, die Hunger und Entbehrung lehrte. Doch sie war rechtschaffen geblieben.

Die Totengräber ließen an dicken Stricken den Sarg in die

Grube. Kühler Wind kam auf. Kragen wurden aufgestellt und Schals festgezogen. Ein paar kupferfarbene Blätter wehten auf das polierte Holz des Sargs, um mitbeerdigt zu werden. Die Luft roch jetzt nach Regen. Nach kaltem Regen, der durch Stoff und Futter dringen würde, um die Knochen auszukühlen.

»Der Sarg hätte Tante Anni sicher nicht gepasst«, flüsterte Luise zu Mays Linken.

»Genau«, sagte Penelope zu Mays Rechten. »Einer aus Sperrholz ist für mich gut genug.«

»Das ist doch hinausgeschmissenes Geld«, sagte Luise mit verstellter Stimme. »Hol mir lieber noch einen Himbeerschnaps.«

Die Mädchen kicherten.

May, der seine Töchter untergehakt hatte, drückte ihre Unterarme.

Doch das alberne Verhalten konnte er damit nicht unterbinden.

Penny und Luise schauten sich an und kicherten weiter. May löste sich und trat nach vorne. Es war so weit. Der letzte Gruß am offenen Grab. Er sah hinunter auf das honigfarbene Holz des Sarges. Sieben Blätter lagen darauf. Gefurchte Blätter, Ahornlaub. Wie sieben schlaffe Hände, die nach etwas griffen, was nicht mehr da war. Er dachte an die letzten Besuche im Krankenhaus. An die klaren Momente Tante Annis. Und wie sie gefragt hatte, in welchen Tälern die meisten Menschen starben. May hatte keine Antwort auf das Rätsel gewusst.

»In den Hospitälern!«, hatte Tante Anni gesagt und spitzbübisch gelächelt. »Und wenn du das nächste Mal kommst, bringst du mir eine Flasche Himbeergeist mit!«

Er hatte mit sich gerungen, dann doch eine Flasche Schnaps gekauft. Als er wieder ins Krankenhaus kam, war sie in der Nacht zuvor gestorben. Um zwei Uhr.

»Um die Zeit sterben viele«, hatte die Schwester gesagt. »Da ist

die Nacht am tiefsten, und der Tod hat es leicht, sich unbemerkt heranzumachen.«

Sie hatte vom Tod geredet, als wäre er ein lebendiges Wesen, und doch konnte May verstehen, was sie damit meinte. Er schenkte die Flasche Himbeergeist der Schwester, dann setzte er sich ans Bett zu Tante Anni. Sie war so klein geworden, nicht viel mehr als ein Kinderkörper lag vor ihm unter den weißen Laken. Wo war das alles nur hingegangen? Ein anderer Kinderkörper drängte sich in sein Bewusstsein. Und die Frage, wo dieser Körper jetzt wohl war. Doch daran wollte May nicht denken. Das Zimmer war stickig, obwohl das Fenster einen Spalt geöffnet war. Mays Augen tränten. Hätte er doch nur den Schnaps früher gekauft, schalt er sich und hatte mit einem Taschentuch in seinen Augen herumgewischt.

Jetzt nahm er die kleine Schaufel, murmelte ein paar Abschiedsworte und warf etwas Erde in das Grab. Ein dumpfes Echo drang an seine Ohren, dazu das Gekicher seiner Töchter.

Er drehte sich um und blickte streng. Luise lief rot an, dann nahm sie die Schaufel entgegen. Penelope drückte ein winziges Taschentuch auf ihren Mund, der nach Mays Meinung zu rot war für diesen Tag im November, für diesen Ort der Trauer. Auch wenn er einen guten Kontrast bildete zu ihren dunklen Haaren und ihrer schwarzen Kleidung, zu ihrer hellen, fast durchsichtigen Haut. Weiß wie Schnee, schwarz wie Ebenholz und rot wie Blut, kam es ihm in den Sinn, und er lächelte Penny kurz an. Er sollte sie endlich lassen, wie sie waren, alle beide, dachte er und drehte sich wieder zu Annis Grab.

Seine Schritte hallten in dem leeren Haus. Henning Schwind war noch ein letztes Mal durch alle Zimmer gegangen. Hatte all die Plätze in seiner Erinnerung besucht, die Marlene als Verstecke benutzt hatte, damals, als die Welt noch eine andere gewesen war.

Nach der geplatzten Lösegeldübergabe, als allmählich klar wurde, dass Marlene nicht zurückkommen würde, hatte sich Ina vollkommen verändert. Sie changierte zwischen depressiven Zuständen und Wutausbrüchen. Henning war nahezu erleichtert, als Ina die Koffer packte und ihm die Beziehung aufkündigte. Nicht lange, nachdem Ina ausgezogen war, hatte Henning sich eine kleine Wohnung gesucht. Er wollte nicht mit all den schmerzhaften Erinnerungen in diesem Haus zurückbleiben. Doch erst jetzt hatte er sich zum Verkauf entschließen können.

Als er das Exposé schreiben wollte, hatte er einen Stich in seiner Brust verspürt. Er konnte das Haus nicht selbst verkaufen. Also hatte er einen befreundeten Makler-Kollegen angerufen und ihn gebeten, die Sache zu übernehmen. Der hatte sofort zugestimmt und die Eckdaten aufgenommen. Henning war dankbar gewesen, dass er keine weiteren Fragen zu den Umständen beantworten musste.

Er blieb vor der Panoramascheibe zum Garten stehen. Das Gras war den Sommer über nicht gemäht worden. Jetzt lagen die schwärzlichen Halme nass und übereinandergehäuft und erwarteten nichts mehr als Fäulnis und Tod, Frost und Dunkelheit.

Der Wald dahinter sah ähnlich trostlos aus. Die Stämme glänzten wie kranke Knochen, das Laub darunter war novemberfarben: eine Mischung aus aschgrau, erdbraun, fahlgelb.

Der Zaun war an einigen Stellen heruntergebogen. Kurz davor hatte Henning den Brief im Gras liegen sehen, damals. Die Forderung der Entführer, die nie eingelöst wurde. Seitdem fragte er sich jeden Tag, weshalb? Und warum keine weiteren Nachrichten gekommen waren.

»Henning?«

Er erkannte die Stimme in seinem Rücken sofort.

»Die Tür war auf«, sagte Kata. Ihre Worte klangen in dem leeren Raum nach. Draußen flog ein Eichelhäher wippend durch den Garten, verschwand.

»Es tut mir so leid«, sagte Kata.

Henning drehte sich langsam um. Er musterte das Mädchen. Sie hatte sich im letzten halben Jahr verändert. Beinahe hätte er gedacht, sie sei erwachsener geworden, aber es war etwas anderes. Sie war nicht etwas geworden, sondern etwas war verschwunden. Als sie ein Verhältnis gehabt hatten, war sie ein Wesen zwischen Kind und Frau gewesen. Ihr Körper war ihm so gespannt vorgekommen, als wollte er bersten vor andrängender Weiblichkeit und war doch noch fast kindlich gewesen. Dieser Mischung aus Unschuld und Koketterie hatte er nicht widerstehen können, damals. Doch jetzt stand vor ihm ein fast fertiges Geschöpf, eine junge Frau, die ihm fremd geworden war.

»Was willst du?« Seine Worte waren Messer.

»Ich habe dein Auto gesehen.« Ihr Lächeln war verschwunden.

»Ich fordere dich auf, dieses Haus zu verlassen.«

»Warum bist du so?«

»Du hast damals die Presse benachrichtigt. Deinetwegen ist Marlene nicht zurückgekommen.«

»Ich habe nichts gesagt.« Kata wich einen Schritt zurück.

»Verpiss dich jetzt endlich«, rief Henning. Er sah, wie der Makler und das angekündigte Ehepaar an der Wohnzimmertür erstarrten. Henning hatte sie nicht kommen hören.

Katas Ausdruck veränderte sich schlagartig. Sie verzog den Mund, als hätte sie verdorbene Milch getrunken. »Fick dich, du vierzigjähriges Stück Scheiße«, schrie sie und rannte davon.

Sie hatte Angst. Den ganzen Tag schon war da etwas wie ein kleiner, heißer Funken. Kaum wahrnehmbar, doch vorhanden. Als sie ihren BH ausgezogen und die Brust abgetastet hatte, spürte sie etwas. Haselnussgroß, abgrenzbar. Es war sicher nur ein Lymphknoten. Eine Sache, die wieder verschwinden würde. Ingeborg erinnerte sich an die vielen Tumor-Operationen, bei denen sie ihrem Exmann assistiert hatte. Exmann. Das kam ihr noch immer schlecht über die Lippen. Noch nach all den Jahren. Es hörte sich nach Versagen an, nach ungenutzten Möglichkeiten, nach allzu viel Gewesenem und allzu wenig Kommendem.

»Wie war die Beerdigung?«

»Wie eine Beerdigung so ist«, sagte Penny. »Kalt und langweilig.«

»Immerhin war es eure Patentante.«

»Immerhin war sie über achtzig Jahre alt«, sagte Luise.

»Ihr werdet auch mal alt, schneller, als ihr es euch vorstellen könnt.«

»Was ist denn, Mama?« Luise legte ihrer Mutter eine Hand auf die Schulter.

»Was soll denn sein? Ich wollte nur wissen, wie die Beerdigung war. Das ist alles. Wie sah Arnfried aus?«

»Etwas mitgenommen«, sagte Penny.

»Papa sah gut aus, wenn du mich fragst«, sagte Luise.

»Es heißt, er sähe aus wie ein Penner.«

»Mama! Wer sagt denn so was?« Luise zog die Hand von Ingeborgs Schulter.

»Wie wäre es mit einem koffeinhaltigen Heißgetränk?« Penny ging in die Küche.

Ein Kaffee wäre jetzt nicht schlecht, dachte Ingeborg. »Und am Montag ist der Termin?«

»Welcher Termin?«

»Luise, von was reden wir denn gerade? Von Tante Annis Beerdigung.«

»Du meinst den Notartermin, der ist am Montag.«

»Tante Anni hatte ja nicht viel, soweit ich das einschätzen kann. Aber das Häuschen ist schon ein paar Mark wert.«

»Es gibt keine Mark mehr«, sagte Luise. »Außerdem ist es noch lange nicht raus, ob Penny und ich überhaupt was erben. Erst mal kommt Papa dran, schließlich ist er näher mit ihr verwandt.«

»Das sähe Arnfried ähnlich, alles einzukassieren. Hört mal zu! Ich werde mich vielleicht auch nicht immer um euch kümmern können! Das müsst ihr eurem Vater klarmachen, falls ihr leer ausgeht.«

Aus der Küche drang der gurgelnde Ton der Kaffeemaschine.

»Papa hat im Moment auch nichts«, sagte Penny, dabei stellte sie drei Tassen und Milch auf den Tisch.

»Das ist aber auch allein seine Schuld. Warum macht er denn die Praxis zu?« Ingeborg meinte das Brennen in ihrer Brust wieder zu spüren. »Er hat die verdammte Pflicht, Geld zu verdienen. Schließlich ist er nicht allein auf der Welt!«

»Die Praxis ist geschlossen worden, weil das Haus einsturzgefährdet ist«, sagte Luise.

»Dann soll er es reparieren lassen oder verkaufen und umziehen. Aber ewig rumsitzen und Däumchen drehen, davon wird es auch nicht besser.«

»Ich glaube, Papa hat Depressionen«, sagte Penny.

»Depressionen?« Ingeborg sah zur Decke. »Ja, damit kann man alles entschuldigen! Ich wäre froh, wenn ich Depressionen und nichts weiter hätte.«

Als sie zu weinen anfing, spürte sie die Blicke ihrer Töchter auf sich. Fragend, mitleidend, solidarisch. »Das Erbe steht euch zu. Zumindest ein großer Teil davon.«

Wie schlaffe Handschuhe klatschten die Platanenblätter auf ihre Windschutzscheibe. Mit einer trägen Bewegung wurden sie von den Wischern an den Rand geschoben, wo sie zusammengefaltet und nach einer kurzen, verzweifelten Anhaftung von der Scheibe gestoßen wurden. Der Nieselregen prickelte in Böen auf das Blech ihres Passats. Johanna Celep hatte den Dienstwagen genommen, um ihre Eltern zu besuchen. Sie wollte nicht erst zu Hause vorbeifahren. Dort wartete das schlechte Gewissen hinter den Türen wie eine ältliche Tante mit zusammengekniffenen Lippen. Johanna hatte ihre Wohnung in letzter Zeit vernachlässigt. Abends war sie meistens zu müde, um aufzuräumen und die Wäsche zu machen, und an den letzten Wochenenden war sie wegen einer Fortbildung unterwegs gewesen. Jetzt war sie theoretisch auf dem neuesten Stand der kriminologischen Forschung, was DNA-Spuren betraf. Die Krux war nur, dass ihre Dienststelle nicht über die Mittel verfügte, diese Neuerungen umzusetzen. Mit den eingeschränkten Möglichkeiten musste sie leben, wollte sie nicht undankbar sein. Aber in dieser Hinsicht war sie undankbar, es war einfach nicht hinzunehmen, dass die Polizeiarbeit durch Kürzungen behindert wurde. Immerhin ging es um die Sicherheit der Bürger und das Funktionieren der Gesellschaft.

Johanna drehte das Radio lauter. Leonard Cohen sang von einer vergeblichen Liebe. Der Abend ihrer Verlobung kam ihr in den Sinn. Als Thorsten ihr ungelenk die Ringe überreicht hatte

und sie die Schachtel nicht aufbekommen hatte. Wann war das gewesen? Im Juni? Im Mai! Wie lange war man verlobt, bis die Hochzeit festgesetzt wurde? Thorsten hatte nichts mehr gesagt seitdem. Sicher erwartete er, dass sie auf ihn zukäme. Aber irgendetwas hielt sie zurück. Sie musste an den Begriff *Hemmschuh* denken. Diese Eisenteile, die früher beim Rangieren von Zügen verwendet wurden. Auf dem Weg zu Thorsten hatte sie zwei von diesen Dingern an den Füßen. Wer oder was sie jedoch angelegt hatte, darüber wollte sie sich im Moment keine Gedanken machen.

Johanna lenkte den Passat auf den Parkplatz vor dem Haus ihrer Eltern. Durch den Nieselregen sah sie den zurückfallenden Vorhang im Wohnzimmerfenster. Ihr Vater hatte sicher dort gestanden und ihre Ankunft erwartet.

Sie rannte die kurze Strecke vom Wagen zum Überdach, als auch schon der Türsummer zu hören war. Ihr Vater öffnete lachend und umarmte sie. Dann kam die Mutter an die Reihe.

Als Johanna die Wohnung betrat, stand das Essen bereits auf dem Tisch. Eine große Schüssel mit Kartoffeln dampfte.

»Heute gibt es Frankfurter Grüne Soße«, sagte ihre Mutter.

»Mit Koriander«, stöhnte ihr Vater und blickte zur Decke. »Wie kann man Koriander in dieses traditionelle Essen mischen? Das schafft nur deine Mutter!«

»Das ist gut für die Verdauung«, sagte Yasemin Celep und reichte ihrer Tochter die Kartoffelschüssel.

»Ich habe eine gute Verdauung. Vor allem, wenn die Rezepte nicht verfälscht werden.«

»Mo! Kaum ist deine Tochter zur Tür hereingekommen, fängst du das Schimpfen an. Allah soll deinen Mund verschließen.«

»Red mir nicht von Allah, sondern gib mit lieber etwas von deiner türkischen Frankfurter Soße auf die Kartoffeln.«

»Das schmeckt köstlich«, sagte Johanna.

»Wenn du das nächste Mal etwas früher kommst, zeige ich dir, wie es gemacht wird. Schließlich musst du kochen lernen, wenn du einmal einen Mann heiraten willst.«

»Thorsten heißt der Mann«, sagte ihr Vater. »Liebe Frau, hast du vergessen, dass die beiden verlobt sind?«

Ihre Mutter verzog das Gesicht. »Das habe ich nicht vergessen. Und ich freue mich für mein Täubchen, wie sich eine Mutter nur freuen kann, wenn ihre Tochter geht.«

»Sie geht schon lange ihre eigenen Wege«, sagte ihr Vater. »Also sei nicht so melodramatisch.«

Eine Weile aßen sie schweigend, dann stellte ihre Mutter klappernd die Teller aufeinander. Johanna räumte das Geschirr ab und brachte den Tee an den Tisch.

»Wann soll es denn so weit sein?« Ihr Vater drückte Johannas Hand.

»Wir haben noch keinen konkreten Termin«, sagte Johanna.

Ihr Mutter rührte mit einem klirrenden Geräusch Zucker in das kleine tulpenförmige Glas. »Lasst euch ruhig Zeit. So etwas will überlegt sein.«

»Sie wird nicht jünger und für die Kinder ist eine junge Mutter allemal besser.«

Johannas Mutter war zweiundzwanzig gewesen, als sie ihre Tochter zur Welt gebracht hatte. Selbst noch ein Kind, dachte Johanna. Und sie selbst hatte nie über eigene Kinder nachgedacht.

»Habt ihr mich, als ich klein war, alleine lassen müssen? Ich meine für längere Zeit?«

»Wie kommst du denn da drauf?« Mo erhob die Stimme. »Wir hätten unseren Augapfel doch niemals allein gelassen!«

»Niemals?«, fragte Johanna nach.

Ihre Eltern schauten sich an. »Niemals«, sagte ihre Mutter. »Warum hätten wir dich denn allein lassen sollen?«

»Höchstens damals im Krankenhaus«, sagte ihr Vater. »Aber das waren nur ein paar Tage.«

»Du hattest einen schlimmen Husten«, sagte die Mutter.

»Krupp oder so«, sagte der Vater. »Krupp wie die Waffenfabrik.«

»Da musstest du ein paar Tage in der Klinik bleiben. Damals konnte man ja nicht dabeibleiben.«

»Nur zwei Stunden Besuchszeit. Es war furchtbar. Wir haben uns große Sorgen gemacht. Aber sonst haben wir dich nie allein gelassen. Du hast ja auch immer gleich geschrien, wenn du allein warst. Nachdem du wieder gesund warst.«

»Und die Träume. Ein halbes Jahr lang«, sagte ihre Mutter.

»Moment mal.« Johanna unterbrach ihren Redefluss. »Ich hatte Pseudokrupp? Und war länger im Krankenhaus? Davon weiß ich nichts. Wie alt war ich?«

»Du warst zweieinhalb«, sagte ihr Vater.

»In der Klinik warst du nur eine Woche. Aber wir haben dich jeden Tag besucht, bis dich dein Vater mit nach Hause genommen hat. Und geschimpft hat er, bis sie zugestimmt haben.«

»Wieso hat er geschimpft? Was war passiert?«

Ihre Eltern blickten sich wieder an, fast vorwurfsvoll.

»Du hast immer so geschrien in der Klinik«, sagte ihre Mutter.

»Da haben sie dich in eine Besenkammer gestellt. Dunkel, ohne Fenster. Zufällig kamen wir etwas vor der Besuchszeit und fanden dich nicht. Da haben sie dich aus der Besenkammer geholt.«

»Dein Vater wurde wild wie ein tollwütiger Esel und nahm dich mit nach Hause. Gegen den Willen der Ärzte.«

Mo streckte den Zeigefinger nach oben. »Und gegen deinen Willen.«

»Aber nur, weil ich glaubte, das wäre eine Ausnahme gewesen.«

»Wir haben uns doch die ganze Zeit gewundert, dass Johanna so heulte, wenn wir weggingen.«

»Das war doch nicht ungewöhnlich. Alle Kinder heulten, wenn die Besuchszeit vorüber war.«

»Hört auf«, rief Johanna. »Das reicht jetzt!«

Die Kneipe war überfüllt. Wie immer. Und laut. Man musste fast schreien, um sich zu verständigen. Michael Sommer hasste diesen Lärm. Der Ober stellte eine neue Ladung Bier auf den Tisch. Micha schaute sich um. Erhitzte Gesichter, schwerfällige Gebärden. Lachen und Lärm.

Endlich kam Henning zurück. Er stank nach kaltem Rauch. Micha war es unvorstellbar, sich in den Nieselregen zu stellen, um sich Nikotin in die Lungen zu pumpen. Seit wann rauchte Henning eigentlich wieder?

»Eine eklige Kälte«, sagte Henning.

»Kein Wunder, dass du frierst, wenn du dich freiwillig in den Regen stellst.«

»Die Sucht sucht mich, und ich suche sie. Prost!« Henning schlug sein Glas gegen Michas. »Wie läuft es eigentlich bei Bloomberg?«

»Wie kommst du von der Sucht zur Arbeit? Aber danke der Nachfrage, es läuft recht gut. Viel Arbeit. Aber sie sind angetan von dem Kundenstamm, den ich einbringen konnte«, sagte Micha. Was er nicht sagte, war, dass er nur die kleinen Aufträge bearbeiten durfte. Er kam sich in der neuen Firma wie ein Anfänger vor. Langsam dämmerte ihm, dass sie ihn nicht wegen seiner Kontakte oder Qualifikation, sondern wegen Vivians Vater eingestellt hatten. Georg war einfach zu einflussreich, und sein Schwiegersohn konnte nicht abgelehnt werden. Jeden Morgen sehnte er sich nach seiner Selbstständigkeit zurück, die er gegen

eine sichere Anstellung eingetauscht hatte. Aber das Gehalt war in Ordnung. Und Vivian war mit ihm zufrieden.

»Wie war der Maklertermin? Haben die Leute das Haus genommen?«, fragte er seinen Freund.

»Sie sind interessiert. Ich denke, das läuft.« Henning trank einen weiteren Schluck, dabei blickte er zum Nachbartisch, von dem zwei Frauen herüberlachten.

Es lief eigentlich immer gut bei Henning. Selbst die einschneidenden Erlebnisse hatten ihn nicht aus der Bahn werfen können. Henning war Micha manchmal ein Rätsel. Wie er es fertigbrachte, sein Leben zu regeln. Trotz Trennung und der Sache mit Marlene.

»Die scheinen an uns interessiert zu sein«, sagte Micha und deutete mit dem Bierglas zu den zwei Frauen hinüber.

»Lass mich mit den Weibern in Ruhe! Ich bin froh, wenn ich meine Ruhe habe. Außerdem habe ich heute Kata getroffen. Das kleine Miststück.«

»Wie? Du fängst doch nichts mehr mit der an?«

»Gott bewahre. Die hat mir genug Unglück gebracht. Apropos Unglück: Wie läuft es mit Vivian?«

»Haha.«

»Nein, im Ernst.«

»Sie hat nächste Woche Geburtstag, und ich habe keine Ahnung, was ich ihr schenken soll. Ihr geliebter Vati will ihr einen neuen Wagen vor die Tür stellen.«

»Das kannst du natürlich schlecht toppen.«

Da hatte Henning recht. Die Geschenke von Georg waren einfach nicht zu überbieten. Micha hätte Henning gerne erzählt, dass er sich klein fühlte gegen seinen Schwiegervater, dass er ihm nie genügen würde. Aber er unterließ es. Er verschwieg auch, dass sie an Vivians Geburtstag ein großes Fest feiern würden und Henning nicht eingeladen war. Vivian wollte keine schlechte

Stimmung. Immerhin kamen Ina und ihr neuer Freund, dieser Joe. Seit Ina quasi bei ihm wohnte, hatten sie sich zwangsläufig kennengelernt. Er hatte einen schweren Autounfall gehabt. Seitdem war nichts mehr mit Joggen.

Die beiden Frauen standen auf, Zigarettenpäckchen in der Hand, um nach draußen zu gehen.

»Ich geh noch eine rauchen«, sagte Henning und ließ Micha zurück.

Er kam sich vor wie ein Hund, der an einen Baum angebunden auf seinen Besitzer wartete und nie abgeholt wurde. Micha vermisste Eugen wie schon lange nicht mehr.

Hatte das Telefon geklingelt? Arnfried May blickte den Hörer an, als könnte der darauf Antwort geben.

»Hallo? Ist da jemand?« Noch immer keine Reaktion, nur ein leises Rauschen in der Leitung. May legte auf. Unten vor dem Haus glitzerte der Straßenbelag im Schein der Laternen. Auf den Bäumen und Büschen des Parks gegenüber lag Raureif. May spürte die Kälte der Nacht aus der ungeheizten Praxis heraufsteigen.

Er trank noch einen Schluck Tee, stellte die Tasse zu den anderen in die Spüle und ging die Treppe hinunter. Das Holz knarzte. Es kam May wie ein Stöhnen vor. Er zog seinen Mantel an und trat vor das Haus.

Die Kälte legte sich wie ein Nadelkissen auf sein Gesicht. Er schnaufte vernehmlich. Die Luft drang als eiserner Keil in seine Lungen. Das tat gut. So konnte er richtig durchatmen. Nicht, wie es ihm häufig in geschlossenen Räumen erging: als wäre da eine Sperre im Hals, eine Verengung in der Trachea, die ihn nach Luft ringen ließ. Er meinte manchmal, sein Hals sei zugebunden oder ein dunkler, schwerer Ring liege um seinen Kehlkopf und schnüre diesen immer weiter zusammen.

Er überquerte die beleuchtete Straße, auf der der gefrorene Tau glitzerte. Es war ihm, als schritte eine riesige, astrale Gestalt über einen fernen, erlöschenden Sternenhimmel.

In der Fasanerie war es schlagartig dunkler. Doch May kannte die Wege des Parks, die er so oft in den letzten Monaten gegan-

gen war. Bald hatten sich die Augen an die Dunkelheit gewöhnt, erst sah er nur Umrisse, schemenhaft, Kuben und runde Körper, gedrungene oder gestreckte Gestalten in Nachtschatten, dann löste sich das Schwarz in Grautöne, und Einzelheiten formten sich als Stämme, Äste, nasse Blätter. May schritt durch das alles hindurch, einmal hatte er Augen für das kleinste Detail, den geringsten Schatten, dann sah er nichts als seine inneren Bilder. Sein Weg führte ihn wie meistens am Hofgut vorüber, das zu dieser frühen Stunde dunkel und verlassen lag, den abschüssigen Weg dahinter entlang, bis hinunter zum See.

Die stille Wasserfläche war in einem Dunst verborgen. Nebel lag in dem ganzen Kreis aus Wasser und Wald. An den Rändern lösten sich Fetzen aus wässrigem Rauch, bewegten sich zwischen den Bäumen, dehnten sich, rissen entzwei und lösten sich auf oder verschmolzen erneut mit der großen Nebelmasse über dem See.

Ein Ruf ertönte aus dem Herzen des Graus, ein entsetzlich einsamer Ruf. Einer der Pfaue, die May auf der Insel im See wusste. Sie waren anscheinend noch nicht in ihr Winterlager verbracht worden.

Im Wald zurück, verlor sich der Nebel, klarere Umrisse kehrten wieder, May schritt voran in den allmählich sich nähernden Morgen. Gegen acht erreichte er das untere Ende des Hofguts, und als er das Forstamt passierte, hörte er seinen Namen.

Ein Mann trat ihm entgegen. Es war Steiner, der Förster der Fasanerie. May hatte ihn schon länger nicht gesprochen, er war ihm, wie all den anderen Menschen, die er kannte, bei seinen Spaziergängen aus dem Weg gegangen. Er wollte für sich sein, keine Fragen zulassen über seine Praxis, das Haus, sein Leben, keine Antworten geben müssen über sein Leben, das Haus, seine Praxis.

»So früh unterwegs, Herr Doktor?«

May fiel ein, dass er den Bayerischen Gebirgsschweißhund des Försters nicht geimpft hatte. Er musste woanders gewesen sein, bei einem pflichtbewussteren Kollegen, einem, der da war für Mensch und Tier. Nicht wie er, der sich versteckte und nichts wissen wollte.

»Ihr Haus ist noch immer eingerüstet, habe ich gesehen. Das ist ja auch eine größere Sache. Wann machen Sie denn die Praxis wieder auf?«

»Kann ich nicht sagen.«

»Ich hoffe bald«, sagte Steiner. Er lachte, als schiene die Sonne und sie unterhielten sich über das anhaltend gute Wetter. »Mein Hund wartet auf seine Impfung.«

Jetzt musste auch May lächeln. Sie verabschiedeten sich, und May versprach, ihm Bescheid zu geben, sobald die Praxis wieder eröffnet wurde. Wann immer das auch sein mochte.

Ein grüner Pick-up fuhr an ihnen vorbei in die Försterei, die beiden Insassen, Männer in orangen Jacken, winkten lustlos.

May ging weiter. Er spürte noch die Wärme, die der Handschlag hinterlassen hatte. Weiter vorne, am Parkplatz, wurden Türen und Klappen geöffnet, die Hundeleute sammelten sich zu ihrem gemeinsamen Spaziergang. Früher hatte May sich gefreut über die lustige Meute, die durch die Fasanerie jagte, heute ging er der Gruppe lieber aus dem Weg.

»Doktor!«

May drehte sich zu Steiner um, der hinter ihm herkam.

»Hatte ich ganz vergessen: Sie fragten mich doch einmal nach dem Ilexblatt? Ich weiß mittlerweile, wo es eine Stechpalmenkolonie gibt. Eine kleine nur, aber immerhin.«

»Wo?« Das kurze Wort stieß May hervor, als könnte er Steiner damit am Hals packen und die Antwort aus ihm herauspressen.

»Ich habe eine Bestandsaufnahme machen müssen, oben hinter dem Schützenhaus. Auf dem Gelände des ehemaligen Trup-

penübungsplatzes. Vorher war ich nie da oben. Wächst ja nichts Interessantes. Nur Knüppelholz. Jedenfalls bin ich da auf einige Stechpalmen gestoßen.«

»Wo genau?«

»Wie gesagt: hinter dem Schützenverein. Da geht ja der Weg lang. Links davon, etwa einen Kilometer hinter der Schießanlage, circa zweihundert Meter westlich vom Weg weg. Kurz nach einer Anhöhe.«

May dankte und ging eilig davon.

Am Horizont, ganz im Osten, war ein schwacher rötlicher Streifen zu erkennen. Es würde einen kalten, klaren Tag geben.

Die Frontzähne schmerzten Vivian plötzlich, als hätte Inas Erscheinen ein ätzendes Mittel in den Nervenbahnen der Mundschleimhaut freigesetzt. Doch der Schmerz verflog schnell, wurde von Vivians Gedanken überdeckt. Ina kam auf sie zu, besser das, was von Ina übrig geblieben war. Ihre Freundin war abgemagert, nicht auf eine gesunde, ansprechende Art, sondern sie war dürr und grau geworden. Tiefe Falten schnitten ihr ins Gesicht, dadurch wirkten die Augenhöhlen vergrößert, wie bei einem alten, einem sehr alten Menschen. Sie hatte die letzten Monate ja auch viel mitgemacht. Marlenes Entführung. Seit Mai kein Lebenszeichen. Die Trennung von Henning. Ihr Nierenversagen. Der Klinikaufenthalt.

Ina schob einen Rollstuhl, an dem zwei Krücken befestigt waren. Joe saß aufrecht darin und lächelte Vivian entgegen. Er sah selbst im Rollstuhl richtig attraktiv aus. Vor einem halben Jahr hatte Joe einen Unfall gehabt. Seine Verletzungen waren so gravierend gewesen, dass die Ärzte mit dem Schlimmsten gerechnet hatten. Doch Joe war wider alle Prognosen bald aus dem Koma erwacht und seine Genesung ging rasch voran. Selbst die gravierenden Gedächtnislücken füllten sich allmählich wieder mit Erinnerungen, soweit Vivian von ihrer Freundin unterrichtet war. Joe hatte die Wochen vor seinem Unfall komplett vergessen, alles war wie ausgelöscht. Aber die Hauptsache war doch, dass Joe überlebt hatte und langsam wieder auf die Beine kam. Und dass im Oberstübchen ansonsten alles okay war.

Er kümmerte sich um Ina, und sie hatte jemanden, um den sie sich kümmern konnte, so war der Verlust ihrer Tochter sicher einfacher zu ertragen. Denn dass Marlene nicht wieder zurückkommen würde, davon war Vivian überzeugt, auch wenn sie das niemals vor ihrer Freundin laut ausgesprochen hätte.

Ina schob den Rollstuhl nahe an den Tisch und begrüßte Vivian mit einem flüchtigen Kuss.

»Du, ich bin so froh, dass es mal geklappt hat. Wie wäre es mit einem Prosecco? So wie früher?« Vivian winkte der Bedienung.

»Für mich nur einen Milchkaffee«, sagte Joe.

Ina schüttelte sachte den Kopf. »Ich habe Kopfschmerzen. Nur einen Kräutertee.«

Das war ja ein schönes Wiedersehen, dachte Vivian. Sie zumindest würde auf ihren Prosecco nicht verzichten, darauf hatte sie sich schon gefreut.

Als Ina den Rollstuhl durch das Café geschoben hatte, war die Routine aus Kuchenessen und Zeitunglesen für einen Moment unterbrochen worden. Die Gäste hatten das Paar mit den Augen verfolgt, abgeschätzt und schnell wieder vergessen.

Die üblichen Geräusche setzten wieder ein. Das leise Geklirre des Porzellans, gedämpfte Unterhaltungen, das Rauschen der Kaffeemaschine. Nur an ihrem Tisch herrschte vorübergehend eine unangenehme Stille.

»Macht das Gehen Fortschritte?«, wandte sie sich rasch an Joe.

»Ja, danke. Du kannst mich gleich bewundern, ich muss mal zur Toilette wandern.«

»Schon wieder?« Ina verdrehte die Augen. »Du warst doch gerade erst im Parkhaus.«

Ohne zu antworten, griff Joe nach den Krücken, zog sie aus der Verankerung und hievte sich auf die Beine. Beim Gehen ließ er den ganzen Körper mitschwingen, das Gewicht ruhte auf den

Krücken. Behände schlängelte er sich durch die Tische und verschwand Richtung Toiletten.

»Das macht er ja toll«, sagte Vivian.

»Mister Big ist auf dem Weg der Besserung. Nur seine künstliche Blase ist hinderlich. Überhaupt ist da unten alles total derangiert«, Ina grinste als hätte sie in eine saure Frucht gebissen.

»Du scheinst dich bei ihm in gewissen Regionen gut auszukennen. Ist da doch mehr als eine Freundschaft, um sich gegenseitig aufzubauen?« Jetzt grinste Vivian.

»Hör doch auf! Es ist so, wie ich es gesagt habe: Wir haben beide total viel mitgemacht und helfen uns ein wenig. Mehr ist da nicht.«

Vivian glaubte Ina nicht wirklich, aber es konnte ihr schließlich egal sein. Seit der Sache mit Marlene war ihre Freundschaft brüchig geworden. Wenn sie ganz ehrlich war, dann war da nicht mehr viel, was sie verband. Ina hatte sich über Wochen weder gemeldet noch auf Vivians Anrufe geantwortet. Sie hatte natürlich ein Recht auf ihre Trauer, aber Vivians Sorgen, ihre Versuche, zu helfen, all das zu ignorieren, war auch nicht nett gewesen. Irgendwann hatte Vivian es aufgegeben, ihrer Freundin beistehen zu wollen, schließlich hatte sie selbst genug um die Ohren gehabt. Die Sache mit Marlene war furchtbar, gewiss, aber es gab Ina nicht die Berechtigung, die Menschen um sie herum wie Luft zu behandeln – und schon gar nicht ihre älteste Freundin.

Vivian drehte ihr leeres Proseccoglas in den Händen. Sie brauchte unbedingt Nachschub, ansonsten war dieses Treffen kaum auszuhalten. »Wo bleibt denn die Bedienung, diese lahme Ente?«

Das Hemd hing ihm über die Hose, ein Ärmel, halb aufgerollt, der andere am Handgelenk zugeknöpft, die Jacke, im Wagen zurückgelassen, vergessen, obwohl es kühl war, feucht und leicht diesig, ein Gesicht, das keinen Schlaf kannte: grau, faltig, zerrissen. Doch was aussah, wie fehlender Schlaf, war Angst. Die reine Angst: schuld an etwas zu sein, was nicht in Worte zu fassen war. Noch nicht, denn May wusste, dass das Unnennbare genannt werden müsste, jetzt, morgen oder vor dem Jüngsten Gericht. Er rannte beinahe durch den diesigen Wald, den Blick zum Boden, die gelbbraune, humusartige Blätterdecke im Blick, durchforstend nach Auffälligkeiten, nach dem, was er nicht finden wollte und doch finden musste. Er schob sich durch entlaubten Jungwuchs, Äste schlugen ihm ins Gesicht, doch sie trafen nur sein Äußeres, das Innere war kalt und ohne Gefühl, der Schmerz hatte sich in sein Herz zurückgezogen, wo er heiß an ihm riss. Durch Senken und über Wälle, dann wieder freiere Sicht, annähernd Hochwald, das nächste Dickicht schon voraus, May schreckte nicht zurück, schob sich hindurch, wie bewusstlos, nur die Augen waren wirklich wach, hellwach. Er ging schnell, zu schnell, strauchelte, hielt sich an einem abgestorbenem Bäumchen fest, verharrte einen Moment und öffnete dann die Hand um den schmierigen, schmalen Stamm, weiterhastend, findend, verlierend, verzweifelnd, im Wissen, hier am rechten Ort zu sein, der der absolut falsche war. Falsch in seiner Wirklichkeit, falsch in dem, was sein Boden bergen möge. Die Blicke, die, aufgescheuch-

ten Insekten gleich, über den Boden huschten, dazwischen zum Himmel gerichtet, bittend, doch unerhört, weiterwuselnd, stochernd, spähend. May rannte, fiel, schnaufte, richtete sich auf, stolperte weiter, bis sein Blick selbst stolperte, fiel, festhing. Eine Unregelmäßigkeit, wie ein großer Pilz, ein Pilz aus unorganischem Material, halb bedeckt von Ästen und Laub. Eine Röhre, die er mit seinen Fingern freilegte, bedeckt von einem kleinen Dach aus Kunststoff, ein kleiner Kamin, der aus dem Boden ragte, nicht mehr als zwei Hand hoch, nicht hierher gehörend und doch da. Der Wald über dem Schießplatz war groß, so klein dieser Schacht, und doch hatte May es gefunden. Wie lange war er herumgeirrt? Wann hatte er die Stechpalmenkolonie gefunden? Er hätte keine Auskunft geben können, nur so viel, dass er es finden musste und irgendwann gefunden hatte und das Irgendwann war da, jetzt, unabänderlich. Er blickte sich um, grub mit den Augen den Boden um, furchte mit den Fingern durch die Blätter, wedelte die Arme in das Laub, liegend, schnaufend, wie ein Ertrinkender auf der Suche nach einer vergessenen, versiegten Quelle. Nichts, nichts, nichts. Er fand nichts. Einzig diese Plastikröhre, die ein wenig aus dem Boden ragte. Aus dem Augenwinkel sah er eine kleine Bewegung. Etwas huschte davon, ein Eichhörnchen, eine Ratte vielleicht. Er registrierte es kaum, es war außerhalb seines Ansinnens, das alles einnahm, fokussiert auf das Finden von Marlene. Er versuchte, sich zu beruhigen, atmete tief in den Bauch. Wollte, musste ruhig sein, um nachdenken zu können. Er beugte sich zu dem Rohr, es führte in die Schwärze des Bodens, ins Ungefähre. Er roch hinein, dumpf war es, was ihm in die Nase strömte, und von weit dieser Geruch, den er kannte, den er benennen konnte. Fäulnis, lebloses Fleisch, Tod. Wut überkam ihn, er packte das Rohr, riss an ihm, wollte es aus dem Dunkel ziehen, doch es war fest, widersetzte sich, so fegte er die Laubschicht beiseite, grub die Erde darum auf, mit

bloßen Händen grub er, wühlte die Finger in den kalten, mit Haarwurzeln durchzogenen Boden, grub seine Nägel in den Humus und legte ein Stück des Rohres frei, bis er zu einer Biegung kam, kaum einen Arm lang unter der Oberfläche. Er setzte sich auf, wischte sich Rotz und Erde aus dem Gesicht, sah in die Richtung, die das Rohr nahm, so hockte er und sah um sich, mehr taub als aufmerksam, mehr irgendwo als hier, und er wusste, dort musste es sein. So stand er auf, wankte, fasste sich, ging voran, fünf, zehn Schritte, dann wieder zurück, in einer anderen Richtung wieder davon, wieder an den Punkt, an dem das Rohr im Erdreich verschwand, zurückkehrend, um sternförmig die Umgebung abzugehen. Er hielt inne, ging drei Schritte zurück, aufstampfend: Sein Fuß war über eine sacht federnde Stelle getreten, dies eher ahnend als spürend, wie das Gefühl, über eine gefrorene Pfütze zu gehen, unter der sich eine große Luftblase gebildet hat, eine unter seinem Gewicht leicht vibrierende, doch feste, aber nicht durch und durch massive Fläche. Hier war auch eine kleine tischgroße Welle im Boden, die Erhebung im Flachen, nicht viel, kaum erkennbar in diesem unübersichtlichen Gelände und doch da. Ein paar Meter nur entfernt von dem Rohr, etwas weiter, als er gesucht, gewühlt hatte, da, wohin das Rohr zeigte. Er ließ sich nieder und schob die dicke Schicht vergehender Blätter hinweg, die den Boden bedeckte. Wieder dunkle, kalte Erde, in die er grub. Schnell stieß er auf Widerstand, schaufelte weiter Material zur Seite, legte eine ebene Fläche frei, die hohl klang, als er daraufschlug, hohl, hölzern. Schließlich hatte er die Platte freigelegt, den Riegel entdeckt, freigekratzt, mit dem Fuß aufgetreten, da ihn seine Hände nicht zu öffnen vermochten. Alles eilig, als wenn Eile jetzt noch etwas bewirken könnte. Dann hielt er inne, als sei er im Widerstreit mit sich, hier und jetzt mit seiner Suche aufzuhören, stattdessen aufzustehen und davonzugehen. Nein, er würde die Sache zu Ende bringen.

May zögerte erneut, wischte über seine Augen, dann beugte er sich schnell hinab, presste die Fingerspitzen beider Hände unter die Platte, riss an dem Holz, riss es nach oben, dass die Scharniere knirschten und öffnete die Tür zu seiner entsetzten Seele: Vor ihm im Waldboden öffnete sich eine Grube. Hölzerne, von dunklen Flecken verfärbte Wände, der Boden voller Decken, Gerät und eingerollt ein kleiner Körper. Schwärzliche Haut, ausgetrocknet, dabei halb vermodert, wie der Boden unter dem Laub, sich angleichend, vergehend. Die Augen waren bereits verschwunden, hatten stummen Würmern Platz gemacht, die sich davonschlängelten, im Verein mit Asseln und anderem scheuen Getier, überrascht vom Licht des späten Tages. Der Geruch verschlug May die Sprache. Löste seine Worte auf, lähmte den Kehlkopf, sonst hätte er geschrien, seinem Leid Luft gemacht, bis die Bäume um ihn herum eingestürzt wären. So schlug er nur die Hände vor eine Fratze, die sein Gesicht war, unfähig, den Anblick auszusperren, der sich ihm in diesem kurzen Moment des Sehens eingebrannt hatte. May hatte Marlene gefunden.

Die Halogenscheinwerfer erhellten den Wald ringsum. In ihren Lichtkegeln materialisierte sich die diesige, feuchte Luft, als wäre sie mit Händen zu greifen. Die Stämme der nassen Bäume standen, schwarzen Säulen gleich, auf dem fauligen Laub. Die Äste wirkten wie groteske Scherenschnitte auf einer Leinwand aus diffusem Licht. Die unmittelbare Umgebung der Kiste war mit Flatterbändern abgesperrt. Menschen in weißen Anzügen liefen umher wie aufgescheuchte Gespenster.

Auf einem Klappstuhl ganz in der Nähe sah Johanna Celep den Tierarzt sitzen. Er hatte sich nicht wegschicken lassen. Bis Marlene abtransportiert wäre, würde ihn hier niemand wegbringen. Die Kollegen hatten es aufgegeben, es gab gerade Wichtigeres zu tun.

Jemand hatte ihm eine Decke über die Schultern gelegt. In seinen Händen hielt er einen Becher mit schwarzem Kaffee. Er blickte langsam auf, als Celep zu ihm trat und ihm ein durchsichtiges Tütchen hinhielt. In der Tüte befand sich ein leeres Injektionsfläschchen.

»Das haben wir am Rand der Grube gefunden«, sagte Celep und legte es May in die Hand.

»Dormitor«, May schüttelte sachte den Kopf. »Ein Betäubungsmittel. Das gleiche, das im Tierheim gestohlen wurde. Ich wette, dass die Chargennummer übereinstimmt.«

»Sie hatten recht mit Ihrer Theorie«, sagte Celep.

May zuckte mit den Schultern.

»In der Kiste wurden zuerst Hunde verwahrt. Der Entführer von Marlene Schwind ist identisch mit dem Hundekidnapper. Ich zweifelte damals an der Geschichte. Das muss ich leider zugeben.«

Und dafür könnte sie sich noch immer ohrfeigen. Mittlerweile sah es so aus, als hätte der Entführer mit den Hunden geübt. Er hatte möglicherweise sehen wollen, wie lange man in der Kiste überleben konnte. Vielleicht hatte er die Belüftung geändert, nachdem die ersten Hunde zu schnell gestorben waren. Die Spurensicherung hatte ihr mitgeteilt, dass der Schlauch, der in die Kiste führte, verbreitert worden war. Bei den Grabungen wurde neben dem Belüftungsrohr ein weiteres, schmaleres gefunden.

»Sie hatten also recht, Herr Doktor. Aber auch wenn ich Ihrer Theorie nicht allzu viel Aufmerksamkeit gewidmet habe, haben wir im Mai die Namen der Angestellten überprüft. Erfolglos, wie ich Ihnen schon mitgeteilt habe. Es war niemand dabei, der etwas mit der Entführung zu tun haben könnte.«

»Ich hätte sie viel früher finden müssen«, sagte May plötzlich.

Seine Stimme klang verzweifelt. Celep meinte eine bittere Anklage herauszuhören.

»Das hätte dem Mädchen nichts genützt. Sie hat sicher nicht lange in der Kiste überleben können. Der Gerichtsmediziner will sich nicht festlegen, meint aber, dass sie erstickt ist.« Celep hatte den Eindruck, dass der Tierarzt keines ihrer Wörter gehört hatte.

»Ich hätte sie früher finden müssen. Vielleicht hätte ich sie retten können. Spätestens seit ich Eugen gesehen hatte. Es war klar, dass Marlene irgendwo vergraben ist.«

»Sie haben noch nicht gesagt, wie Sie Marlene überhaupt finden konnten. Wie ist Ihnen das gelungen?«

»Erinnern Sie sich an den Kinderwagen? Ich habe Ihnen erzählt, dass ein Mann mit grauem Kapuzenpulli die Hunde in

einem Kinderwagen fortschafft. Finden Sie den Mann mit dem Kinderwagen!«

»Wir haben keine Anhaltspunkte. Das ergibt alles so wenig Sinn. Das Lösegeld wird nicht abgeholt, keine weiteren Forderungen gehen ein, nichts passiert mehr. Worum ging es? Ums Geld? Oder ist etwas dazwischengekommen? Aber warum hat er sich dann nicht später gemeldet? Ich sehe den Kern nicht.«

Zwei Männer hoben ein kleines Bündel aus der Grube. Sie legten Marlene in einen sackartigen Behälter aus Kunststoff und verschlossen diesen. Dann trugen sie die Kindsleiche davon.

»Wie sollen die Eltern jemals Ruhe finden, wenn der Mörder frei herumläuft«, sagte May und stand auf.

Celep wollte noch einmal fragen, wie May die Kiste gefunden hatte, doch der Tierarzt ging wortlos davon. Es gab für ihn hier nichts mehr zu tun.

Vivian stand am geöffneten Fenster ihrer Küche und rauchte. Micha war joggen. So konnte sie sicher sein, dass er nicht wieder mit seinen Ermahnungen anfing. Alter Gesundheitsapostel! Übergewicht war genauso ein Risikofaktor wie Nikotin. Vielleicht ein höherer! Zum Glück war sie schlank ohne diesen ganzen Sport. Gesunde, ausgewogene Ernährung, ein paar Zigaretten und wenig Alkohol. Damit konnte man alt werden. Aber wer wollte schon alt werden? Das Nikotin bewirkte eine frühere Alterung des Bindegewebes, das war natürlich unschön. Aber noch war sie super in Schuss und die paar Zigaretten würden ihren Teint schon nicht zerstören. Sie stieß eine Rauchwolke aus und schaute die Straße hinab. Ein paar Häuser weiter war die alte Frau gestorben. Vivian hatte sie selten zu Gesicht bekommen, aber sie wusste, wie sie ausgesehen hatte. Ein paarmal hatten sie sich im Tante-Emma-Laden getroffen, wo Vivian ungern einkaufte. Nur wenn es schnell gehen musste. Ansonsten kaufte sie auf dem Wochenmarkt ein oder im Bio-Supermarkt. Da wusste man, was man hatte. Sie konnte gar nicht nachvollziehen, wieso alle hier so von dem kleinen, vollgestopften Laden schwärmten.

Die alte Frau musste mit dem Tierarzt, Doktor May, verwandt gewesen sein. Zumindest hatte Vivian ihn und zwei junge Frauen dort gesehen. Sie hatten ein paar Sachen aus dem Haus getragen. Gerade waren die zwei jungen Frauen an ihr vorübergefahren. Es waren wohl die Töchter des Tierarztes. Vivian starrte hinterher. Die alte Frau hatte direkt neben Joe gewohnt. Neben Joe und Ina

könnte man sagen, dachte Vivian und schmunzelte. Vivian hatte gewusst, dass da was lief, schon als sie ihn das erste Mal beim Kaffeetrinken mit Ina gesehen hatte. Aber Ina behauptete steif und fest, die Sache habe erst angefangen, als sie in die Klinik kam und Joe zufällig in der Cafeteria wiedertraf. Vivian kam die Beziehung zwischen Ina und Joe schon jetzt, nach einem halben Jahr, irgendwie lieblos vor, angespannt. Eigentlich passten sie kein bisschen zusammen.

Das Telefon klingelte. Vivian legte die Zigarette auf dem Fensterbrett ab und holte das Mobilteil.

»Joe hier.« Seine Stimme klang seltsam, irgendwie unsicher, als fürchte er, sein Anruf könnte nicht willkommen sein.

»Gerade habe ich an euch gedacht«, sagte Vivian übertrieben fröhlich.

»Ina ist in der Klinik.«

Vivian riss die Augen auf. »Was ist passiert?«

»Man hat Marlene gefunden. Tot, in einer Kiste. Danach ist Ina ausgerastet und mit einem Messer auf mich losgegangen. Der Arzt sagt, Ina hätte eine schlimme Psychose. Sie ist jetzt ruhiggestellt.«

In Vivians Kopf drehte es sich. Marlene war gefunden worden? Tot, in einer Kiste? Ina im Krankenhaus? Joe verletzt?

»O Gott«, sagte sie. »Die Arme. Wann kann ich sie besuchen?«

»Ich denke morgen.«

»Und du? Bist du verletzt? Kann ich was für dich tun?«

»Nur ein paar leichte Schnittwunden an den Unterarmen. Halb so wild«, sagte Joe.

War Ina wirklich so unberechenbar? Oder hatte sie diese ganze Geschichte mit der Entführung dermaßen verändert? »Ich komme in einer halben Stunde vorbei und schau nach dir.« Schnell duschen und etwas anderes anziehen. Danach könnte sie immer noch auf den Markt gehen.

Die Stille im Haus war unerträglicher als alle Geräusche, die ansonsten zu hören waren. Kein Knarzen und Knarren aus dem Dachstuhl, kein Drücken und Dröhnen aus dem Keller oder den Wänden, kein sachtes Knirschen, das kleinere Verwerfungen begleitete. Nichts. May lag mit sich und den unterschwelligen Geräuschen, die sein eigener Körper im Inneren produzierte, auf seiner leicht schiefen Matratze. Durch die Stille ringsumher wurde das Blut, das in seinen Adern zirkulierte, zu einem schrillen Rauschen in seinem Ohr. Er fasste sich an sein Herz, doch dieses schlug beinahe normal, leicht frequent nur. Damit konnte er leben. Aber mit seiner Schlaflosigkeit weniger.

In der Nacht hatte May wieder wach gelegen und an Marlene gedacht. Was hatte er versäumt? Hätte er sie früher finden können, viel früher, als sie noch lebte und wartete, darauf wartete, gerettet zu werden? Er dachte darüber nach, dass die Kommissarin seine Hinweise nicht berücksichtigt hatte, ihn nicht ernst genommen, sein Wissen abgetan. Aber was hätte sie stattdessen tun sollen? Er sah Marlene wieder und wieder vor sich, in dieser Kiste kauernd, im dunklen Waldboden, die blauschwarze, an der Oberfläche mumifizierte Kinderhaut, die eingetrockneten Augenhöhlen, die gekrümmten Hände, die abgerissenen Fingernägel, mit denen sie versucht hatte, sich durch das Holz ihres Gefängnisses zu graben. Er fühlte den fast schreienden Schrecken, der in sie eingeschrieben war, ausgedrückt durch die ganze unnatürliche Haltung. Den Geruch, den er nicht mehr vergessen würde. Die

Hilflosigkeit und Ohnmacht, die ihn übermannt hatte, angesichts der Grausamkeit, die ein Mensch einem anderen antun konnte. Und auch ein wenig die Angst, der er an der Kiste begegnet war, die ihn selbst anging, sein weiteres Leben, nach diesem Fund, die Praxis, das Haus, seine Einsamkeit, sein Alter.

Dann war ihm aufgefallen, dass er noch immer in absoluter Stille lag.

Das Haus schien seinen nächtlichen Gedanken zu lauschen. Er lag in einem diffusen Licht, die Nacht musste vorüber sein, vielleicht war schon ein neuer, unerwünschter Morgen da, und um ihn herum schwieg das Haus, das nie geschwiegen hatte, wie ein großes, dunkles Tier, das auf den günstigen Moment lauerte, zuzuschlagen. May fühlte eine Schwere auf seiner Brust, die ihn kaum zu Luft kommen ließ, etwas, das wie ein abscheuliches Wesen auf ihm kauerte und dabei war, seinen Hals zu umfassen. Da hörte er ein Klopfen. Ein entferntes Pochen, von unten kommend. Da war jemand, und dieser Jemand wollte zu ihm. Das schwarze Tier auf seiner Brust sprang in die Dunkelheit, zog sich knurrend zurück, um auf eine andere Gelegenheit zu warten. May wälzte sich aus dem Bett, nahezu aufatmend, warf sich den Morgenmantel über und eilte nach unten, um die Haustür zu öffnen.

Im düsteren Licht des Novembermorgens stand ein junger Mann, wild sah er aus mit seinem struppigen Vollbart, unbehaust in seiner fleckigen verschmutzten Kleidung, wie einer, der nicht zur Gesellschaft gehörte, vielleicht auch nicht gehören wollte, einer wie May selbst vielleicht, der seinen Platz verloren hatte, dessen Rädchen gebrochen war im Getriebe der Welt.

»Bist du der, der Marlene gefunden hat?« Die Stimme wollte nicht richtig passen zu dem bärtigen Gesicht. Sie wirkte zu jung, zu klein, zu kindlich. Wie eine Stimme, die am liebsten davonlaufen möchte.

Bevor May antworten konnte, sprach der Junge weiter, seine Worte mit Gesten begleitend.

»Das stand heute in der Sonntagszeitung. Die liegt immer auf der Treppe für den Nachbarn. Der ist schon ein ganz alter Mann, und der vergisst alles. Aber die Zeitung vergisst er nicht. Meine Mama hat keine Zeitung auf der Treppe. Und da habe ich das Bild von der Marlene gesehen. Ich bin doch ein Freund von der Marlene und habe auch gewartet, dass sie wiederkommt, als der Mann sie mitgenommen hat. Und die Polizei hat mich nicht nett behandelt, als sie mich gefragt hat, wo ich war, als Marlene mitgenommen worden ist. Aber ich habe kein Sterbenswörtchen gesagt, weil ich es der Marlene versprochen habe, dass ich nicht erzähle, dass wir Freunde sind. Und jetzt ist die Marlene gestorben und ich kann es endlich erzählen, dass wir Freunde sind. Denn jetzt ist es kein Geheimnis mehr, weil die Marlene ja tot ist und im Himmel und es dann vorbei ist mit den Geheimnissen. Weil im Himmel gibt es keine Geheimnisse, das hat mir der Pfarrer gesagt. Der liebe Gott sieht alles, hat er gesagt, also gibt es auch keine Geheimnisse. Ich bin der Max und ich wollte mich bei dir bedanken, dass du die Marlene gefunden hast. Da wo sie gelegen ist, hat es ihr bestimmt nicht gefallen, und jetzt kriegt sie ein richtiges Grab mit Blumen drauf, und ich würde ihr auch gerne eine Blume auf das Grab legen, aber ich darf nicht auf die Beerdigung, hat meine Mama gesagt, weil ich nichts Richtiges zum Anziehen habe.«

Er reichte May die Hand. Ein weicher, nachgiebiger Händedruck. Und doch steckte da so viel Kraft und Liebe und Sehnsucht in diesem dicklichen Wesen, dass May seine Hand lange hielt und in das vollbärtige Jungengesicht lächelte.

Der Himmel über der Fasanerie färbte sich allmählich bläulich ein, darüber standen noch die Ausläufer der Nacht. Sie hatten schon nach acht, aber der Tag wollte sich Zeit lassen.

»Willst du nicht reinkommen? Ich könnte uns einen Tee machen.«

Max kratzte sich am Kopf. »Da steht aber, dass das Betreten verboten ist.«

»Das gilt nicht für dich und mich. Das steht da nur für die normalen Leute.«

»Dann ist ja gut«, sagte Max und ging hinter May in das alte, leicht schiefe Haus.

May setzte Wasser auf, brühte Tee, schenkte ein und hörte Max zu, was er von Marlene zu erzählen hatte. Dann fütterte er mit Max die Taube, von der Marlene ihm schon berichtet hatte. Max nahm die Taube, er hatte May seine Clara gereicht, und May hielt den ohrlosen Stoffhasen, als hielte er ein lebendiges Tier. Wie in einer stummen Prozession gingen die beiden durch die Räume des Hauses, einvernehmlich, die Taube gurrte leise in den zu einem warmen Käfig geformten Händen des Jungen.

Die Haustür wurde aufgeschlossen. Es musste Olga sein, dachte May, doch dann hörte er eine andere, unerwartete Stimme. Eine Stimme, die seit vielen Monaten, oder waren es Jahre?, nicht mehr in diesem Haus geklungen hatte.

»Arnfried? Bist du da?« Es war Ingeborg, die da von unten nach ihm rief.

May bat Max, die Taube zurück in ihre Voliere zu bringen, und ging Ingeborg entgegen.

Schlank, gepflegt, aufrecht, ein wenig abgehärmt, also insgesamt unverändert, stand sie vor ihm. Sie musterte ihn ausgiebig, schien ein Urteil gefällt zu haben, seufzte leise, dann lächelte sie, als schelte sie sich für die Strenge ihrer Ansicht und gleichzeitig für die Milde ihrer Nachsicht.

»Dünn bist du geworden.« Sie schüttelte den Kopf, löste den Blick von ihm und sah sich kurz um. »Das Haus ist ja in einem miserablen Zustand. Arnfried! Ich frage mich, was du zu tun ge-

denkst. Am besten doch verkaufen. Eine Sanierung wäre unbezahlbar, zumindest würde sich das sicher nicht lohnen.«

»Hallo, Ingeborg«, sagte May. »Du warst lange nicht hier.«

»Was hätte ich auch hier gesollt. Du hast dein Leben, ich habe meins.«

»Das hattest du so entschieden.«

»Lass gut sein, Arnfried. Das ist die Vergangenheit. Wir sollten über die Zukunft reden.«

»Ich verstehe nicht«, sagte May. »Ach, willst du nach oben, in die Wohnung kommen? Ich habe noch Tee da.«

»In die Wohnung?« Sie zögerte. »Nein danke, ich bleibe lieber hier im Treppenhaus stehen. Also, um auf meine Frage zurückzukommen. Was gedenkst du mit der Bruchbude anzustellen?«

In seinen Augen war das Haus alles andere als eine Bruchbude. Ein wenig aus dem Lot geraten, ein bisschen feucht vielleicht, der Putz bröckelte und die Gasleitung war undicht, sowie ein paar andere Kleinigkeiten. Aber eine Bruchbude war das sicher nicht. Es war das Haus, in dem ihre Kinder groß geworden waren, in dem er Tausende Tiere behandelt hatte, es war das Haus, in dem er allmählich alt wurde und in dem er gerne bis zum Ende gewohnt hätte. Außerdem war es seine Sache, was er mit seinem Haus anzustellen gedachte. Was ging Ingeborg das an? Oder irgendeinen anderen Menschen?

»Wie du so schön gesagt hast, hast du dein Leben und ich habe mein Leben«, sagte May. »Und jetzt solltest du mir mitteilen, was dich hergeführt hat.«

»Schon gut, Arnfried. Es geht nicht um mich oder dich, sondern um die Mädchen. Ich mache mir Sorgen um ihre Zukunft.«

»Sorgen? Penny studiert und Luise macht demnächst ihr Abitur. Um die zwei solltest du dir keine Sorgen machen.«

»Heutzutage ist ein Studium keine Garantie für ein Auskommen. Das solltest du wissen. Und wenn ich mir dein Haus

ansehe, die Praxis geschlossen und du ohne jedes Einkommen, dann graust es mich für die beiden.«

»Ich weiß nicht, was mit dir los ist, Ingeborg. Gerade jetzt! Penny und Luise werden etwas von Tante Anni erben. Immerhin sind sie zur Testamentseröffnung geladen. Hast du das vergessen?«

»Deshalb bin ich ja hier! Die beiden haben beschlossen, zu deinen Gunsten auf ihr Erbe zu verzichten, wie viel auch immer es ist. Damit du dein Haus renovieren kannst. Ich konnte sie von ihrem irrwitzigen Vorhaben nicht abbringen. Deshalb bitte ich dich, Arnfried, dass du unseren Töchtern sagst, dass sie ihr Erbe behalten sollen.«

»Noch haben die Mädchen nichts geerbt. Und Tante Anni war keine wohlhabende Frau. Ach, Ingeborg. Es geht wieder nur um das liebe Geld. Ist das alles, woran du denken kannst? Ich habe dich angehört, nun kannst du gehen.«

»Arnfried. Ich habe Krebs.«

May starrte Ingeborg an. Dann schüttelte er langsam den Kopf.

»Ich habe einen Knoten getastet, hier, in meiner linken Brust.«

»Und jetzt denkst du, du hast Krebs, stirbst, und die beiden stehen mittellos da?« May lachte auf.

»Komm her, Ingeborg. Lass mich das mal tasten.«

»Bist du verrückt? Ich werde dir kaum meine Brust zum Durchtasten zur Verfügung stellen. Schließlich bist du kein Frauenarzt.«

»Aber ich bin Tierarzt. Du weißt selbst, wie viele Tumore ich operiert habe. Außerdem kenne ich deine Brüste.«

May sah ein kurzes Erschrecken in Ingeborgs Augen, als Max ins Treppenhaus trat.

»Ich habe die Taube wieder in ihren Käfig gebracht. Die gurrte so schön in meiner Hand, da wollte ich sie erst gar nicht loslassen. Guten Tag, ich bin Max. Max ist einundzwanzig Jahre alt.« Er hielt Ingeborg die Hand hin.

»Das ist meine Exfrau«, sagte May.

»Ich habe keine Exfrau, weil ich noch nie eine richtige Frau hatte. Aber jetzt muss ich gehen. Darf ich ein anderes Mal wiederkommen und die Taube von Marlene streicheln?«

»Jederzeit, Max. Es würde mich freuen.«

In das Zufallen der Tür hinein fragte Ingeborg, was das für ein seltsamer Typ gewesen sei.

»Das hat er dir doch selbst gesagt: Max. Aber noch mal zu deinem Anliegen. Du hast einen Knoten getastet, der noch nicht abgeklärt wurde. Ich rate dir, das bald nachzuholen und bis dahin nicht deine Mitmenschen verrückt zu machen mit Diagnosen, die aus der Luft gegriffen sind. Vielleicht hast du einen Tumor, der behandelbar ist oder auch nicht, vielleicht hast du nur eine Zyste oder eine verkalkte Drüse. Bitte lass dich untersuchen. Dann können wir weiterreden. Und jetzt musst du mich leider entschuldigen, ich habe zu tun.«

Ingeborg schien empört. »Was hast du denn zu tun?«

May öffnete die Tür. »Ich muss nachdenken.«

Mit aufgerissenen Augen reichte Vivian ihm das klingelnde Telefon aus dem Küchenfenster. Sie hatte sicher wieder heimlich am Fenster geraucht und fühlte sich ertappt.

Es war fast zwangsläufig, dass Hennings Nummer auf dem Display stand. Er hatte ihn auch schon anrufen wollen. Als sein Freund hätte er ihn anrufen müssen. Gestern, als er davon erfuhr. Doch dann hatte er den Anruf immer wieder verschoben. Aber natürlich würde Micha um dieses Telefonat nicht herumkommen. Vivian und er hatten gerade über Marlene gesprochen, über die Kiste im Waldboden und die wenigen Details, die Vivian von Ina erfahren konnte. Sie hatten gemutmaßt, wie Marlene zu Tode gekommen war. Erstickt, verhungert, vor Angst? Gleich, welchen Schluss sie zogen, es waren allesamt unerträgliche Vorstellungen.

Micha ging zu Eugens Grab zurück, als gäbe sein geliebter Hund ihm Kraft, dann nahm er das Gespräch an. »Sie haben Marlene gefunden«, sagte jemand. Henning. Es musste Hennings Stimme sein, und doch war sie kaum zu erkennen.

Micha musste an einen handgeschriebenen Brief denken, in lauter kleine Fetzen zerrissen, die Schrift kaum mehr zuzuordnen.

»Sie lag in einer Kiste unter der Erde. Lebendig begraben.«

»Es ist furchtbar, Henning«, sagte Micha. »Wie kann ein Mensch so grausam sein?«

»Mensch?«, wiederholte Henning.

Sie schwiegen eine Weile.

Micha hoffte, Henning würde weinen oder sonst etwas tun, um diese Stille im Telefon auszufüllen.

»Alles ist so gedämpft«, sagte Henning endlich.

Micha blickte auf die Stelle, wo er Eugens Grab wusste. Der Rasen war nachgewachsen, seit er die verblühten Stiefmütterchen herausgerissen hatte.

»Jeder spricht leise, die Türen werden sacht geschlossen, selbst die Autos hupen anders. Findest du nicht auch?«

Micha fand nicht die rechten Worte, sie wollten sich einfach nicht einstellen. Was sollte er einem sagen, dessen Tochter in einem Erdloch aufgefunden wurde, ein halbes Jahr nachdem jemand sie entführt hatte? Es könnte nichts mehr so werden, wie es gewesen war.

»Es ist, als hätte sich ein Mantel über alles gelegt, der die Geräusche, die Gespräche, einfach alles dämpft. Selbst bei Leuten, die gar nichts wissen von Marlene. Komisch, nicht?«

»Kann ich etwas tun für dich?« Micha hoffte auf eine konkrete Ansage. Die Beerdigung organisieren, mit Henning einen dunklen Anzug kaufen gehen oder sonst etwas, wo er in Aktion treten könnte.

»Gestern Abend haben sie Marlene gefunden. Der Tierarzt. Ich weiß nicht, wie er das geschafft hat«, sagte Henning. »Eigentlich müsste ich ihm dankbar sein. Aber ich kann nicht. Dabei bin ich auch irgendwie erleichtert. Das hört sich vielleicht seltsam an. Wie kann man erleichtert sein, wenn die Tochter tot aufgefunden wird? Aber das Warten, das Hoffen hat mich kaputtgemacht. Ich habe darüber nicht groß geredet die letzten Monate, aber glaub mir, es war furchtbar. Wie ein Kürbis, den einer innen auskratzt und ganz hohl zurücklässt.«

Micha kannte das Gefühl. Die Trauer um ein geliebtes Wesen hatte auch ihn erschüttert. Er horchte ins Telefon. Ein leises, entferntes Knistern war zu hören, nichts weiter. Er stand am Grab

seines Hundes und lauschte. Der Himmel hing weit herab, als wollte er sich öffnen und einen Sturzbach aus grauem, schmutzigem Wasser entlassen. Ein Flugzeug klebte am Horizont. Nur langsam schob es sich vor der grauen Wand entlang, an Höhe verlierend, Richtung Flughafen. Vor dem Garten fuhr ein Auto vorbei, parkte ein Stück weiter. Der Motor wurde abgestellt, Türen fielen ins Schloss.

Jetzt merkte Micha es auch: Es war, wie Henning gesagt hatte. Alle Geräusche waren gedämpft. Die Türen knallten nicht, die Motoren dröhnten nicht, selbst die Krähen schrien nicht, sondern flogen mit einem verhaltenen Krächzen vorüber. Die Stadtgeräusche wehten wie durch Watte gefiltert herüber, und die Fasanerie hinter den Schrebergärten hüllte sich in Stille und Schweigen.

»Ich habe versucht, Ina anzurufen«, sagte Henning. »Sie meldet sich nicht. Bestimmt habe ich ihr den Anrufbeantworter vollgequatscht. Aber sie scheint kein Interesse zu haben, mit mir zu reden. Mit dem Vater ihres toten Kindes.«

»Ina geht es sehr schlecht«, sagte Micha. »Sie ist in ärztlicher Behandlung. Als sie das von Marlene hörte, hatte sie einen Zusammenbruch. Vivian war vorhin bei ihr. Lass Ina Zeit, Henning.«

»Ich weiß, dass ich etwas getan habe, was unentschuldbar ist. Aber du kannst mir glauben, dass ich die Sache mit Kata verfluche. Dass Ina mich deshalb verlässt: gut. Aber dass sie seit Monaten nicht mehr mit mir redet, obwohl wir unser gemeinsames Kind verloren haben: nicht gut. Außerdem müssen wir die Beerdigung planen. Herrgott, Marlene muss ein zweites Mal beerdigt werden!« Er lachte. Ein kurzes, heiseres Lachen. »Sag Ina, mir geht es auch nicht gerade hurra und hoppala.«

Wie schon im Wartebereich hing auch im Büro des Notars moderne Kunst. Großflächige, abstrakte Gemälde. May kamen die Bilder bekannt, nahezu vertraut vor, ohne dass er hätte sagen können, woher. Die Farbgebung passte hervorragend zu der übrigen Einrichtung des Raumes. Beinahe, als wären die Bilder nach den Wünschen des Käufers gemalt worden. Aber so viel Geschmacklosigkeit traute May Herrn Büttenschneider dann doch nicht zu. Eher ein Innenarchitekt, der es zu gut gemeint hatte.

Als sich May zu Luise wandte, die links von ihm saß, bemerkte er ihren gebannten Blick auf das altmodische Tonbandgerät, das mit seinen Spulen und Bändern auf dem Schreibtisch Büttenschneiders stand.

Penelope unterdrückte ein Gähnen, lediglich ein tiefes Einatmen war hinter ihrer vorgehaltenen Hand zu vernehmen.

Büttenschneiders Monolog näherte sich seinem inhaltlichen Kern.

»Nachdem die Formalitäten geklärt wären, kommen wir zu einem etwas, wie soll ich sagen, ungewöhnlichen Aspekt der Testamentseröffnung. Frau Annemarie May hat diese Dokumente unterzeichnet«, dabei hob er einige Papiere hoch, starrte dann missmutig auf die Schreibtischplatte, »mich aber gebeten, den hier versammelten, namentlich geladenen Angehörigen nicht den Text vorzutragen, sondern eine Tonbandaufnahme vorzuspielen, die den Inhalt des Testaments in Frau Mays Worten

ebenfalls wiedergibt. Sie wollte, so sagte sie mir, dass Sie alle noch einmal ihre Stimme hören.« Ein Seufzen entschlüpfte seinen wulstigen Lippen. »Nun. Dann fahren wir auf diesem Wege fort.« Er drückte eine der großen elfenbeinfarbenen Tasten auf dem Tonbandgerät.

»Heute seid ihr alle drei hier versammelt«, Tante Annis Stimme wirkte klar und gut verständlich, nicht verzerrt, wie May erwartet hätte, fast so, als säße sie mit ihnen in diesem Raum.

»Zu Lebzeiten von mir war das ja kaum möglich.« Sie lachte ihr heiseres Lachen. »Kommen wir gleich zum Punkt. Der sehr geschätzte Herr Büttenschneider hat euch ja sicherlich schon lange genug aufgehalten.«

Der Notar machte ein verdrossenes Gesicht bei seiner Erwähnung.

»Also. Mein Haus in der Deutschen Straße erbt der Tierschutzverein.« Es herrschte Schweigen, sowohl auf dem Tonträger als auch in dem kunstschweren Raum des Notars.

»Das war ein kleiner Scherz. Es ist ein Jammer, dass ich eure Gesichter nicht sehen kann. Das hätte mir das Sterben sicher leichter gemacht. Herr Büttenschneider hat mich darauf aufmerksam gemacht, dass eine Testamentseröffnung eine ernste Sache ist und Witze nicht angebracht wären. Aber es gibt nirgendwo ein Gesetz, das einen kleinen Scherz verbieten könnte. Posthum sozusagen. Arnfried, mein Junge. Du sollst mein Häuschen erben. Ich hoffe, du machst damit das Richtige. Verkaufe es zu einem guten Preis, hörst du? Immerhin habe ich mein Leben darin verbracht, und du verkaufst auch einen Teil meiner Seele mit. Das lässt du dir gefälligst bezahlen!

Und den Mädchen soll der Rest gehören. Penny und Luise haben mich zwar selten besucht, aber wer sollte ihnen das verdenken? Ich war auch einmal jung, und damals habe ich auch keine alten, verknotterten Tanten besuchen mögen. Hört zu, ihr

zwei! Haut das Geld nicht gleich auf den Kopf, sondern denkt erst ein paar Tage darüber nach, was ihr damit anstellen könnt. Hört ihr? Und besucht mich mal auf dem Friedhof. Sonst komme ich euch nachts besuchen, und das ist sicher nicht so lustig wie umgekehrt. Macht's gut, ihr drei, und vergesst mich nicht sofort. Bis dann, eure Tante Anni. Wo geht jetzt dieses Ding aus?«

Büttenschneider räusperte sich. »Herr Doktor, zu dem Haus gehört natürlich noch der Grund und Boden und das bewegliche Interieur des Hauses. Ihre Töchter erben die Konten und Wertpapiere Frau Annemarie Mays. Es ist ein beträchtliches Vermögen, wenn ich das so sagen darf. Im Anschluss werde ich Ihnen im Einzelnen darlegen, was ich unter beträchtlich verstehe. Nur eine Verfahrensfrage: Nehmen Sie die Erbschaft an?«

Johanna Celep blickte ratlos auf ihr Tablett. Es war in drei Abschnitte unterteilt. In der größten Vertiefung schwamm ein ovales Stück Fleisch in einer dicken Soße, die nach etwas Undefinierbarem roch. Darüber war ein rötlicher Matsch, der entfernt an Karottengemüse denken ließ. Die Kartoffeln in der Nebenmulde waren fast kalt und gaben gummihaft nach, als Johanna mit der Gabel dagegendrückte. Das Essen passte zu diesem Montag, der schon beschissen angefangen hatte.

Sie war in Schweiß gebadet aufgewacht. Wieder hatte sie von diesem Kind geträumt, das allein irgendwo saß, nach Luft schnappte und auf Hilfe zu warten schien. Es hatte Marlenes Gesicht, dann wieder ihres. Johanna hatte geduscht, wobei sie immer wieder an das Mädchen dachte, der Fundort im Wald, der mumifizierte kleine Körper.

Als sie zu ihrem Wagen gekommen war, hatte ihr Außenspiegel auf der Straße gelegen. Auch die Tür hatte ein paar Kratzer davongetragen. Sie hatte den Spiegel aufgehoben und fluchend ins Auto gelegt. Auf der Fahrt hatte Thorsten angerufen und sich beschwert, dass sie keine Zeit für ihn hätte, also versprach sie ihm, den Abend gemeinsam zu verbringen, obwohl ihr nicht danach zumute war. Lieber wäre sie allein zu Hause geblieben und hätte die Akte zu dem Entführungsfall zum hundertsten Mal studiert. Sie kam in der Sache nicht weiter. Eine wichtige Information fehlte. Immer wieder stellte sie sich die Frage, weshalb die Entführer erst das Lösegeld gefordert hatten,

um es dann nicht abzuholen. Sie konnte sich darauf einfach keinen Reim machen.

»Du wirst nie erraten, was passiert ist!«

Johanna schreckte aus ihren Gedanken. Sie hatte nicht gemerkt, dass jemand an ihren Tisch getreten war. Hülay, ihre Kollegin von der Streife, setzte sich ihr gegenüber.

»Na?«

»Wie soll ich das wissen, Hülay?«

»Bei dem Essen hätte ich auch schlechte Laune«, sagte Hülay und zeigte mit der Gabel auf Johannas Tablett. »Ich halte mich an die leichte Kost. Ist zwar kein Caesars Salad, aber immerhin recht grün.«

Sie lächelte Johanna an. »Ich habe mich verlobt!«

»Wer?«

»Ich! Mit Özgür. Mein schöner Mann, mit dem du auf dem Polizeiball so hingebungsvoll getanzt hast.«

»Haha«, sagte Johanna. Sie erinnerte sich an Özgür. Bei dem Tanz hatte er versucht, ihre Pobacken zu kneten, und Johanna hatte ihm mit ihrem Absatz die Zehen wundtreten müssen.

»Du hast wirklich eine tolle Laune«, sagte Hülay.

Johanna atmete geräuschvoll ein. »Sorry, Hülay. Ich war in Gedanken.« Sie fasste ihre Kollegin am Arm, drückte ihn. »Das finde ich ganz wunderbar. Gratuliere.«

»Und geheiratet wird auch bald«, strahlte Hülay.

»Ihr wenigstens«, sagte Johanna und stand auf. »Ich muss leider los.«

Sie brachte das unangerührte Essen zur Tablettabgabe und ließ Hülay mit einem gekränkten Gesichtsausdruck zurück. Schlechtes Gewissen zum Dessert passte wie die Faust aufs Auge zu diesem Tag.

Ina sah echt beschissen aus. Wie ein blutleeres Küken lugte sie zwischen den weißen Laken hervor. Ein Schlauch, durch den eine klare Flüssigkeit lief, führte in ihren Arm. Tropfen für Tropfen. Augenblick für Augenblick. Verflüssigte Zeit. Und keine Erlösung in Sicht.

Vivian nahm schweigend Inas Hand. Ihre Freundin wischte sich eine Träne aus dem Gesicht. Ungeschminkt sah Ina noch schlechter aus.

»Starr mich doch nicht so an«, sagte Ina. »Ich sehe fürchterlich aus. Und es ist mir das erste Mal egal.«

»Du siehst toll aus, trotz allem«, sagte Vivian, um überhaupt etwas zu sagen. Marlene war halb verwest gefunden worden, Ina hatte einen Zusammenbruch, dazu gesellte sich noch das alte Nierenleiden. Was sollte man dazu sagen? Vivian hätte keinen Moment mit Ina tauschen wollen, nicht mehr. Früher, bevor das mit Marlene passiert war, da hatte es schon an ihr genagt, dass Ina solches Glück hatte. Einen gut verdienenden Mann, ein tolles Haus in Bestlage, eine süße Tochter. Das Glück schien auf ihrer Seite. Jetzt war da nicht mehr viel.

»Ich kann mich total schlecht konzentrieren«, sagte Ina. »Das sind die ganzen Mittel, die sie mir ständig geben. Dabei muss ich die Beerdigung von Marlene organisieren.«

Nichts Beneidenswertes bis auf Joe vielleicht. Aber war geteiltes Leid eine tragfähige Grundlage für eine Beziehung? Ina würde sich im Gegensatz zu Joe nie mehr richtig erholen. Zumindest

konnte man davon ausgehen. Ein Kind zu verlieren war keine Sache, die man so eben mal wegstecken konnte.

»Ich muss immer daran denken, wie Marlene in diesem Erdloch lag.« Ina begann zu schluchzen. »Es kann doch nicht sein, dass alles so schrecklich schiefgelaufen ist? Vivian! Jetzt sitz nicht da und reiß die Augen auf, sondern sag was dazu!«

Vivian wusste nicht, was sie dazu sagen sollte. Überhaupt fehlten ihr die Worte. Sie sah zur Tür und wünschte sich, dass Joe hereinkommen würde mit seinem männlichen Lächeln und die Sache in die Hand nahm, für sie antwortete, Ina tröstete und sie, Vivian, bat, ihn ein wenig herumzufahren. Sagte man da fahren? Oder herumrollen?

»Das Lösegeld! Die Polizei! Und dann kommt keiner und holt es ab, und ich warte und denke, dass Marlene trotzdem zu mir zurückkommt, und irgendwann erkenne ich, dass ich mich total getäuscht habe und Marlene nie mehr zurückkommen wird, und für was das alles? Für was, Vivian? Ich weiß nicht, wie ich das ertragen soll. Kannst du mir das sagen?«

Vivian blickte zum Fenster. Was hätte sie gegeben, um jetzt eine Zigarette rauchen zu können. »Sie werden diese Typen bestimmt irgendwann schnappen.«

Ina lachte auf. »Das macht mein Kind auch nicht mehr lebendig. Und wirklich bestrafen kann ihn kein irdisches Gericht.«

»Da hast du recht. Wie gehst es deiner Niere? Joe sagt, es sieht gut aus.«

»Der alte Joe«, sagte Ina. »Immer zuversichtlich. Dabei hat er es auch nicht leicht gehabt. Ging immer alles total schief in seinem Leben. Und jetzt sitzt er in seinem Rollstuhl und will bemitleidet werden, dabei könnte ich ihm die Zunge rausreißen!«

»Ina! Was redest du denn da? Joe ist doch das Beste, was dir passieren konnte.« Anscheinend war Ina noch immer neben der Spur.

»Ist schon gut, meine Liebe«, Ina tastete mit einem seltsamen Lächeln nach Vivians Hand. Sie hatte einen beinahe boshaften Gesichtsausdruck, den Vivian so noch nie gesehen hatte.

»Ich habe es nicht so gemeint«, sagte Ina weiter lächelnd. »Du wirst dich doch ein bisschen um Joe kümmern? Zumindest solange ich hier drin sein muss?«

Vivian nickte. Den Gefallen wollte sie ihrer Freundin gerne tun.

»Das ist gut. Aber du weißt ja, dass er nicht nur beim Laufen Schwierigkeiten hat?«

»Bitte, Ina! Du brauchst dir wirklich keine Gedanken zu machen.«

»Um dich und Joe mache ich mir wirklich keine Gedanken, meine Liebe. Und jetzt lässt du mich ein wenig schlafen, ja? Ich bin total erschöpft.«

Arnfried May hätte lieber in Stille gewartet, an Marlene gedacht und dem kurzen Tag nachgelauscht, der kaum die Zimmer und Flure zu erhellen vermochte. Stattdessen waren seine Töchter aufgetaucht, hatten Olga mitgebracht und wie eine plappernde Sturmflut seine Ruhe, sein Schweigen und seine Erstarrung davongespült und ihn genötigt, mitzukommen, um Tante Annis Haus auszuräumen. Eine Sache, die erledigt werden musste, die man nicht anderen überlassen wollte. Schließlich sollten das Häuschen und die Möbel nicht ohne Mitgefühl entsorgt werden. Das war die Aufgabe der Hinterbliebenen: auszusortieren, Briefe in die Hand zu nehmen, Papiere zu sichten, zu prüfen, und zu entscheiden, was mit diesem oder jenem geschehen sollte. Jede sollte sich etwas aussuchen, ein Andenken, ein Erinnerungsstück. Luise wollte sehen, was sie brauchen könnte für einen eigenen Haushalt, der früher oder später gegründet werden würde. Und Olga war bereit, einiges mitzunehmen, weiterzugeben oder selbst zu behalten. Und was sollte er, May, dabei? Immerhin hatte Tante Anni ihm das Häuschen vermacht, sagten seine Töchter. Er sollte das letzte Wort haben.

Während die drei Frauen die Räume inspizierten, Schränkchen und Kisten umhertrugen und das kleine Haus mit ungewohnter Betriebsamkeit erfüllten, saß May in einem Sessel und blätterte einen Ordner mit Dokumenten durch. Es war nichts von Bedeutung dabei, nichts, was der Notar nicht schon mitgeteilt hatte. Ein Katasterblatt des Grundbuchamtes aus der Zeit,

als Tante Anni das Haus gekauft hatte, erregte Mays Interesse. Das alte, vergilbte Papier stimmte ihn auf eine seltsam beruhigende Art nachdenklich, ja versöhnlich. Vor siebzig Jahren hatte ein Beamter mit gewissenhafter Handschrift das Blatt beglaubigt. Wo war dieser Mensch jetzt? Dachte noch jemand an ihn? Wie die Zeit über das Papier gegangen war, so war die Erinnerung über diesen Menschen geschritten. May hob den Kopf. Wer würde in siebzig Jahren an Marlene denken? An ihn? Oder Ingeborg? Ihr Knoten in der Brust kam ihm in den Sinn. Er hatte wenig mitfühlend reagiert, das musste er sich eingestehen, aber manchmal war es schwer, auf Ingeborg angemessen einzugehen.

May trat ans Fenster. Es sah kalt und feucht aus. November, kein schöner Monat zum Sterben, die Erde zu kalt, das Grab zu klamm.

Wie durch eine dicke, fleckige Glasscheibe, fern, fast ohne Konturen, nahm er die beiden Gestalten wahr, die aus dem Nachbarhaus herauskamen. Sie bewegten sich in einer anderen, helleren Welt. Eine Gestalt stützte die andere, die sich in einen Rollstuhl setzte. Dann erkannte er eine der zwei Personen. Frau Sommer. Sie war das eine oder andere Mal mit Eugen und ihrem Mann in der Praxis gewesen. Ganz sicher, das war Frau Sommer. Sie wohnte ja auch nicht weit von hier, ein paar Häuser die Straße hinauf. Sie schob einen Mann im Rollstuhl durch den Vorgarten. An der Straße verharrten sie und blickten im selben Moment, wie einstudiert, zum Himmel. Der Mann zog seine Kapuze auf den Kopf. Es musste ihm kalt sein. Dann gingen die beiden die Straße hinab. May sah nur noch den hellen Mantel, den Frau Sommer trug, der Rest war verdeckt, einmal noch, nur kurz, beugte sich der Mann auf die Seite, und May sah die Spitze der Kapuze auf dem Kopf des Rollstuhlfahrers. Eine graue Kapuze. Ein grauer Kapuzenpulli!

Auf eine unerklärliche Weise irritierte May die Anwesenheit

der Frau, andererseits hatte er das Gefühl, etwas entdeckt zu haben. Eine Spur, oder mehr noch. Die Sommers hatten einen Hund verloren. Ein Mann mit grauem Kapuzenpulli hatte die Hunde in einem Kinderwagen weggebracht. Wo war da der Zusammenhang? Und der Rollstuhl? May erinnerte sich, dass der Mann erst an der Haustür in den Stuhl gestiegen war. Er sah jung und gesund aus, sportlich. Vielleicht war er nur vorübergehend gehandicapt?

Henning Schwind wollte nicht rangehen. Doch das Klingeln fuhr ihm wie eine dünne Klinge in seine Geduld und schnitt sie rhythmisch in feine Scheiben.

»Hallo, Henning. Wie geht es dir?«, hörte er Micha aus dem Lautsprecher des Telefons.

»Danke. Hast du Ina gefragt, welche Musik auf Marlenes Beerdigung gespielt werden wird?«

Micha atmete schwer durch die Leitung. »Henning. Es ist wirklich furchtbar, was passiert ist, aber ich bin nicht euer Bote, der unangenehme Botschaften überbringen muss und dann dafür geköpft wird.«

»Niemand möchte dich köpfen«, sagte Henning. »Aber weißt du es?«

»Ich habe keine Ahnung, welche Musik gespielt wird. Ina spricht nicht über die Beerdigung, zumindest erzählt Vivian nichts darüber, wenn sie von Ina kommt.«

»Was erzählt Vivian denn?« Henning spürte, dass Micha ihm etwas sagen wollte.

»Ina würde sich einbilden, dass du an allem schuld bist. Wegen der Affäre mit der Kleinen.«

»Wegen Kata?« Henning lachte auf. »Wegen der Sache mit Kata ist Marlene entführt worden und in einer Kiste unter der Erde erstickt? Das musst du mir mal genauer erklären!«

»Henning, ich weiß auch nicht, was das soll. Laut Vivian denkt Ina, dass du durch die Affäre die Familie vernachlässigt

hast, worauf Ina auch anders als normal gehandelt hätte und nur deshalb das Unglück passieren konnte. Oder so ähnlich. Mann, ich blick das auch nicht.«

»Wer war denn da, als Marlene entführt wurde? Ich etwa? Ina hat sie in den Garten geschickt, oder nicht? Ina ist schuld, wenn man einen Schuldigen suchen will! Und nicht ich oder Kata oder sonst wer von uns. Verdammter Mist, was erzählt Ina denn da für einen Bullshit?«

»Tut mir leid, Alter. Ich wollte dir nur sagen, was über dich geredet wird«, sagte Micha leise.

»Ina geht einfach nicht ans Telefon. Stattdessen spinnt sie irgendwelche Theorien und verleumdet mich auch noch. Weißt du was? Ich werde morgen vorbeifahren und mal ein Wörtchen mit ihr reden.«

»Dann kannst du gleich am Wochenende zu uns kommen, da triffst du sie. Wir feiern am Samstag ein bisschen. Vivian wollte dich nicht dabeihaben, damit es keinen Ärger gibt. Aber du bist mein bester Freund, und wenn Ina kommt, dann kannst du schon lange kommen.«

»Am Samstag feiert ihr?« Henning hatte Mühe, seine Worte nicht herauszuschreien.

»Nur eine kleine Sache. Vivian wollte unbedingt auf meinen Einstieg bei Bloomberg anstoßen. Und dass mit ihr und mir wieder alles in Ordnung ist, du weißt schon.«

»Ich weiß gar nichts, Michael! Ich weiß nur, dass meine Tochter am Freitag beerdigt wird und ich sicher nicht einen Tag später auf eine Feier gehen werde. Und jetzt entschuldigst du mich bitte, denn wenn ich noch ein weiteres Wort von dir höre, muss ich kotzen!«

Johanna Celep war früh im Büro. Sie arbeitete an verschiedenen Fällen. In Kürze war eine Besprechung angesetzt. In der Nacht hatte es eine Messerstecherei gegeben. Das Opfer schwebte in Lebensgefahr. Die restlichen Beteiligten saßen in Untersuchungshaft und mussten verhört werden. Insgesamt zehn Personen. Es würde ein langer Tag werden. Außerdem war sie am Vortag zu einem Todesfall gerufen worden. Ein alter Mann hatte leblos in seiner Badewanne gelegen. Der Hausarzt hatte die Polizei verständigt, da die Leichenflecken am Körper des Toten darauf hindeuteten, dass der Fundort und der Platz, an dem der Mann seinem Leben Adieu gesagt hatte, nicht identisch waren.

Celep ging den Fall durch, sah sich die Police der Lebensversicherung an, dann griff sie erneut zum Befund der Obduktion.

Die Vermutung des Hausarztes war bestätigt worden: Der Mann war nicht in der Wanne gestorben. Er war in seinem Bett erstickt, wahrscheinlich durch Fremdeinwirkung. Die Analyse des Mageninhalts stand noch aus, aber der Pathologe war sich fast sicher, dass der Mann ein Schlafmittel verabreicht bekommen hatte. Das Telefon klingelte.

»Frau Kommissarin? Hier ist May.«

Celep hätte am liebsten wieder aufgelegt. Der Tierarzt erinnerte sie an den ungelösten Fall. Marlene Schwind, deren Mörder sie noch immer nicht näher gekommen war. May hatte sie auf eine Spur gebracht, die ins Tierheim führte. Leider ohne Erfolg. Das

am Fundort der Leiche aufgefundene Narkosemittel stammte tatsächlich von dort, wie die Chargennummer bewies, doch weitere Zusammenhänge waren bisher nicht auszumachen.

»Haben Sie die Liste mit den Mitarbeitern?«, fragte May.

»Die aus dem Tierheim? Aber die haben wir alle überprüft. Und noch einmal, nachdem wir letzte Woche das Kind gefunden hatten. Oder nachdem Sie das Kind gefunden hatten. Wie haben Sie das eigentlich angestellt?« Das hatte sie May schon am Fundort gefragt, erinnerte sich Celep.

»Ist ein Johannes Jens dabei?«

»Johannes Jens? Wie kommen Sie auf den Namen?«

»Bitte, Frau Kommissarin. Sagen Sie mir nur, ob der Name auf der Liste steht«, sagte May.

»Wie kommen Sie darauf?«

»Er trägt einen grauen Kapuzenpulli!«

Fast hätte Celep gelacht, aber etwas hielt sie zurück. »Einen grauen Kapuzenpulli? Herr Doktor May! Es gibt Tausende graue Kapuzenpullis. Ich habe auch einen, aber deshalb bin ich noch lange keine Mörderin!«

»Johannes Jens wohnt direkt an der Fasanerie.« May schwieg einen Moment, als warte er auf Antwort. »Außerdem kennt er Frau Sommer. Eugen, also der Hund der Sommers, wurde im Frühjahr entführt und ist in einer Kiste gestorben. Und gestern habe ich Frau Sommer und Johannes Jens zusammen gesehen. Das ist kein Zufall, Frau Celep! Sagen Sie mir bitte, ob dieser Mann auf der Liste steht.«

Celep zögerte. Dann entschloss sie sich, Doktor May Auskunft zu geben, zumindest auf diese eine Frage. »Nein. Ein Johannes Jens hat nicht im Tierheim gearbeitet. Sein Name steht nicht auf der Liste. Ganz sicher.« Stille trat ein. Celep fühlte durch das Telefon, dass der Tierarzt diese Antwort nicht erwartet hatte. Die Tür öffnete sich. Celeps Kollege, Hauptkommissar Böhm, trat

ein, setzte sich und fuhr seinen Computer hoch. Er nickte Johanna Celep zu.

In all den Jahren waren sie immer noch beim Sie. Mit jedem anderen Kollegen war Celep näher bekannt als mit ihrem eigenen Bürokollegen. Dabei war Böhm ein ganz netter Kerl, ein bisschen steif, aber ganz nett eigentlich. Celep schüttelte den Kopf, sie fragte sich, wie sie gerade jetzt darauf kam, über ihren Kollegen nachzudenken, wo ihr gerade ein Name präsentiert worden war, der ihr in der Mordermittlung um Marlene Schwind bereits untergekommen war. Sie kannte den Namen, sie hatte ihn schon gehört, irgendwo, aber nicht im Zusammenhang mit dem Tierheim. Und in diesem Wissen hatte sie dem Doktor nicht die ganze Wahrheit gesagt. Celep hatte einen bitteren Geschmack in der Kehle.

»Entschuldigen Sie«, sagte May. Seine Stimme klang hoffnungslos, und bevor Celep antworten konnte, legte May auf.

»Guten Morgen, werte Kollegin«, tönte Böhm. »Vor dem Haus steht ein Personenkraftwagen, der nicht der Straßenverkehrsordnung entspricht. Ich kann nur hoffen, dass der Halter des Fahrzeugs kein Beamter der örtlichen Polizeidienststelle ist.«

»Irgendein Idiot hat mir den Außenspiegel abgefahren«, sagte Celep. Sie notierte sich etwas, dann sah sie auf. »Würden Sie für mich einen Namen recherchieren?« Celep reichte den Zettel zu Böhm. Ihr Kollege drückte sich vor jedem Einsatz im Außendienst. Angeblich hatte er eine hysterische Angst vor tätlichen Angriffen und anderen Unwägbarkeiten des Polizeiberufs, aber im Innendienst, am Computer, konnte Böhm als echte Perle bezeichnet werden. Seine Leidenschaft war, alle Informationen der aktuellen Fälle zusammenzutragen und diese in ein System zu bringen. In Sekundenschnelle waren mithilfe der Böhm'schen Ordnung angefertigten Fallaufarbeitungen diese Informationen wieder abrufbereit. Es war Johanna ein Rätsel, wie Böhm so schnell

auf die Antworten kam, er musste eine eigene Suchmaschine zu den Fällen kreiert haben, die er bei Bedarf aufrief.

»Johannes Jens?« Böhms Stuhl knarrte, als er sich etwas zurücklehnte. »Im Zusammenhang mit der Entführung von Marlene Schwind tauchte der Name auf. Und zwar im Rahmen der Überprüfung der Telefonnummern, die die Eltern des Kindes angewählt hatten. Die Mutter telefonierte mit Herrn Jens mehrmals vor der Entführung und einmal kurz danach.«

»Ich kenne den Namen, erinnere mich aber nicht wirklich. Wurde der Mann nicht überprüft?«

Böhm hob die Augenbrauen. »Moment. Ich muss auf eine andere Seite. Hier. Gut. Johannes Jens, neununddreißig Jahre alt, Abitur, dann nach Berlin, studierte ein paar Jahre Tiermedizin, brach aber ab. Er arbeitet in einer Detektei. Zum Zeitpunkt der Entführung sollte er überprüft werden, lag aber auf der Intensivstation des Klinikums, schwerer Autounfall. Kam also als Täter nicht infrage. Adresse, Telefonnummer. Mehr haben wir nicht.«

»Ein grauer Kapuzenpulli macht noch keinen Entführer«, sagte Celep.

»Wie kommen Sie auf den Namen? Jetzt, meine ich?«

»Der Tierarzt, Doktor May, hat ihn gesehen, mit einer Frau zusammen, deren Hund gestohlen wurde. Dieser Jens wohnt wohl direkt an dem Park, wo eine Reihe Hunde verschwanden. May behauptet, die wären in einem Kinderwagen weggebracht worden, und jetzt glaubt er, dass dieser Jens der Entführer ist.«

»Bisschen viele Zufälle«, sagte Böhm.

»Ja, aber gerade das macht mich stutzig. Und Sie sagten, er hat Tiermedizin studiert?«

Böhm bejahte. »Aber nach zwei Jahren wieder abgebrochen.«

»Das würde zu den gestohlenen Narkosemitteln passen.« Celep griff nach einem Stift und einem Blatt Papier. »An welchem Tag war die Entführung?« Sie machte in der Mitte des Papiers

einen Strich, schrieb das Datum darüber. Daneben machte sie einen weiteren Strich für den Tag der Entführung. Nach und nach kamen weitere Striche dazu, ein paar Kreise, Fragezeichen, Notizen.

»Ich muss ein paar Meter laufen«, sagte Celep plötzlich und sprang auf. Eilig verließ sie das Büro, stieg die Treppe hinab, passierte die Pforte und trat auf die Straße. Sie ging zur Landstraße vor, die sich nicht weit von der Dienststelle befand, und wartete auf eine Lücke im Verkehr, um auf die andere Seite zu gelangen. Dort war der Fluss, den Celep gerne entlanglief, wenn sie nachdenken wollte. Sie stand, wartete, blickte auf die Fahrzeuge, die eins nach dem anderen an ihr vorbeirauschten.

Plötzlich schrie sie auf, als wäre ein peinigender Schmerz in sie gefahren. Celep rannte zur Dienststelle zurück, riss die Tür auf, eilte durch die Eingangsschleuse, zurück in ihr Büro.

»Sie sollen dringend zum Chef kommen«, empfing sie Böhm. »Die Verhöre müssen sofort durchgeführt werden!«

»Welche Verhöre?«

»Die Beteiligten an der Messerstecherei. Sie sollen sofort los.«

»Böhm, rufen Sie bitte im Klinikum an und bringen Sie in Erfahrung, wann dieser Johannes Jens den Unfall hatte. An welchem Tag und zu welcher Uhrzeit. Das ist sehr wichtig!«

»Wenn Sie die Bande verhört haben, liegen die Infos auf Ihrem Schreibtisch.«

Woher nahm er diese Sicherheit? Wie konnte er wissen, dass dieser Mann im Rollstuhl an der Entführung Marlenes und an der der Hunde beteiligt war? Arnfried May sah Marlene vor sich, wie sie in dieser Kiste lag. May hätte Marlene früher finden müssen, viel früher. Er hätte. Er hatte aber nicht. Und all die immer wiederkehrenden Anklagen machten Marlene nicht wieder lebendig.

May schüttelte den Kopf. Wie oft hatte er, seit er die Kiste im Waldboden entdeckt hatte, diese Gedanken in seinem Kopf herumgewälzt? Wie oft würde er sie noch herumwälzen müssen? War er ein Sisyphus, der immer und immer wieder die gleiche Last bergan rollte, ohne je an ein Ziel zu kommen? Diese Last, die ihn schier erdrücken wollte, die seine Füße schwer machte und seine Gedanken schwarz einfärbte, wie die Haut Marlenes sich in dieser Kiste verfärbt hatte.

»Angenehme Fahrt. Seit wir los sind, hast du kein Sterbenswörtchen gesagt.« Penelope setzte den Blinker, um in das Gewerbegebiet abzubiegen. Sie hatten sich in Tante Annis Haus getroffen, um weiter auszuräumen. May war zu Fuß durch die Fasanerie gekommen, als ihm ein Gedanke in den Kopf schoss. So hatte er seine ältere Tochter gebeten, ihn ins Tierheim zu fahren. Olga blieb zurück, um alleine auszumisten. Luise wollte nach Hause, für bevorstehende Klausuren lernen.

Penny lenkte ihren Wagen an dem Maschendrahtzaun eines lang gezogenen Grundstücks vorbei. Dahinter waren Europalet-

ten aufgestapelt, daneben riesige Kabeltrommeln und Kästen aus Metallgeflecht. Ein Lastwagen bremste vor ihnen ab und blieb kurz darauf stehen. Penny schimpfte und überholte das Fahrzeug. Dann bog sie auf eine kleine Nebenstraße des Gewerbegebiets ab, die direkt zum Tierheim führte. Der Parkplatz war belegt, darum stellte sie ihren Wagen gegenüber auf einem stillgelegten Gleisbett ab, dessen Schienen entfernt worden waren.

May bat sie, auf ihn zu warten, und stieg aus. Er umrundete das Auto, wobei sein Blick auf den eingedellten Kotflügel fiel. Rost hatte sich festgesetzt und sich an den Knicken im Metall unter den Lack geschoben, der nun wie eine alte Schlangenhaut abblätterte. May versuchte, Pennys Blick zu ignorieren, der ihm die Schuld an dem Zustand des Wagens zu geben schien. Aber sein schlechtes Gewissen ließ sich nicht ignorieren. Er nickte ihr beim Weitergehen lächelnd zu, was ihre Miene nicht zum Aufhellen brachte.

Die Besuchszeit des Tierheims war gerade zu Ende gegangen, doch noch immer befanden sich jede Menge Interessenten in den Katzenhäusern und an den Hundezwingern. Das anhaltende Gebell und Gejaule der erwartungsfrohen Hunde drang an Mays Ohr. Es war ein trauriges Konzert der verlassenen Tiere, die darum buhlten, mitgenommen zu werden. May kannte die verzweifelten, geradezu clownesken Sprünge und Kapriolen, die einige von ihnen veranstalteten, wenn Besucher die Käfige passierten. Wie viele Tiere wurden einfach ausgesetzt, wenn sie Dreck machten oder zu anstrengend wurden? Gerade nach Weihnachten füllten sich die Tierheime Jahr für Jahr. Bald würde es wieder so weit sein. Für May war dies das Sinnbild der modernen Zivilisation, die ihre Moral gegen die Gier nach Geld eingetauscht hatte und Lebewesen wie alle anderen käuflichen Artikel behandelte. Nicht nur Tiere, musste er sich eingestehen, sondern auch Menschen. Kinder. Marlene.

Auf sein Klingeln ertönte eine Stimme in der Gegensprechanlage und fragte, was er wolle.

»Hier ist May. Ist Frau Semmelrogge zu sprechen?«

»Doktor May? Kommen Sie rein, ich sag der Chefin Bescheid.«

Der Türsummer ertönte und May drückte die Eisenpforte auf. Im Eingangsbereich des Tierheims standen einige Besucher herum und betrachteten die Wasserschildkröten in den Aquarien. Ein Junge lachte erschrocken auf und zog seine Hand aus einem Aquarium zurück. Die Familie des Jungen ging einen Schritt zur Seite und gab die Sicht auf das große Pappschild frei, das es ausdrücklich untersagte, in die Aquarien zu fassen.

»Herr Doktor, das ist ja eine Überraschung!« Frau Semmelrogge kam May mit ausgestreckten Händen entgegen. Ihr dünner Körper und der faltige Hals verliehen ihr eine gewisse Ähnlichkeit mit den Reptilien in den Schaubehältern. Selbst das Lächeln, das die schmalen Lippen noch dünner machte, erinnerte an eine Schildkröte. Doch die Augen hatten nichts Träges und Fremdartiges an sich, sie blickten May gütig an, forschend und abwägend. May wusste, dass er nicht gut aussah, aber das war jetzt wirklich Nebensache. Er folgte Frau Semmelrogge in ihr Büro.

Als er Platz genommen und einen Tee abgelehnt hatte, kam er auf den wahren Grund seines Besuchs. May wollte mit offenen Karten spielen. So berichtete er kurz von den Hundeentführungen, über die Frau Semmelrogge genau informiert war, und erzählte ihr von Marlene und dem Betäubungsmittel, das in der Nähe der Kiste im Wald gefunden worden war.

»Kommissarin Celep hat mir mitgeteilt, dass eine Person nicht auf der Liste steht, von der ich annehme, dass sie hier gearbeitet hat«, sagte May.

»Sie meinen die Liste aller Mitarbeiter, die wir der Polizei auf-

grund des Einbruchs im Frühjahr übergeben haben? Welchen Namen vermissen sie darauf?«

»Johannes Jens. Kann es möglich sein, dass man seinen Namen vergessen hat, als die Liste aufgestellt wurde?«

»Johannes Jens?« Frau Semmelrogge wiederholte den Namen, dabei schnellte ihre Zunge kurz hervor, wie bei einem Chamäleon, das nach einer Fliege schnappt.

May blickte sie an. Er hatte sich vorgebeugt, in gespannter Erwartung ihrer Antwort.

Als sie ihren Kopf schüttelte, sackte er zusammen.

»Es tut mir leid, ein Johannes Jens hat nie bei uns gearbeitet«, sagte Frau Semmelrogge. Er hatte sich getäuscht. Seine Intuition hatte ihn fehlgeleitet. Wie sollte er das Marlene in seinen nächtlichen Monologen erklären, wie ihrem Mörder auf die Spur kommen?

»Die Liste ist vollständig. Alle Mitarbeiter, die in den letzten Jahren hier anstellig waren oder noch sind, wurden erfasst. Ich habe das selbst überprüft.«

May erhob sich mühsam aus dem Stuhl. Es war ihm, als drücke die Luft als spürbare Last auf seine Schultern. »Danke, dass Sie sich die Zeit genommen haben«, sagte May. Er reichte der Tierheimleiterin die Hand und ging zur Tür, als er Frau Semmelrogges Stimme hörte.

»Johannes Jens, sagten Sie?«

May drehte sich noch einmal um. »Ja, so heißt der Mann.«

»Irgendwie kommt mir der Name bekannt vor, aber ich kann mich auch täuschen.« Semmelrogge trommelte mit dünnen Fingern an ihr Kinn, dann öffnete sie die Bürotür. »Kommen Sie mit in den Keller.«

May folgte ihr durch einen langen grauen Flur zum Kellerabgang. Er stieg hinter der Tierheimleiterin die Treppe hinab und fand sich in einem großen Raum wieder, der mit Regalen und

Kisten vollgestellt war. Semmelrogge kippte ein paar zusammengefaltete Pappkisten zur Seite und zog einen Ordner vom Regalfach über ihr. Sie schlug murmelnd den Ordner auf, blätterte vor, zurück, drehte wieder ein paar Seiten um. Dann wendete sie sich an May.

»Ich vergesse nie einen Namen, mit dem ich einmal zu tun hatte«, sagte sie und übergab May den Ordner. »Jens, Johannes. Er hat vor zwölf Jahren ein Praktikum bei uns gemacht. Ich glaube, er wollte Tiermedizin studieren.«

»Weshalb stand er dann nicht auf der Liste«, fragte May.

»Praktikanten werden nicht extra geführt Manche sind drei Tage hier, andere länger. Joe war ein paar Wochen bei uns, das weiß ich noch.«

»Joe?«

»Ja. Jetzt sehe ich auch sein Gesicht wieder vor mir. Eigentlich ein netter Junge. Ein bisschen naseweis vielleicht.«

»Etwas passt nicht«, sagte May. »Mir wurde gesagt, dass die Schlösser vor sieben Jahren ausgetauscht wurden und nur das Vorhängeschloss am Betäubungsmittelschrank geknackt wurde.«

Semmelrogge lächelte nachsichtig. »Aber das Versteck für die Ersatzschlüssel hat sich in den letzten Jahrzehnten nicht geändert.«

»Haben Sie das der Polizei nicht erzählt?«

Sie lachte. »Die schickten einen jungen Beamten, der möglichst schnell wieder wegwollte. Er fragte nur das Notwendigste, dann raste er schniefend davon. Katzenhaarallergie. Da hatten sie den Richtigen geschickt.«

May schüttelte die knochige Hand der Tierheimleiterin. »Sie haben mir sehr geholfen«, sagte er und stürmte davon.

Johanna Celep war geschafft. Sie hatte den ganzen Tag Verhöre durchgeführt. Zu der Auseinandersetzung war es im Klubheim einer Motorradgang gekommen. Warum, war nicht mehr nachvollziehbar, wahrscheinlich ging es um das Übliche: Ehre. Und um Rivalitäten einiger Mitglieder, die noch nicht lange im Verein waren. Mobbing unter Rockern, hatte Böhm dazu gesagt. Bei den Verhaftungen war ein Sack entdeckt worden, in dem sich zwei riesige Würgeschlangen befunden hatten. Da niemand Besitzansprüche anmeldete, wurden die Reptilien an den Frankfurter Zoo übermittelt.

Es hatte Celep viel Kraft gekostet, die Beteiligten an der Messerstecherei zu einer anständigen Aussage zu bewegen. Anfangs hatten alle geschwiegen. Erst auf die hundertste Nachfrage und nachdem Celep ihnen einige Ungereimtheiten aufgezeigt hatte, konnte sie ein Geständnis und zehn Zeugenaussagen aus den Männern herausgequetschen.

Einer hatte ihr besonders viel Ärger gemacht. Ein vollbärtiger Zweimetermann, der auf dem Stuhl im Verhörraum lümmelte und Celep anfangs ignorierte.

»Wenn Sie nicht bereit sind, auf meine Fragen zu antworten, kommen Sie direkt in Untersuchungshaft«, hatte Johanna gesagt. In Untersuchungshaft wäre er so oder so gekommen, ob mit oder ohne Aussage, aber vielleicht wusste der Typ das nicht. Er hatte geschwiegen, als sie weiterfragte. Irgendwann war es ihr zu dumm geworden. Johanna war müde, sie hatte schlechte Laune und

wollte nach Hause. An die Verabredung mit Thorsten mochte sie gar nicht erst denken.

»Ihre Rockerfreunde haben gesagt, dass Sie ein Herz für Tiere hätten. Da sehen Sie so gefährlich aus und haben ein ganz weiches Herz unter Ihrer Kutte. Kaum zu glauben«, hatte Johanna gesagt. Sie wollte ihn provozieren, um ihm die Zunge zu lockern.

»Muslima, was willst du von mir? Du hast keinen Ring an der rechten Hand«, hatte der Rocker gesagt. »Also noch Jungfrau, zumindest vorne.«

Celep war aufgesprungen. Mit einem Spruch hatte der Typ das erreicht, was sie mit ihm versucht hatte, sie hatte sich provozieren lassen. Sie hatte den Mann zurück in die Zelle geschickt und mit einem der anderen weitergemacht. Doch zuvor war sie für zehn Minuten nach draußen gegangen.

Die diesige Novemberluft hatte sie abgekühlt. Mit einem frischen Panzer aus Gelassenheit und Zuversicht war sie wieder in den Ring gestiegen. Den nächsten Kandidaten hatte sie schnell geknackt. Er war verheiratet und hatte Kinder. Celep hatte ihm klargemacht, dass er seine Familie vielleicht für Jahre nicht mehr sehen würde, wenn er weiterhin schwieg. Sie hatte ihm versprochen, ihn nicht bei seinen Kumpels anzuschwärzen, wenn er aussagen würde. Nur ein Name, sie würde es nicht protokollieren. Schließlich hatte er ausgepackt und denjenigen, der das Messer benutzt hatte, genannt.

Sie hätte eigentlich froh sein müssen, den Fall so schnell abschließen zu können, jetzt war die Staatsanwaltschaft an der Reihe. Aber der Wutausbruch steckte ihr noch in den Knochen.

Sie wollte nur eben etwas essen und danach gleich nach Hause, um zu schlafen. Celep fuhr in Richtung Innenstadt, wo sie einen Italiener mit leckerem Salat kannte. Das ging schnell und hatte wenig Kalorien, nach anderen Kriterien wollte sie heute nicht auswählen. Dafür war sie einfach zu müde.

Der Scheibenwischer ihres Wagens quietschte. Kleine Lichtblitze wurden durch die auf der Windschutzscheibe platzenden Regentropfen reflektiert und bildeten ein feines Netz aus leuchtenden Punkten auf ihrer Netzhaut. Celep rieb sich die brennenden Augen. Vor ihr stoppte abrupt ein Lieferwagen und sie trat voll auf die Bremse. Hinter ihr hupte es. Ihr Magen knurrte, während ihre Hände das Lenkrad würgten. Es machte alles andere als Spaß, übermüdet und hungrig in diesem Regenwetter herumzugurken.

Morgen müsste sie sich um den Toten in der Badewanne kümmern. Es gab zum Glück nur eine Handvoll Verdächtige. Wie es heute noch jemand wagen konnte, eine Leiche in die Badewanne zu schaffen, nachdem er sie betäubt und erstickt hatte? Sahen denn diese Leute nicht Fernsehen? All die Sendungen, die die Ermittlungen der amerikanischen Superbullen zeigten? Sollte sie die Familienangehörigen mit dem Obduktionsergebnis konfrontieren oder erst einmal die Unwissende spielen? Johanna Celep konnte ein Gähnen nicht zurückhalten. Wie freute sie sich auf ihr Bett. Aber irgendetwas waberte in ihrem Unterbewusstsein, irgendetwas war da noch. Sie lenkte den Wagen durch einen Verkehrskreisel, nahm die Ausfahrt und begann bereits, nach einem Parkplatz Ausschau zu halten. Die Pizzeria war nicht mehr weit weg. Was nur hatte sie vergessen? Thorsten fiel ihr ein, sie hatte ihn anrufen wollen. Als sie sich sein Gesicht vergegenwärtigte, war da ein anderes. Marlene Schwind! Sofort fiel ihr wieder der Anruf des Tierarztes ein, die Frage nach Johannes Jens und ihre Bitte an Böhm. Ob er herausgebracht hatte, wann dieser Jens seinen Unfall hatte? Gleich morgen würde sie sich darum kümmern, noch vor dem Badewannenfall. Da sah sie einen Parkplatz, wie gemacht für sie.

Das gelbe Licht der Straßenlaterne verlor sich in dem Gewebe aus Nieselregen. Fahl leuchtete ein schwacher Halbkreis um das Gehäuse der Lampe. Die Straße sah aus wie ein schwarzer, kalter Strom aus flüssigem Teer. May hatte zwischen dem Zaun der Schrebergartenkolonie und einem abgestellten Lieferwagen gekauert und beobachtete das Haus. Weder von Frau Sommer noch von Johannes Jens war etwas zu sehen. Die Fensterläden waren heruntergelassen und kein Lichtschimmer drang durch die Ritzen nach draußen. May konnte sich auch nicht vorstellen, dass Frau Sommer noch immer in dem Haus sein könnte. Wahrscheinlich war Jens ein Bekannter, und sie hatte ihn irgendwohin gebracht in seinem Rollstuhl. Ein Bekannter, nicht mehr, ein Freund der Familie vielleicht, ein Freund, der den Hund stiehlt und sterben lässt, ein Freund, der ein Mädchen entführt und in eine Kiste sperrt, aus der sie nicht mehr lebend herauskommt. Ein wahrer Freund. May hatte einen Geschmack von rostigen Nägeln im Mund. Erst jetzt fiel ihm auf, dass er den ganzen Tag noch nichts gegessen hatte. Es fröstelte ihn trotz der Anspannung. Er wusste, dass das leichte Frieren eine Folge seines Gewichtsverlustes in den letzten Wochen und Monaten war, aber das war jetzt einerlei. Er hatte noch genug Zeit, zuzunehmen, wenn er das hier hinter sich hatte, und wenn nicht, würde es auch egal sein.

Nach einem kurzen Blick auf die Uhr richtete er sich auf und sah die Straße hinab. Zweiundzwanzig Uhr. Um diese Zeit

war hier nicht mit Verkehr zu rechnen, hin und wieder ein heimkehrender Anlieger, das war alles. Im Moment war es ruhig. Er hastete durch den Nieselregen auf die andere Fahrbahnseite, geduckt, als könnte auf ihn geschossen werden. Am Gartentor machte er kurz halt, las erneut den Namen auf dem Klingelschild, griff über das Törchen, drückte die Klinke hinab und betrat den Garten. Schnell lief er über das kleine Rasenstück in den Schutz des Garagenschattens. Der Boden unter ihm war nass und nachgiebig. Wie ein kleiner, dunkler Sumpf. Er tastete sich an der Rückseite der Garage entlang, drückte die Tür auf und verschwand im Gebäude.

Als er die Tür hinter sich geschlossen hatte, verharrte May einen Moment in der Dunkelheit und lauschte. Der Regen prasselte leise auf das Flachdach. Ein Rascheln war zu vernehmen, wie von winzigen Füßen, die sich davonmachten, Mäuse wahrscheinlich. Und dann war da noch ein feines, rhythmisches Trommeln, das aus direkter Nähe kam. Sein Herzschlag. Hart, schnell, beinahe schmerzhaft.

May zog die Taschenlampe aus seiner Manteltasche und drückte den Schieber nach oben. Ein Keil aus gelbem Licht schnitt in die Dunkelheit der Garage. Schatten umtänzelten den Schein der Lampe, zogen sich zu abstrakten, dann erkennbaren Formen zusammen, das Auge erahnte blasse Farben. Umzugskisten, ein großer Korb, Skier, Autoreifen, Werkzeug, leere Getränkekisten und Platten aus Bootssperrholz lehnten an der Wand, zwei Meter lange Stücke Drainagerohr, ein Kinderwagen. Ein Kinderwagen! Das war es, wonach May gesucht hatte. Er leuchtete in den Aufsatz aus blauem Stoff, vorsichtig, zögernd, als erwartete er, etwas Schreckliches in dem Wagen liegen zu sehen. Doch er war leer. Er senkte seinen Kopf, um genauer sehen zu können. Haare. Hellere, dunklere. Hundehaare.

May erstarrte. Ein Geräusch war zu hören, dem weitere folg-

ten. Das Zuschlagen einer Tür, das Klirren von Metall. Dann wurde es plötzlich schlagartig hell. Unter der Tür stand ein Rollstuhl, darin saß Johannes Jens. Er lächelte May an, beinahe bedauernd.

May trat einen Schritt zurück, als der Rollstuhl auf ihn zukam. Er war dabei, nach Worten, einer Entschuldigung oder Ausrede, zu suchen, als der Mann in dem Stuhl sich aufrichtete, vor May stand und ihn nun überragte. Johannes Jens hielt eine Eisenstange in der Hand. Er hob seinen Arm, geschmeidig wie ein Schwertfechter, und schlug zu. Die Eisenstange traf hart auf Mays linke Schulter, direkt neben seinen Kopf. May knickte ein, riss den rechten Arm hoch. Der zweite Schlag landete auf Mays Unterarm. Etwas zerbarst knirschend. Wie ein Blitz schoss der Schmerz durch seine Knochen, lähmte kurz Schulter und Hals.

Er sah das Lächeln des Mannes, der abermals seinen Arm mit der Eisenstange hob. May drückte sich mit beiden Beinen ab und sprang dem Angreifer entgegen. Jens taumelte nach hinten, landete in seinem Rollstuhl, der kippte, und beide Männer stürzten zu Boden, hinter ihnen klirrte Metall mit einem nur langsam abklingenden Geräusch. May bekam den Kopf des anderen zu fassen, schlang den linken Arm um dessen Hals und drückte zu. May war jetzt im Vorteil, er lag mit seinem Gewicht auf Johannes Jens, der seine Beine nicht bewegen konnte. Er drückte ihn mit seinem Körper zu Boden und schnürte ihm die Luft ab. Dabei spürte er kaum die abwehrenden Schläge des anderen und drückte immer weiter zu.

Die Gegenwehr wurde schwächer, May wusste, dass er ihn hatte, als er plötzlich von einem Schlag heruntergerissen wurde.

Es war wie eine Explosion aus Schmerz und Licht in seinem Kopf. Er rollte zur Seite, einen Moment unfähig, etwas zu sehen oder auch nur zu denken, als die Eisenstange ein zweites Mal auf seinen Kopf krachte. Das brachte ihm Dunkelheit und dröhnende

Stille. Ein Zerreißen von Haut und Weichteilen, ein Glockenschlag aus Knacken und Knirschen seiner Knochen. Ein dumpfes Vibrieren, das ihn wegriss von sich selbst, in einen fernen, ausgelagerten Schmerz. Das bewusste, peinigende, pochende Fühlen kam später.

Ein paar Minuten vielleicht.

Dann erst öffnete May sein eines Auge, das andere war voller Blut, und etwas drückte darauf, eine Schwellung, Gewebe, ein Ödem, was auch immer. Er spürte Bewegung an seinem Rücken, etwas schnürte seine Hände zusammen, jemand fesselte ihm die Arme nach hinten, eine Stimme, eine Gestalt, verschwommen, ohne rechte Kontur erst, als er seinen Kopf drehte, eine Frau, und er kannte diese Frau!

Marlenes Mutter!

Sie würde noch ein paar Sachen im Wohnzimmer zusammenpacken, dann wäre es genug. Olga war froh, alleine zu sein. Penny und Luise standen mehr im Weg herum, als zu helfen. Sie hatten alles, was sie wollten, mitgenommen, jetzt konnte Olga in Ruhe sehen, was sie brauchen konnte. Und sie konnte eine Menge brauchen. Die Deutschen schmissen am liebsten alles weg. Gute Sachen, über die sich sicher irgendjemand freuen würde. Den Rest konnte man immer noch wegwerfen.

Die Tante vom Doktor war eine sparsame Frau gewesen. Das hatte Olga gleich gesehen. Und einsam. Die Fotoalben waren an den Rändern arg zerschlissen vom häufigen Durchblättern. Und wer blätterte seine Alben oft durch? Nur wer in der Vergangenheit lebte, weil es keine Gegenwart oder Zukunft gab. Das war so sicher wie die Liebe der Jungfrau Maria. So wie es aussah, war die Tante nie verheiratet gewesen. Auch nicht schön, immer alleine. Was war denn das Leben ohne Mann und ohne Kinder? Nichts wert.

Olga legte einen Stapel Papiere zur Seite, dabei fiel ihr Blick durch das Fenster nach draußen. Irgendetwas hatte ihre Aufmerksamkeit erregt. Im schwachen Schein der Laterne sah sie erst nur die nasse Straße, den Nieselregen, die geparkten Autos. Dann die Gestalt, die dort auf der anderen Seite kauerte, sich aufrichtete und über die Fahrbahn zum Nachbargrundstück rannte. Geduckt, etwas ungeschickt. Am Gartentor innehielt, es öffnete und eine Wand entlanglief, um in der Garage zu verschwinden. Einen

Moment nur hatte Olga das Gesicht im Schein der Laterne gesehen, das genügte: Es war ihr Chef, Doktor May. Was zum Teufel machte das Doktorchen hier? Aus einem Impuls heraus, löschte sie das Licht der Stube und stellte sich wieder ans Fenster. Sie atmete ganz flach, als könnte sie jemand draußen im Regen hören. Er kam nicht wieder aus der Garage heraus. Sie wartete regungslos. Plötzlich öffnete sich die Haustür und ein Rollstuhlfahrer tauchte in dem beleuchteten Rechteck auf. Er fuhr zu der Garage und verschwand ebenfalls darin. Olga meinte einen Tumult durch das Fensterglas hören zu können. Als sie das Fenster vorsichtig öffnen wollte, sah sie eine Frau aus dem Haus treten und ebenfalls zur Garage eilen. Ihre ganze Haltung verhieß nichts Gutes. All das Geschehen verhieß nichts Gutes.

Olga ging in den Hausflur zu ihrer Handtasche und holte das Mobiltelefon heraus. Während sie zurück zum Fenster lief, rief sie eine Nummer auf.

»Dimitri? Bist du noch bei Viktor? Idi suda, bistra!«

Sie hatte nicht lange gezögert. Es gab keinen Grund, Rücksicht zu nehmen, auf nichts mehr. Als sie in die Garage gekommen war, hatte sie erst nur zwei ineinander verkeilte Körper gesehen, den umgestürzten Rollstuhl und Blut. Und die Eisenstange. Sie hatte einmal zugeschlagen und dann noch einmal, und geglaubt, dass der Mann tot wäre. Doch dann hatte er sich gerührt, war zu sich gekommen. Erst jetzt hatte sie ihn erkannt, diesen Tierarzt, Doktor May, dem Marlene die Taube gebracht hatte, den sie gemocht, ja, bewundert hatte. So sehr, dass sie selbst Tierärztin werden wollte. Für diese ungebetene Erinnerung wollte sie den Mann vor ihr am Boden erneut schlagen, immer wieder, bis die Erinnerung in einem Matsch aus Blut und Knochen vergangen wäre. Sie hob die Hand mit der Eisenstange. Der Tierarzt stöhnte und öffnete ein Auge. Das andere war zugeschwollen, eine dunkelblaue, blutverschmierte Beule saß wie ein vollgesogener dicker Parasit darauf. Ina Schwind sah seinen Blick. Erst wie in weite Ferne abgeschweift, dann auf sie gerichtet. Ein kurzes Fragen, ein leichtes Hochziehen des Lides, ein Weiten der Pupille, das unvermeidliche Erkennen, das umschlug in ein Fragen und Flehen.

Er versuchte zu sprechen, unverständlich, ein Blubbern mehr, Blut lief über seine Lippen, vermengt mit Worten, die sie nicht verstehen musste, um ihren Sinn zu erfassen.

Sie ließ ihren Arm sinken, die Eisenstange schlug zu Boden, kollerte laut über den Estrich des Garagenbodens und rollte nach hinten weg.

»Sie haben richtig gesehen«, sagte Ina. »Ich bin es. Marlenes Mutter. Da staunen Sie, was?« Sie lachte kurz auf. Der Ton klang wie an den Rändern eingesägt. Der Tierarzt bewegte wieder die Lippen, sein Arm rührte sich, wollte nach ihr greifen. Er sollte seinen Arm bei sich lassen, sie nicht anfassen, ihr nicht zu nahe kommen, ihr nicht sagen, was sie sich immer wieder selbst sagte, nicht er, nicht ein anderer, niemand. Sie sah sich um, dann griff sie nach einem Stück Schnur, das auf einem alten Farbeimer lag und fesselte dem Tierarzt die Arme auf den Rücken.

»Oh Gott, das war knapp«, sagte Joe. Seine Stimme klang heiser. Ihn hatte sie fast vergessen. Joe richtete seinen Rollstuhl auf und ließ sich stöhnend hineinfallen. Um ihn würde sie sich später kümmern.

Sie knüpfte einen letzten Knoten. Aus dem Mund des Mannes unter ihr kamen wieder Laute, Worte formten sich, eine Frage.

»Warum?«

Kurz sah sie sich nach der Eisenstange um. Sie wollte den Mund zerstören, der ihr diese Frage stellte.

»Ich wollte das nicht«, sagte sie, ohne dass sie es hätte sagen wollen. Es war aus ihr herausgebrochen, so lange hatte sie ihre Worte zurückhalten müssen, durfte sie sich niemandem anvertrauen.

»Glauben Sie, ich wollte meine eigene Tochter töten?« Ihre Finger formten Fäuste, die Nägel drückten sich in das Fleisch ihrer Handballen. »Es passierte, und ich konnte es nicht aufhalten. Ich wusste nicht, wo sie Joe vergraben hatte, ich wusste nicht einmal, dass sie in einer Kiste eingesperrt war. Joe konnte sich nicht erinnern, als er aus dem Koma aufwachte. Es war total absurd. Absurd und schrecklich. Er hatte mich auch nicht eingeweiht, als er Marlene versteckte, sagte nur, dass sie an einem sicheren Ort wäre, dass es ihr gut ginge, dass sie nur drei Tage

dableiben müsste, bis wir das Lösegeld hätten, dann wäre sie wieder bei mir, dann würde alles gut werden.«

»Aber warum?«

Wieder diese Worte. Wie Gift. Wie eine Aufforderung, sich zu erleichtern. Wie eine Chance, sich zu offenbaren, bevor sie ganz ins Dunkle stürzen würde.

»Hör auf!«, sagte Joe. »Er weiß sowieso schon zu viel.«

Im Grunde hatte Joe recht. Mit jedem Wort war ihr Leben weniger wert, ihr Leben und Joes Leben. Sie würde sich niemals der Öffentlichkeit aussetzen, in kein Gefängnis gehen, dem Hass der selbstgerechten Gesellschaft aussetzen, Kindsmörderin, Tochtermörderin. Es war ihr genug, dass sie sich selbst anklagte, jeden Tag, jede Stunde, jede gottverdammte Minute. Auf die Anklage eines Richters und auf das moralgierige Wüten der ganzen Welt konnte sie verzichten. Ihr Entschluss war gefasst, und damit das Schicksal dieses Mannes besiegelt.

»Er wird es nicht weitererzählen können«, sagte Ina.

»Jetzt hör endlich auf!« Joes Stimme wurde laut. Er wollte es nicht hören. Er wollte nie hören. Dabei war er schuld, dass Marlene tot war.

Ina Schwind sah sich in der Garage um. »Wir müssen ihn aus dem Weg schaffen!«

»Aus dem Weg schaffen? Umbringen, meinst du?« Joes Stimme: ein Jammern.

»Willst du ihn etwa wieder gehen lassen? Damit er der Polizei erzählt, wer Marlene entführt hat? Dann können wir uns gleich stellen!« Sie blickte Joe an, starr, maskenhaft. »Du musst es jetzt tun.«

»Ich?« Joe kreischte. »Ich kann das nicht. Ich bin kein Mörder.«

Ina hob wie ein Dirigent die Hand in die Luft und schnitt damit Joe das Wort ab. Ihre Stimme war leise, kaum zu vernehmen, leise und kalt: »Du hast mein Kind getötet.«

»Es war ein Unfall – ich hatte einen Unfall!«

Ina machte einen Schritt auf Joe zu, der die Hände nach oben riss. »Hier«, sie hielt Joe eine Plastiktüte hin, die sie vom Boden gefischt hatte. »Zieh ihm das über den Kopf und binde es am Hals zu. Das geht schnell.«

Joe schüttelte mit weit aufgerissenen Augen den Kopf.

»Willst du ihn mit der Eisenstange erschlagen? Oder wie Marlene lebendig beerdigen?« Beinahe machte es ihr Freude, ihn sich winden zu sehen. »Du Schlappschwanz!«

Sie holte ein Stück Schnur aus dem Regal an der Garagenwand. Wieder bei May, kniete sie sich hin und zog ihm die Plastiktüte über den Kopf, um sie dann am Hals zuzubinden. Das alles geschah mit kurzen, präzisen, annähernd automatischen Bewegungen.

»Ina!« Joe griff sich an die Schläfen, dann ließ er die Hände in seinen Schoß sinken und rieb sie aneinander, als wollte er sie unter einem nicht vorhandenen Wasserstrahl reinigen. »Bitte. Tu es nicht. Du machst alles nur noch schlimmer.«

»Schlimmer? Was könnte jetzt noch schlimmer werden? Oder willst du dich stellen? Angespuckt werden, gerichtet von total selbstgefälligen Arschlöchern? Willst du das? Oh nein, mein Lieber. Wir ziehen das gemeinsam durch. Und ich bleibe bei dir, um dir jeden Morgen mit meiner Anwesenheit zu zeigen, dass du meine Tochter auf dem Gewissen hast, wie auch ich Marlene auf dem Gewissen habe. Jeden Tag werde ich dir ein bisschen von meinem Hass einträufeln, bis du angefüllt bist damit und zugrunde gehst. Von nun an sind wir aneinandergebunden durch unsere Tat. Wir werden uns umlauern, vollkommen einsam sein und vom Leben verhöhnt. Das ist unsere Zukunft, mein lieber Joe, und ich verfluche den Augenblick, als du mir nach all den Jahren über den Weg gelaufen bist.«

»Hör auf damit, bitte!« Joe verbarg sein Gesicht in den Handflächen, seine Schultern bebten.

Ina riss mit einer endgültigen Bewegung die Schnurenden auseinander und zog somit die Schlinge eng um Mays Hals. Sie sah, wie er den Mund aufriss und sich die Plastiktüte eng auf Lippen und Zähne legte, als er versuchte, einzuatmen.

Dann geschah etwas, was sie nicht verstand. Jemand fegte Joe in seinem Rollstuhl zur Seite, ein Schädel kam auf sie zu, schnell, kurz geschoren, bevor sie reagieren konnte, eine Faust in ihr Gesicht, niemand hatte sie bisher geschlagen, in ihrem Leben nicht, sie löste sich einen Moment von der Erde, ihr Körper kam ihr abhanden, schlug auf, kurzes Dunkel, ein anderer Kahlkopf, es waren zwei. Kleine, kräftige Kerle. Worte, die sie nicht verstand, eine dicke Frau, Russisch musste das sein. Es war alles zu viel. Es war aus. Und vielleicht war es gut so.

Vor Hauptkommissarin Celep breitete sich das reine Chaos aus. Es war ihr, als beträte sie einen surrealen Raum, eine Albtraumzone aus Konfusion und Verwirrung. Und das alles auf den wenigen Quadratmetern einer Garage. Ein blutiger Doktor May, russisch schreiende Männer, die kaum zu bändigen waren, ein Mann im Rollstuhl, den sie nicht überprüft hatte, als sie ihn hätte überprüfen müssen, und, was die Sache für sie zum absoluten Albtraum machte, eine Mutter, die offenbar daran beteiligt gewesen war, ihre Tochter zu entführen und in einer Kiste ersticken oder verdursten zu lassen. Voller Wut hätte sie Frau Schwind am liebsten geohrfeigt. Doch Johanna Celep besann sich, sie war Polizistin, das Gesetz in all diesem Grauen, sie musste sich und die Sache im Griff behalten.

Frau Schwind saß am Boden vor ihr. Die Hände auf dem Rücken mit Handschellen fixiert. Celep starrte sie voller Abscheu an. Sie sollte nichts sagen, nicht jetzt. »Dafür werden Sie bis in alle Ewigkeit büßen müssen.«

Ina Schwind sah ihr in die Augen, ein dunkles Feuer im Blick. »Können Sie sich vorstellen, wie das ist, wenn der eigene Mann fremdgeht? Wie der Mann, dem man vertraut hat, einen betrügt?« Sie lachte gequält auf. »Mit einer Jüngeren natürlich. Mit unserem Babysitter! Selbst noch ein Kind! Und mich hat er nicht mehr angefasst, als wäre ich eine alte Frau. Wissen Sie, wie weh das getan hat?«

»Das ist keine Rechtfertigung für das, was Sie getan haben«, sagte Johanna Celep.

»Sie wissen nicht, wie ich gelitten habe, als Henning fremdgegangen ist. Ich habe es von Anfang an gewusst. Ich habe sie gesehen. Ich habe Henning und Kata beobachtet, wie sie es auf dem Sofa trieben, wie er seinen Scheißschwanz in ihre Kleinkindermuschi steckte. Da ist es mir übel geworden.«

Nicht nur dir wird übel, dachte Celep und winkte einem Beamten, der sich um Frau Schwind kümmern sollte.

Ina Schwind lachte plötzlich los. Dann blickte sie zu Boden.

Die Männer und die dazugehörige Frau, Mays Sprechstundenhilfe, wurden auf das Revier gebracht, um die Verhöre durchzuführen, Johannes Jens und Ina Schwind kamen direkt in Untersuchungshaft, während ein Krankenwagen Doktor May ins Klinikum beförderte. Er sah schwer mitgenommen aus, blutete im Gesicht und hatte einen gebrochenen Unterarm.

Celep war außer sich. In ihrem Revier waren Wildwestmanieren eingekehrt. So, wie es aussah, hatte May mithilfe von Frau Kobiak und deren Mann und einem Helfer, versucht, Johannes Jens zu überführen, was beinahe schiefgegangen war.

Andererseits, und das machte sie nicht minder wütend, hatte sie sich selbst schwerwiegende Versäumnisse vorzuwerfen. Auf ihrem Schreibtisch musste noch immer die Information liegen, wann dieser Jens ins Krankenhaus eingeliefert worden war, wann er seinen Autounfall gehabt hatte. Böhm hatte sich darum kümmern wollen, und es war Celep klar, dass sie damals nicht weit genug gedacht hatte, und selbst als May sie auf den Namen Johannes Jens stieß, hatte sie zu langsam reagiert. Gut, sie hatte den ganzen Tag Verhöre durchführen müssen, die Messerstecher-Geschichte war anstrengender, als sie gedacht hatte, die Beteiligten zeigten sich renitenter als erwartet, und als sie am späten Abend die Akte beiseitelegte und den letzten Beteiligten abführen

ließ, war sie einfach erschöpft gewesen und hatte Mays Anruf abgetan und die Sache vertagt. Sie hatte sich nach dem italienischen Salat nur noch hinlegen wollen, schlafen, all die Gewalt vergessen und Kräfte sammeln für den nächsten Morgen.

Sie hatte versagt, so einfach war die Sachlage. Das würde einigen Männern auf der Dienststelle sicher gefallen, Stahlgruber vorneweg. Er traute es Frauen sowieso nicht zu, in Kapitalverbrechen zu ermitteln. Sie hatte Jens durch das Netz flutschen und May die Leiche von Marlene finden lassen, und am Ende hatte der Tierarzt die Täter auch noch selbst erwischt, während sie, Johanna Celep, friedlich geschlummert hatte. Es war eine Katastrophe, und sie wollte nicht daran denken, welche Fehler sie gemacht hatte, als Marlene noch zu retten gewesen war. Zumindest jetzt wollte sie nicht daran denken. Im Moment war anderes zu tun. Zum Beispiel, sich wieder in den Verhörraum zu begeben und mit wachen Sinnen die ersten Beteiligten zu vernehmen.

An Tagen wie diesen wünschte sich Celep weit weg, irgendwohin, wo es keine Gewalt und keine Verbrechen gab. Aber existierte solch ein Ort überhaupt auf der Welt?

Das war typisch für Arnfried. Verkennung der Tatsachen. Der behandelnde Arzt hatte ausdrücklich gesagt, dass Arnfried unmöglich das Krankenhaus verlassen könnte. Und was tat er? Auf eigene Gefahr verließ er die Station. Morgen sei die Beerdigung von der kleinen Marlene und niemand würde ihn davon abhalten, ihr das letzte Geleit zu geben. Ein gebrochener Arm und ein paar Platzwunden, nichts weiter. Er würde im Moment sowieso nicht praktizieren. Es grenzte an ein Wunder, dass er sich überhaupt ein paar Stunden den Ärzten anvertraut hatte. Ihr Exmann glaubte immer, sich selbst behandeln zu müssen. Tierarzt! Er sei Tierarzt, na und? War er etwa ein Tier? Aber Ingeborg wusste, dass hier nichts half. Also fuhr sie ihn nach Hause, ansonsten wäre er möglicherweise auf einem Rhönrad davongerast.

Über das Rhönrad hatte Arnfried gelächelt. Wie sie gerade auf ein Rhönrad gekommen sei?

»Ich soll dich von Penny und Luise grüßen«, sagte Ingeborg stattdessen, als sie in die Brahmsallee einbog. Mays altersschwaches Haus befand sich am anderen Ende der Straße.

»Sie wollen dich morgen nach der Beerdigung besuchen.«

Ihr Exmann brummte nur.

Sie hatte ihren Töchtern das Versprechen gegeben, nichts von ihrem Plan zu sagen. Sie wollten ihren Vater selbst überraschen. Dass sie Arnfried bereits informiert hatte, sagte sie ihnen natürlich nicht.

Ingeborg war von Anfang an dagegen gewesen, aber die Hartnäckigkeit ihres Mannes war wohl auf einem dominanten Gen weitergegeben worden. Und da Ingeborg selbst in gewisser Hochstimmung gewesen war, als sie die Sache erneut ausdiskutiert hatten, war ihre Gegenwehr auch nur von kurzer Dauer gewesen. Die Hochstimmung war dem Befund des Onkologen zu verdanken. Ihre Zubildung in der Brust war nichts weiter als eine harmlose Zyste. Gott sei Dank kein Krebs. Andererseits fand Ingeborg, dass auch eine Zyste kein Grund zum Jubeln war, immerhin war auch dies ein Zeichen für ihren Alterungsprozess, für ihren Verfall. Daran dachte niemand. Es war nicht leicht, seinen Körper zu erleben, wie er allmählich in die Jahre kam. Wann hatte sich ein Mann das letzte Mal nach ihr umgedreht, außer wenn sie einen Absatz verlor oder beim Einparken ein fremdes Auto beschädigte?

»Ich soll es dir eigentlich nicht sagen«, begann sie. »Aber Penny und Luise haben dir etwas mitzuteilen.«

»Dann sag es halt nicht«, meinte May.

»Jetzt habe ich schon damit angefangen. Also, sie wollen dir ihr Erbe von Tante Anni überlassen. Du sollst dein Haus renovieren und deine Praxis wieder aufmachen. Ich halte das für keine gute Idee.«

»Das hast du mir bereits erzählt.«

»Jetzt wird es aber konkret. Außerdem muss ich mich um alles kümmern und jeden Schnatz bezahlen. Du weißt, wie ich finanziell dastehe. Und ganz gesund bin ich auch nicht mehr.«

»Hast du inzwischen einen Befund?«

»Es scheint nicht so gravierend zu sein.«

»Das freut mich für dich, Ingeborg.«

»Das sollte dich auch für dich freuen, mein Lieber. Du hättest dich umgeschaut, wenn es was Bösartiges gewesen wäre.«

Ingeborg drehte den Kopf, da stand ein Mensch vor Arnfrieds Haus und schien auf etwas zu warten.

»Ist das nicht dieser seltsame Junge, der kürzlich bei dir war? Was will der denn schon wieder?«

»Das ist nur Max«, sagte May. »Danke, dass du mich hergefahren hast.«

May stieg aus und begrüßte diesen Max. Er schien sie vergessen zu haben, und auch zu der Erbschaftssache hatte er sich nicht weiter geäußert. Ingeborg war dieser Arnfried May ein Rätsel, und das nach all den Jahren ihrer Ehe. Sie hupte, um ihn zu einem Abschiedsgruß zu veranlassen, dann fuhr sie davon. Wenn sie sich beeilte, konnte sie doch noch den Termin bei der Pediküre einhalten, den sie wegen ihres Exmanns abgesagt hatte.

Celep sah Böhm zu, wie er pfeifend einen Aktenordner ins Regal ordnete. Heute konnte sie verstehen, dass er sich vor der Straße drückte und den Innendienst bevorzugte. Sie hatte das Bedürfnis zu gähnen, unterdrückte es aber. Immer wieder geisterten die Bilder der letzten Nacht durch ihren Kopf. Die ganze Straße war in Aufruhr gewesen. Immerhin war die halbe Nacht ein riesiges Polizeiaufgebot vor Johannes Jens' Haus aufgefahren. Sirenen und Blaulicht im Nieselregen, für die Anwohner zweifellos eine aufregende Sache. Für Celep schockierend. Als sich herausgestellt hatte, dass Marlenes Mutter an der Entführung beteiligt gewesen war und damit den Tod ihrer eigenen Tochter mitverschuldet hatte, war etwas in Celeps Inneren kaputtgegangen. Ein kleines Teilchen nur, etwas, das zu dem großen Getriebe gehörte, das an das Gute im Menschen und in der Gesellschaft glaubte. Es war ein feiner Haarriss entstanden, durch den der Zweifel eindringen konnte. Sie kannte dieses Gefühl und fürchtete sich ein wenig davor, denn eines Tages konnte es passieren, dass zu viel kaputtgegangen war und sie dann nicht mehr wusste, ob sie ihren Beruf, den sie im Grunde sehr liebte, weiter ausführen konnte.

»Kommen Sie voran mit Ihrem Bericht?« Böhms Frage schreckte Celep auf. Er sah doch, dass sie nur dasaß, ohne zu schreiben. Der Computerbildschirm knisterte, als sei er hungrig und wolle gefüllt werden.

Bevor Celep eine entsprechende Antwort eingefallen war, klin-

gelte ihr Telefon. Es war der Kollege an der Pforte, der sie bat, sofort herunterzukommen.

Sie hörte die Schreie schon, bevor sie ganz unten war. Zwei Beamte hielten einen Mann fest, der versuchte, sich aus ihrem Griff zu winden. Sein Gesicht sah zerrissen aus, beinahe unmenschlich. Er schrie, dabei troff Speichel von seinen Lippen. »Wo ist sie?«, schrie er, und es war eher ein Heulen als ein menschlicher Schrei.

Dann erkannte Celep den Mann: Es war Henning Schwind. Marlenes Vater.

»Ich will zu Ina. Ihre Augen. Ich muss ihre Augen sehen!« Seine Knie gaben nach, und die beiden Beamten hatten Mühe, ihn aufrechtzuhalten.

Celep gab ihnen die Anweisung, Henning Schwind auf die Besucherbank zu platzieren, offensichtlich war er am Ende mit seinem Ausbruch.

Schwind ließ sich ohne Gegenwehr nieder und legte sein Gesicht in die Hände. Celep setzte sich direkt neben ihn, dann schickte sie die Beamten weg.

Schwind hob den Kopf, blickte sie an, ohne sie wiederzuerkennen, und fragte, ob er seine Frau sehen dürfe.

»Das ist im Moment nicht möglich«, sagte Celep leise. Sie wusste nicht, ob er sie gehört hatte.

Seine Lippen bewegten sich, erst lautlos, dann kamen Worte darüber, wie wund, schmerzhaft.

»Wie konnte Ina das tun? Marlene entführen und sterben lassen?« Er blickte Celep mit stumpfen Augen an.

Sie schüttelte leicht den Kopf. Auf diese Frage hatte sie ebenso wenig eine Antwort wie Henning Schwind. Es musste furchtbar aussehen in seiner Seele. Doch niemand konnte ihn begleiten durch dieses dunkle Tal. Von nun an würde er allein sein müssen, ohne hoffen zu können, jemals wieder unbeschwert unter ande-

ren zu sein. Eine stille, kalte, weite Landschaft, in der sich niemand außer ihm aufhielt.

Sie legte ihm die Hand auf den Unterarm. »Ich kann Sie verstehen, Sie sind wütend auf Ihre Frau.« Das war dümmste Polizeipsychologie, sie bereute ihre Worte, wusste aber nicht, was sie sonst hätte sagen können.

Schwind blickte vor sich auf den braunen Linoleumboden.

»Wissen Sie, als Marlene verschwunden ist, wurde mein Glauben an die Menschheit zerrüttet, aber dass Ina unsere Tochter auf dem Gewissen hat, das macht diesen Glauben absurd. Für mich gibt es keinen Glauben mehr, keine Zuversicht, keine Hoffnung. Was wartet denn in Zukunft auf mich am Morgen und am Abend? Das Bild Marlenes, das ich seit ihrem Verschwinden in jedem Fenster, in jedem Spiegel, in allen glänzenden Dingen sehe? Mein Mädchen, das die Arme nach mir ausstreckt, ohne dass ich sie ergreifen kann? Und dahinter Ina, die lächelnd Marlenes Grab aushebt?«

Er würde keine Ruhe mehr haben vor diesen Bildern, und Celep ahnte, dass er womöglich nicht die Kraft aufbringen konnte, dies alles zu ertragen.

»Es ist furchtbar, Herr Schwind, aber Sie müssen nach vorne schauen«, sagte sie und hätte sich wieder auf die Lippen beißen können.

Er sah sie an mit Augen, aus denen jeder Glanz verschwunden war, dann lächelte er. »Und ich darf meine Frau nicht sehen? Kurz nur? Einen Blick auf ihr Gesicht werfen?«

»Das geht leider nicht.«

Er stand auf, noch immer lächelnd. »Ich danke Ihnen.« Dann ging er zur Tür und verschwand in dem trüben Novembertag.

May trat in die Voliere, die er hinter dem Haus gebaut hatte. Er schüttete etwas Futter in den Trog und wechselte das Wasser. Sogleich setzte Geflatter ein, ein unruhiges Schwirren: Die Taube setzte sich neben Mays Hand und schröpfte Wasser in ihren Kropf, indem sie den Kopf nach oben streckte. Das schwere Grau des Himmels über ihnen sackte jeden Tag ein kleines Stück weiter nach unten. Die Sonne musste sich irgendwo darüber befinden, zu einem frierenden Ball zusammengeschrumpft. May ließ sanft seine Finger über das Gefieder des Vogels gleiten. Annähernd das gleiche Grau. Herbsthimmelgrau. Marlenes Taube. Heute würde das Mädchen beerdigt werden. Endlich würden ihre Angehörigen Abschied nehmen können. Er sah auf die Uhr. Noch zwei Stunden. Allmählich musste er sich umziehen. Den schwarzen Anzug hatte er seit Ewigkeiten nicht mehr getragen, hoffentlich würde er noch passen. Ächzend richtete er sich auf, der Rücken tat ihm heute mehr weh als sonst und überhaupt war ihm elend zumute. Der Gedanke, dass Marlene ein zweites Mal in dem Dunkel der Erde versenkt wurde, war ihm zuwider. Wäre es seine Tochter, er würde sie einäschern lassen, alles, nur nicht wieder in die Dunkelheit zurück.

Das Praxistelefon klingelte. May schloss die Tür zum Garten hinter sich, die sich schwer ins Schloss drücken ließ, seit das Haus sich gesenkt hatte. Es klingelte wieder. May zögerte, dann hob er ab.

»Hier ist Celep. Ich habe gehört, dass Sie das Krankenhaus schon wieder verlassen haben.«

May hatte mit einem Tierbesitzer gerechnet, nicht mit der Kommissarin. Überhaupt wäre es ihm lieber gewesen, sie jetzt nicht am Telefon zu haben. Die Frau war ihm sympathisch, doch sie erinnerte ihn an alles, woran er nicht erinnert werden wollte.

»Wie geht es Ihnen?«, fragte Celep. Ihr Tonfall hatte sich verändert. Sie schien besorgt.

May wusste nicht recht, was er sagen sollte. Vielleicht einfach danken und auflegen? »Warum?«

Celeps Stimme stockte. »Es hat mich einfach interessiert.«

»Ich meine, warum hat Frau Schwind ihre Tochter getötet?«

»Das hat mich ihr Mann auch schon gefragt. Angeblich hat sie nicht gewusst, wo Marlene versteckt ist, und Johannes Jens, ihr Komplize, oder Liebhaber oder was auch immer, hatte einen Unfall am Tag der Lösegeldübergabe und lag im Koma. Er konnte den Aufenthaltsort nicht mitteilen.«

»Ja, aber warum das alles?« May wusste nicht, wie er seine Frage verständlich formulieren sollte.

»Als Startkapital für einen Neuanfang mit Johannes Jens.«

»Startkapital?«

»Frau Schwind wollte sich von ihrem Mann trennen, weil er sie mit dem Babysitter betrog. Sie fürchtete, bei einer Scheidung leer auszugehen. Daher der Plan der Entführung. Marlene sollte nichts passieren. Aber dann hatte Jens diesen Unfall.«

»Wegen Geld? Läuft es am Ende darauf hinaus?«

»Geld. Rache. Verzweiflung. Was auch immer«, sagte Celep leise. »Ich sollte mich bei Ihnen entschuldigen. Ich hätte Ihren Hinweisen intensiver nachgehen müssen.«

»Es hätte am Ende nichts geändert«, sagte May.

»Wie haben Sie Marlene eigentlich gefunden?«

May fühlte sich erschöpft. Verzweiflung, Rache, Geld? Wie

konnte man seinem Kind so etwas antun? Selbst, wenn der Plan aufgegangen wäre? »Gehen Sie auch zur Beerdigung?«

»Natürlich«, sagte Frau Celep.

»Dann bis später.« May legte langsam auf. Sein Blick verfing sich zwischen den schwarzen, nassen Ästen der Fasanerie auf der gegenüberliegenden Straßenseite. Er schloss die Augen. Da war nur Müdigkeit, und seine Schulter schmerzte.

Als May jemanden rufen hörte, blickte er sich einen Moment im Zimmer um, bevor er wusste, wo er war. Wieder ein Rufen. Das musste Max sein. Er hatte ihm versprochen, ihn mit auf die Beerdigung zu nehmen. Dazu musste er Max noch in einen alten Anzug von sich stecken, der ihm schon lange zu klein geworden war.

Luise würde sie abholen, er konnte ja schlecht fahren mit seinem Arm. Und nach der Beerdigung wollte er Penny und Luise zum Essen einladen. Er hatte das Bedürfnis, bei ihnen zu sein. Es wurde Zeit, dass sie sich öfter sahen. Das hatten auch seine Töchter geäußert, als sie ihm offenbart hatten, dass sie ihm die Erbschaft überlassen wollten. Er ging an die Tür, um Max zu öffnen.

Mit der gesunden Hand klopfte er auf den Außenputz des Hauses und blickte an der leicht schiefen Fassade empor. »Da sind wir ja noch einmal davongekommen!«

»Mit wem redest du da?« Max streckte seinen Kopf um die Ecke. »Meine Mama sagt immer, wenn ich laut mit mir rede, dass ich das nicht machen soll, sonst würden die Leute denken, ich sei ballaballa. Glaubst du, die Leute denken jetzt, du bist auch ballaballa? Der Max denkt das nicht. Da musst du dir keine Gedanken machen, dass ich das jetzt denke.«

»Lass uns nach oben gehen«, sagte May. »Uns schick machen für Marlenes letzte Reise.«

Der Nieselregen hatte nachgelassen, um dann, nahezu unbemerkt, ganz zu verschwinden. Die Luft war nass und kalt und schien das schüttere Licht des Tages aufzusaugen. Es würde bald dunkel werden, obwohl es erst Nachmittag war. Johanna Celep musste sich beeilen, um nicht vollends zu spät zu kommen. Sie ging schnell den Hügel hinauf, vorbei an dem vollgestellten Parkplatz und durch das geöffnete, schmiedeeiserne Tor. Eine beachtliche Menschenmenge hatte sich bereits vor der Aussegnungshalle eingefunden. Auf ihrem Weg über den nassen Kies hörte sie eine tiefe, melodiöse Stimme. Es war die eines Geistlichen, der die Trauerrede hielt. Als Celep sich in der Trauergemeinde einreihte, hatte der Pfarrer gerade die letzten Worte gesprochen. Mit gesenktem Blick verharrte er kurz und lauschte der sich ausbreitenden Stille nach, dann trat er zurück. Unter den Trauernden waren viele Kinder. Sicher war Marlenes Schulklasse gekommen.

Ein Mädchen trat nach vorne. Es lehnte einen Kranz an das Rednerpult und stellte sich dahinter, wo es kaum zu sehen war. Das Mädchen blickte sich nach einer Frau um, die eine aufmunternde Geste machte. Das Kind streckte sich zum Mikrofon, schniefte kurz und stellte sich mit heller Stimme als Schulfreundin von Marlene vor.

»Liebe Marlene, wir werden dich sehr vermissen«, sagte das Mädchen mit zittriger Stimme, schniefte noch einmal, dann deutete es auf den Kranz zu seinen Füßen. »Sieh her, dieser Kranz ist

so schwer. / Und wir werden ihn auf dich legen / diesen schweren Kranz. / Wir würden ihn so gerne an andere Stätte legen, / damit die Sonne dich bescheint, / doch das ist vergebens, / doch in unseren Gedanken, / wirst du immer bei uns sein und nie vergessen.«

Das Mädchen machte einen kleinen Knicks wie am Ende einer Aufführung und reihte sich schnell wieder bei den anderen Kindern ein. Das Gedicht kam Johanna Celep ein wenig düster vor für die Beerdigung eines Kindes, doch die Haltung des Mädchens während seines Vortrags, die große Anteilnahme verriet, rührte sie zutiefst.

Johanna erkannte ein paar Gesichter, als sie sich unauffällig umsah. Vorne stand Henning Schwind, Marlenes Vater. Anscheinend hatte er sich wieder gefangen. Er sah gefasst aus, besser gesagt, machte er einen abwesenden Eindruck, als hätte er starke Beruhigungsmittel genommen, was ihn gefasst aussehen ließ. Ihre Mutter war nicht anwesend. Natürlich nicht. Sie hatte auch keine Anstalten gemacht, die Erlaubnis zu bekommen, an der Beerdigung teilzunehmen. Mittlerweile tat ihr Ina Schwind leid. Es war bis in alle Ewigkeiten unentschuldbar, was sie ihrer Tochter angetan hatte, und doch tat sie ihr leid. Jede Minute ihres Lebens würde sie von der Schuld begleitet werden, selbst wenn sie nach langen Jahren aus der Haft entlassen würde.

Der Sarg wurde von zwei Männern auf ein Gestell gehoben und durch die Menge geschoben, die sich dahinter zu einem Zug formierte und langsam in Bewegung setzte.

An dem aufgeschütteten Grab machte der Trauerzug halt. Der kleine Sarg wurde auf zwei Brettern abgesetzt und in das Grab gesenkt. Der Pfarrer hielt eine weitere, kurze Rede, die Johanna nicht verstehen konnte, weil sie zu weit entfernt war. Langsam verteilte sich die dunkle Menge um das Grab und ließ sie näher herankommen.

»Es wird Stille sein und Leere. Es wird Trauer sein und Schmerz. Es wird dankbare Erinnerung sein, die wie ein heller Stern die Nacht erleuchtet, bis weit hinein in den Morgen.«

Mit einer müden Geste ergriff der Pfarrer eine Handschaufel und warf etwas Erde auf den Sarg.

»Asche zu Asche, Staub zu Staub, Erde zu Erde«, sagte er und reichte die Schaufel an Marlenes Vater weiter.

Henning Schwind stand an der Grube, den Kopf gesenkt, und verharrte eine Weile. Sicher verabschiedete er sich von seinem Kind. Johanna meinte, ein leichtes Wanken in seinen Beinen zu sehen, und fürchtete einen Moment, dass er auf den Sarg stürzen könnte, doch dann bückte Henning Schwind sich, warf vorsichtig drei Schaufeln Erde in das Grab und reihte sich wieder ein.

Jetzt kamen nach und nach die Trauernden nach vorne, um sich von Marlene zu verabschieden.

Johanna lächelte, als sie den Tierarzt an das Grab treten sah, den Arm in einem Verband. Sie dachte kurz an das Telefonat, das sie vor zwei Stunden geführt hatten, und dass sie ihn noch vernehmen musste. Hinter May erschien ein junger, vollbärtiger Mann. Er hatte einen dunklen Anzug an, der ihm ein paar Nummern zu groß war, und eine Pappschachtel unter den Arm geklemmt. Es war Max Brinkmann. Der Junge, den sie damals fälschlicherweise festgenommen hatten. Vielleicht war jetzt die Gelegenheit, sich zu entschuldigen.

Sie sah, wie Max die Pappschachtel in beide Hände nahm, als er vor Marlenes Grab stand.

Er öffnete den Deckel der Schachtel. Etwas regte sich darin. Eine himmelgraue Taube flog mit einem knatternden Geräusch auf, um sich sofort wieder niederzulassen. Sie setzte sich auf das Holzkreuz, das hinter dem Erdhügel steckte. Mit goldener Schrift stand Marlene auf dem hellen Holz des Kreuzes, weiter nichts. Die Taube bewegte ruckartig den Kopf, als betrachte sie einzeln

die Trauergäste. Dann schüttelte sie sich und flog erneut auf. Mit kräftigen Flügelschlägen schraubte sie sich nach oben und bald verschmolz ihr Gefieder mit dem grauen, niedrig stehenden Himmel.

Danksagung

An dieser Stelle möchte ich meinem Agenten Georg Simader und seinen Kolleginnen von Copywrite danken. Ohne diese wäre das Buch womöglich nicht entstanden. Und überhaupt.

Mein Dank und meine Freude gelten dem Berlin Verlag und allen Mitarbeitern, die ich kennenlernen durfte, allen voran natürlich meinem Lektor Anvar Cukoski.

Ernst Jünger sagte einmal, dass er im Vignelaire einen Rotwein wüsste, der Prosa zum Gedicht erhebt. Man mag von Ernst Jünger halten, was man will, aber so ähnlich war es mit dem Manuskript und meinem Lektor. Dafür danke.